Cliff Allister

Der Leviathan

Ek'Thal Zyklus - Band 1

Impressum:

Cliff Allister: Der Leviathan – Ek´Thal Zyklus Band 1
ISBN-13: 978-1517218249
ISBN-10: 1517218241

Harald Hess
Peace Road/Mashraba
Dahab – South Sinai/Egypt
allistercliff@gmail.com

Korrektorat/Lektorat: Dr. Anne Diefenbach
lektoratdiefenbach@t-online.de

Coverdesign: Cliff Allister

Vom gleichen Autor:
Erbe des Imperiums (2014)
Todfreunde – Ein Gregory A. Duncan Fall (2015)

In Vorbereitung:
Bewahrer der Zeit – Ek´Thal Zyklus Band 2

1. Auflage 2015 –

Für Balou und Moppel,
die immer im unpassenden
Moment stören, und in liebevoller
Erinnerung an Krümel, der leider
beim Schreiben nicht mehr auf
meinem Schoß sitzt …

Über den Autor:

Cliff Allister ist das Pseudonym von Harald Hess (geb. 1957), der seit vielen Jahren als Tauchlehrer im Ausland lebt. Nach Stationen in Jugoslawien, auf Mallorca, in Hurghada/Ägypten und in Kenia, betrieb er in der Zeit von 1989 bis 2007 eine eigene Tauchbasis auf Bequia/St. Vincent & the Grenadines in der Karibik. Seit 2007 lebt er mit seiner Lebensgefährtin in Dahab/Ägypten, wo er wiederum eine eigene Tauchschule betreibt.

Schon in jungen Jahren begeisterte er sich für das Science-Fiction-Genre, ausgelöst durch die unvergessene TV-Serie „Raumpatrouille“ Mitte der Sechziger. Seit 2014 schreibt er eigene SF-Romane. Bereits der erste Roman „Erbe des Imperiums“ stand auf der Amazon-Bestsellerliste im Bereich Science-Fiction mehrere Wochen unter den Top 20 und stieg zeitweilig bis auf Platz 7. Auch der SciFi-Thriller „Todfreunde“ wurde im Juni 2015 erfolgreich veröffentlicht. Der erste Band der „Gregory A. Duncan Reihe“ um einen Detektiv im 39. Jahrhundert stand ebenfalls lange in der SF-Bestsellerliste bei Amazon.

Cliff Allister

Der Leviathan

Ek´Thal Zyklus – Band 1

Ankunft

Etwas spricht für das Böse.
Vergessen wir nicht,
dass wir nur eine Seite
der Geschichte kennen.

Herkunft unbekannt

1.

Nichts kann dem unerbittlichen Griff eines Black Hole entrinnen. Die enorme Gravitation jenseits des Ereignishorizontes macht es selbst dem Licht unmöglich, aus der Singularität emporzusteigen und in den Einstein-Raum zu entkommen. Das Schwarze Loch im Zentrum der Milchstraße gehört mit 4,3 Millionen irdischen Sonnenmassen zu den massereichsten, so wie alle der supermassiven Schwarzen Löcher, die man üblicherweise im Zentrum einer Galaxis vorfindet. Nichts kann ihm entkommen. Kein Licht, keine Welle, kein einziges Atom. Jedes materielle Objekt, einem Black Hole zu nahe kommt, wird von den unvorstellbaren Kräften zermalmt, zerrissen, zerfetzt – unwiederbringlich zerstört.

Deshalb war es umso erstaunlicher, dass aus der Mitte des Schwerkraftstrudels etwas auftauchte. Zunächst ein kleiner Punkt, der in der gigantischen Ausdehnung des Black Hole nicht sofort auffiel. Aus dem Punkt wurde schnell etwas Größeres, Gewaltigeres. Ein Raumschiff monströsen Ausmaßes schob sich aus den Tiefen der Gravitationssenke in den Normalraum. Die gierigen Finger der Schwerkraft schienen es zu umschlingen, festzuhalten und zurück in die Tiefe zerren zu wollen. Es kämpfte um jeden Meter, wie ein lebendiges Tier, das seine Ketten abzustreifen suchte, während energetische Entladungen und feurige Blitze, deren Energien leicht ausgereicht hätten, einen kleinen Mond zu Staub zu zerblasen, den Rumpf umzuckten,.

Ganz allmählich schob es sich in den Raum und ließ den Ereignishorizont hinter sich zurück. Die Entladungen rings um den gewaltigen Schiffskörper verblassten und es war erstmals möglich, den Koloss in seiner ganzen unvorstellbaren Ausdehnung zu überblicken. Es schien, als habe eine riesige Schrottpresse den größten Metallklumpen des Universums erschaffen. Wenn man dem Giganten überhaupt eine Form zuordnen konnte, dann die eines grotesk verformten Rotationsellipsoids. Allerdings war die Oberfläche nicht glatt und sanft gerundet, sondern bestand aus einer unzähligen Anzahl von Türmen, Vorsprüngen, Erkern, Ausbuchtungen, Nadeln, bizarren Strukturen und verwirrenden Mustern. Es schienen kleine Unebenheiten zu sein, aber die enorme Größe des Objekts täuschte darüber hinweg, dass es sich um teilweise kilometergroße Gebilde handelte, deren Zweck nicht ersichtlich war. Der Gigant maß in seiner größten Länge weit über einhundert Kilometer und seine größte Breite betrug immer noch fast achtzig Kilometer. Es war weder erkennbar, über welchen Antrieb das Schiff verfügte, noch sah man irgendwelche Lichter, sonstige Beleuchtungen oder entzifferbare Markierungen. Die gesamte Oberfläche war mattschwarz und selbst im hellen Licht der in der Akkretionsscheibe verglühenden Massen und der im galaktischen Zentrum dicht stehenden Sonnen schien sie jedes einzelne Photon aufzusaugen. Nichts glänzte, nichts strahlte, nichts reflektierte. Wie ein dunkler Schatten schob sich das Raumschiff vor die umgebenden Sterne und wirkte seinerseits fast wie ein schwarzes Loch.

All dies wäre völlig unbemerkt geblieben, hätte der Zufall nicht dafür gesorgt, dass just zu diesem Zeitpunkt ein Forschungsschiff der Qual'kroth Beobachtungen und Messungen an jenem Black Hole vornahm. Die Qual'kroth waren eine aquatische Lebensform, die in ihrem wassergefüllten Schiff das Auftauchen des Kolosses erschüttert beobachteten. Selbst wenn sie eine akustische Sprache gekannt hätten, hätten ihnen die Worte gefehlt, ihre Bestürzung zu beschreiben. Zu unglaublich war das, was sie soeben miterleben mussten. Bunte Lichtsignale flackerten von ihren Lichtbändern rings um den Schädel durch das klare Wasser, aber auch die visuellen Signale, mittels derer sie sich verständigten, konnten nicht ausdrücken, was sie in diesem Moment empfanden. Sie waren etwa zehn Millionen Kilometer von dem Giganten entfernt, als dieser die Präsenz ihres kleinen, kaum 50 Meter langen quaderförmigen Forschungsschiffes bemerkte. Ein energetischer Impuls aus höher dimensionaler Energie schoss mit Überlicht-geschwindigkeit auf das kleine Schiff zu und vernichtete es im Bruchteil einer Sekunde. Es blieben nur Partikel auf atomarer Ebene zurück. Doch zuvor hatten die Qual'kroth bereits eine Aufzeichnung der letzten einhundertdreiundsiebzig Sekunden an ihren Heimatplaneten gesendet. Somit blieben den Hunderten von intelligenten Lebensformen in der Galaxis nicht gänzlich unvorbereitet auf das, was auf sie zukam.

2.

Die Dringlichkeitssitzung des galaktischen Rates war die erste seit fast fünftausend solaren Jahren. Bis auf die Vertreter der Ashentar und der Kliderer waren alle achthundertneunundachtzig Avatare versammelt. Natürlich reisten die Abgeordneten der Mitgliedsrassen in den seltensten Fällen körperlich nach Caventor, dem Sitz des Rates. Nur wenn eine persönliche Begegnung unvermeidlich war, nahm man die lange Anreise auf sich. Caventor lag außerhalb der Milchstraße im Leerraum zur Andromedagalaxis, etwa einhunderttausend Lichtjahre vom Rand der heimischen Galaxie entfernt, in einem kleinen Kugelsternhaufen von nur ein paar Tausend Sonnen. Als der galaktische Rat vor fast einer Million Jahren gegründet worden war, hatte es viele Spezies gegeben, die einen Planeten in ihrem Einflussbereich als Sitz angeboten hatten. Um Eifersüchteleien zu vermeiden, entschied man sich jedoch für diesen abgelegenen Ort, der keiner Spezies zuzurechnen war. Schon seit langer Zeit hatte der Rat die Herrschaft über den gesamten Kugelhaufen übernommen und vermied so, dass jemand Anspruch darauf erhob. Hier war auch die Sanktionsflotte der Gemeinschaft stationiert und alle administrativen Einrichtungen befanden sich auf den bewohnbaren Planeten der nahe gelegenen Sterne. Bewohnbar war allerdings ein dehnbarer Begriff. Ein Methanatmer verstand darunter etwas anderes als der Vertreter einer Lebensform, die für ihre Biologie Sauerstoff benötigte, ein aquatisches Lebewesen, von denen es allerdings nur zwei bekannte Spezies gab, hatte wiederum andere Ansprüche an seine Umwelt, und der von Pilzsporen abstammende Bewohner einer heißen Wüstenwelt definierte bewohnbar anders als ein in dichtes Fell gehüllter Abkömmling eines von ewigem Eis überzogenen Planeten.

Die Stimmung in der großen Halle brummte vor Aufregung. Der trichterförmige Saal zeigte in drei Vierteln nach oben aufsteigende Logen, während sich im vierten Abschnitt eine kerzengerade zum scheinbar offenen Dach emporragende Wand befand. Tatsächlich waren weder die Wand noch das Dach feste Materie, sondern bestanden aus Energiefeldern. Über den Köpfen der tatsächlich oder virtuell Anwesenden spannte sich ein Energieschirm, der einen ungehinderten Ausblick auf den strahlend roten Himmel des Planeten erlaubte, während sich hinter der vor der Wand schwebenden Plattform des Präsidiums eine riesige holografische Projektionsfläche befand, hinter welcher sich wiederum die Energieversorgung des gesamten Gebäudes verbarg.

Fast alle Logen waren bereits besetzt, und Dutzende Avatargruppen von aufgeregt diskutierenden Vertretern der unterschiedlichsten Spezies lösten sich langsam auf und strebten ihren Plätzen zu. Materiell anwesende Hilfskräfte und Mitarbeiter der Abgeordneten wuselten geschäftig umher und erledigten die letzten Aufträge ihrer jeweiligen Vorgesetzten oder spannen Intrigen zu deren Gunsten. Auf der Projektionsfläche zeigte ein Hologramm die heutige Tagesordnung an. Sie bestand nur aus einem Punkt.

Der galaktische Rat hatte nur eine einzige Aufgabe: den Frieden in der Milchstraße zu bewahren. Vor Äonen war die Galaxis schon einmal besiedelt gewesen. Die raumfahrenden Völker breiteten sich aus und ihre Regionen begannen, sich zu überlappen. Kriege waren die unausweichliche Folge. Ein Flächenbrand, der Zehntausende von Jahren gedauert haben musste, zog über die Milchstraße, die damals natürlich nicht so hieß. Die meisten Spezies wurden vernichtet, und diejenigen, die überlebten, stiegen nie mehr zu alter Größe auf und starben wohl letztendlich aus, denn ab einem bestimmten Zeitpunkt fand man keine Spur mehr von ihnen. Zumindest lautete so die Theorie, welche Forscher aus den vorgefundenen Artefakten ableiteten.

Für fast fünf Milliarden Jahre fiel die Milchstraße in die kosmische Steinzeit zurück. Erst allmählich begannen neu emporgestiegene Lebensformen, sie erneut zu besiedeln. Der Zyklus begann von Neuem.

Schon früh stieß man auf Überreste der untergegangenen Epoche und versuchte, aus den Puzzlestücken die Geschehnisse zu rekonstruieren. Die zu diesem Zeitpunkt technologisch führenden Reiche waren weitsichtig genug, zu erkennen, dass sich die Geschichte nur zu leicht wiederholen konnte. Kraft ihrer überlegenen Technik und notfalls auch mit Gewalt setzten sie eine Ordnung durch, die langfristige Stabilität garantieren sollte. Es gab nur ein Gesetz: *Jede Gewaltanwendung gegen andere Rassen wird mit unerbittlicher Härte bestraft!* Es entbehrte nicht einer gewissen Ironie, dass zur Durchsetzung dieses Gesetzes verschiedentlich Gewalt angewendet werden musste. Den alten Völkern schien dies jedoch gerechtfertigt und der Erfolg gab ihnen recht. Seit der Gründung des Rates waren keine Kriege mehr ausgebrochen. Zwar gab es hin und wieder Streitigkeiten zwischen zwei sich ausbreitenden Völkern, die dann aber vom Rat in erster und zugleich letzter Instanz entschieden wurden. Gegen eine solche Entscheidung gab es keinen Widerspruch. Es hieß, sie zu akzeptieren oder unterzugehen. Denn darin bestand die einzige Strafe, die für Verstöße gegen die Friedenspflicht vorgesehen war: Einem Aggressor wurde exakt ein Jahr seiner Zeitrechnung gegeben, alle von ihm besiedelten Welten zu räumen – danach wurde jede Spur einer Kolonisation ausgelöscht und sie wurden vollständig in einen jungfräulichen Zustand zurückversetzt, um sie anderen Völkern zugänglich zu machen. Das Heimatsystem des bestraften Volkes wurde unter Quarantäne gestellt und jedes Raumschiff, das es zu verlassen trachtete, erbarmungslos vernichtet.

Inzwischen waren alle Logen besetzt und es kehrte

Ruhe im Saal ein. Der Vorsitzende, ein Bolgurer, und seine beiden Beisitzer, eine Trelinganerin und ein geschlechtsneutrales Wexel, waren persönlich anwesend und schwebten auf der Plattform nach oben, sodass sie von jedem Platz aus gesehen werden konnten. Der Bolgurer, eine in dichtes Fell gehüllte, fast drei Meter große, imposante Erscheinung, überragte seine beiden Nachbarn um einiges. Die Trelinganerin war ein zartgliederiger Abkömmling einer Vogelspezies, knapp eineinhalb Meter groß, gefiedert und spindeldürr, mit rudimentären Flügelresten auf dem Rücken, während das Wexel pflanzlicher Abstammung war und mehr einem knorrigen Baumstumpf als einem intelligenten Wesen glich. Seine acht Beine erinnerten immer noch an die Gehwurzeln seiner Ahnen und an den vier kurzen Armen des nur ein Meter hohen, jedoch ebenso breiten Körpers, fehlten nur die Blätter, um sie einem Ast noch ähnlicher zu machen.

Ein melodischer Gong ertönte, während gleichzeitig für diejenigen, die in einem anderen Frequenzband hörten oder nur über Farbsignale kommunizierten, entsprechende Zeichen ausgesandt wurden. Auch eine passende Mischung von Pheromonen wehte durch den Trichter, um den libellenähnlichen Wesen von Eriganu-5, die sich auf dieser Basis verständigten, anzuzeigen, dass die Sitzung nunmehr beginnen würde.

»Senatoren, Abgesandte, Abgeordnete und sonstige Vertreter der intelligenten Spezies der Stufe fünf und aufwärts, ich begrüße sie alle zur ... hm ... 354.807. Sitzung des galaktischen Rates«, begann der bolgurische Vorsitzende seine Ansprache. Infra- und Ultraschallfrequenzen, Farbsignale und Pheromonmischungen übersetzten seine Worte simultan. Er hielt die Rede auf *Pangalactic*, der von einer KI vor langer Zeit entwickelten Kunstsprache, die von den meisten Sprachapparaten der galaktischen Bewohner formuliert werden konnte und leicht in ungewöhnlichere Arten der Kommunikation zu übersetzen war.

»Vor wenigen Tagen wurde am zentralen Black Hole unserer Galaxis ein ungewöhnliches, ja, unwahrscheinliches Phänomen beobachtet. Ein Ereignis, das sämtlichem Wissen über die physikalischen Prinzipien dieses Universums zu widersprechen scheint. Ein Objekt materialisierte aus dem Black Hole heraus. Ein Raumschiff von bisher nie gesehenen Ausmaßen, das keiner der uns bekannten Zivilisationen zugerechnet werden kann. Doch nicht nur das Auftauchen dieses Schiffes, sondern seine unprovozierte Aggression gegen ein zufällig dort kreuzendes Forschungsschiff der Qual'kroth erfüllt uns mit Sorge. Das unbewaffnete Schiff wurde vernichtet, es gelang der Besatzung jedoch unmittelbar zuvor, eine Botschaft an ihren Heimatplaneten zu senden, die das Erscheinen des fremden Raumschiffes zeigt. Die Qual'kroth haben uns diese Sequenz zur Verfügung gestellt. Im Moment ist eine Einheit der Sanktionsflotte dorthin unterwegs und wird versuchen, mit dem unbekannten Schiff, das sich nach den Ergebnissen unserer Langstreckenscans nach wie vor im Umfeld des Schwarzen Loches aufhält, Kontakt aufzunehmen. Angesichts der kompromisslosen Vernichtung des Forschungsschiffes erschien es uns geboten, eine der kampfstärksten Einheiten zu entsenden. Es handelt sich um insgesamt zehn schwere Planetenzerstörer, die von den technologisch am höchsten stehenden Völkern gestellt wurden.«

Den meisten Anwesenden war dies bereits bekannt. Man hatte sich nicht wegen dieser Bekanntmachung hier versammelt. Obwohl der Frieden in der Galaxis unter allen Umständen gewahrt werden musste, hieß dies nicht, dass die Mitglieder sich nicht nach Kräften gegenseitig ausspionierten. Ein Ereignis dieser Tragweite war selbstverständlich allen schon lange bekannt. Die Zusammenkunft an diesem Tag diente einzig dem Zweck, das erste Aufeinandertreffen von Schiffen der Sanktionsflotte mit dem fremdartigen Leviathan zu beobachten. Natürlich würde es in Echtzeit hierher auf den gewaltigen Holoschirm übertragen. Obwohl es niemand zugegeben hätte, beschlich die Allermeisten ein Gefühl von Unbehagen – wenn nicht sogar Angst, ob der schieren Größe des fremden Schiffes, das zudem eine beängstigende Bereitschaft zur Gewalt an den Tag gelegt hatte.

»In wenigen Augenblicken sollte die Übertragung beginnen«, gab der Vorsitzende bekannt, während die

Holoprojektion auch schon in seinem Rücken aufflackerte. Rasch fuhr die Schwebeplattform nach unten, um nicht die Sicht auf das Gezeigte zu verstellen. Eine gespenstische Ruhe breitete sich in der trichterförmigen Versammlungshalle aus.

Planetenzerstörer waren die größten Schiffe der Flotte. Jedes maß zwischen fünf und acht Kilometern in der Länge und beherbergte die mächtigsten Waffensysteme, die es in der Galaxis gab. Jedes dieser Schiffe war problemlos in der Lage, ein komplettes Sonnensystem mit allen Planeten und Monden in eine rotierende Staubscheibe zu verwandeln, und selbst die Sonne konnte von den Geschützen in eine aufflammende Nova verwandelt werden. Die technologisch am weitesten entwickelten Mitglieder des Rates hatten diese Waffenträger erbaut und dem Rat zur Verfügung gestellt, wie die gesamte Sanktionsflotte aus Raumschiffen der im Rat vertretenen Völker bestand. Kein Sternenreich, kein Imperium und kein Planetenbund durfte eine eigene Flotte von Kampfschiffen unterhalten. Sie alle mussten dem galaktischen Rat unterstellt werden. Wer sich dem nicht unterordnete, galt als Aggressor. Was sonst konnte man mit diesen Raumschiffen anfangen, als Krieg zu führen? Wer sie besaß, wollte nach der unausweichlichen Logik des Rates auch Krieg und wurde entsprechend bestraft. Dabei interessierte es den galaktischen Rat keineswegs, wie ein Volk von seinen Herrschern behandelt wurde. Niemand scherte sich darum, was die

Herrschenden *innerhalb* ihrer Reiche taten. Ob sie Sklavenhalter waren oder ein demokratisches System aufzuweisen hatten, ob sie eine religiös dominierte Gesellschaft in sich trugen oder ein feudalistisches System, ob sie eine Anarchie bevorzugten oder eine Diktatur favorisierten – all dies war belanglos. Nur die Einhaltung des Friedens nach außen zählte.

Die Projektion zeigte im Hintergrund das Black Hole, das von einem Ring aus Feuer umgeben zu sein schien. Ultrahocherhitzte Materie verwandelte sich in der die Singularität umgebenden Akkretionsscheibe in Plasma und schickte außer blendendem Licht noch energiereiche Röntgen- und Gammastrahlung ins All. Normalerweise die tödlichste Umgebung, die man sich im Universum vorstellen kann, und es war nach wie vor unerklärlich, wie ein Raumschiff, selbst eines mit den gewaltigen Ausmaßen des unbekannten Schiffes, in der Lage sein konnte, in dieser Umgebung zu existieren. Die Aufnahme wurde von einem Beobachter, der die zehn Kampfschiffe zu diesem Zweck begleitete, in Echtzeit nach Caventor übertragen. Das Hyperraumsignal hatte lediglich eine Zeitverzögerung von wenigen Picosekunden.

Die Kamera schwenkte einige Grad und zoomte näher heran. Das schwarze Loch schien auf die Zuschauer zuzurasen. Dann kam das fremde Raumschiff ins Bild. Es stand bewegungslos im All und zeichnete sich gegen den hellen Hintergrund der leuchtenden Akkretionsscheibe deutlich ab. Dabei schien es in seiner ungestalten, nachtschwarzen Hässlichkeit wahrhaftig wie ein monströser, bösartiger Leviathan, der nur darauf wartete, die Seelen derjenigen einzufangen, die ihm zu nahe kamen. Eine bedrohliche Aura ging von ihm aus und jagte den Anwesenden in der Versammlungshalle selbst über mehr als einhunderttausend Lichtjahre einen Schauer über den Rücken – sofern sie einen hatten. Im Publikum brach ein aufgeregtes Gewisper und Raunen bei denen los, die mittels Schallwellen kommunizierten. Der Vertreter der Qual´kroth zuckte aufgeregt in seinem wassergefüllten Behälter, auch wenn sich dieser in Wahrheit auf der entgegengesetzten Seite der Milchstraße befand und nur seine Avatarprojektion hier anwesend war. Wahrscheinlich schossen ihm Gedanken an seine von dem Schiff ermordeten Artgenossen durch den Kopf.

In der Projektion konnte man verfolgen, wie sich zwei der Planetenzerstörer vom Rest der Einheit absetzten und auf den Leviathan zuhielten. In einer Entfernung von fünf Millionen Kilometern kamen sie zum Stillstand und drifteten antriebslos im All. Eine vorbereitete Grußbotschaft in *Pangalactic* wurde abgespielt. Eine Spezies, die ein solches Schiff erbauen und den Gewalten eines Schwarzen Loches trotzen konnte, musste über leistungsstarke Translatoren verfügen, die jede Sprache zu übersetzen in der Lage war.

»Hier spricht ein Vertreter des Rates dieser Galaxis. Ich

vertrete den Zusammenschluss aller technologisch hoch entwickelten Spezies dieses Sternensystems. Wir wünschen eine friedliche Kommunikation mit ihnen. Wir sind an einer Auseinandersetzung nicht interessiert. Sie haben bei ihrer Ankunft das Schiff eines Mitgliedsvolkes zerstört. Wir nehmen an und hoffen, dass es sich hierbei um ein bedauerliches Missverständnis gehandelt hat. Sollte dies nicht der Fall sein, müssen wir sie jedoch darauf hinweisen, dass wir auf jeden weiteren aggressiven Akt unverzüglich entsprechend antworten werden. Wir vereinigen die Macht sämtlicher Zivilisationen dieser Galaxis hinter uns und werden eine weitere Störung des Friedens nicht dulden. Wir bitten um Antwort.«

Diese Nachricht sollte als Endlosschleife mehrere Stunden abgespielt werden, bevor man sich vorsichtig weiter nähern wollte. Dazu kam es jedoch nicht. Die Sensoren des Beobachters konnten noch einen Anstieg von quantisierter Stringenergie feststellen, wobei eine Unmenge Gravitonen freigesetzt wurden. Unmittelbar danach hörten die zehn Planetenzerstörer einfach auf, zu existieren. Sie verschwanden aus dem Raum, als habe es sie nie gegeben. Nur eine tausendstel Sekunde später erlosch die Übertragung. Auch der Beobachter war von der Gravitonenwaffe erfasst und zerstört worden.

Wäre noch ein zweiter Beobachter anwesend gewesen und der Vernichtung entgangen, so hätte er gesehen, wie sich das riesige, mattschwarze Raumschiff ohne sichtbare

Energieabstrahlung langsam drehte, in Bewegung setzte und allmählich schneller werdend in den Tiefen des galaktischen Sternenmeeres verschwand.

3.

Erogor lag im Einflussbereich der Ph´Kt´Tasch. Eine Randwelt zwar, aber als Lieferant für dringend benötigte Nahrungsmittel bereits wenige Jahre nach der Kolonisierung unersetzlich. Die Ph´Kt´Tasch hatten eine hohe Geburtenrate, was dem galaktischen Rat etwas Sorge bereitete. Der Expansionsdruck war deshalb erheblich und bald würden sie an den Sektor der Kloth stoßen, was Konflikte heraufbeschwören konnte. Zum Glück besaßen beide Völker ein geringes Aggressions-potenzial, was eine diplomatische Lösung wahrscheinlich erscheinen ließ.

Die Ph´Kt´Tasch waren eine matriarchalische, insektoide Rasse mit drei Geschlechtern, von denen nur eine höhere Intelligenz entwickelt hatte. Während die halbintelligenten männlichen Vertreter zur Arbeit eingesetzt wurden und das neutrale Geschlecht nur zum Austragen des Nachwuchses benötigt wurde, jedoch keine intellektuellen Fähigkeiten aufwies, oblag die Führung des kleinen Sternenreiches den weiblichen Ph´Kt´Tasch. Seit sie einen interstellaren Antrieb entwickelt hatten und daraufhin vom galaktischen Rat kontaktiert und mit den Spielregeln der Galaxis vertraut gemacht worden waren, hatten sie nie eine große Rolle in der Politik der Milchstraße gespielt. Viele der anderen Völker kannten nicht einmal ihren Namen. Ihre Region befand sich nahe am galaktischen Zentrum, wo die hohe Sternendichte eine Vielzahl von Planeten bereitstellte, die man besiedeln konnte, ohne weite Entfernungen zurücklegen oder zu schnell in die Sphären anderer Spezies vordringen zu müssen. Seit Jahrzehntausenden lebten die Ph´Kt´Tasch unauffällig und konfliktfrei in der Gemeinschaft. Sie waren in erster Linie ein Volk musisch begabter Individuen. Krieg war ihnen fremd und ihre gesellschaftliche sowie technologische Entwicklung verlief deutlich langsamer, als dies bei anderen Lebensformen der Fall war. Nach Angaben derer, die sich mit ihnen beschäftigt hatten, waren sie eine langweilige Rasse.

Der Hauptkontinent von Erogor war fast vollständig von Agrarflächen bedeckt. Der Planet war ein Glücksfund gewesen. Er lag nicht nur innerhalb der Lebenszone seiner gelben Sonne und wies klimatische Bedingungen auf, die für den Anbau von Nahrungsmitteln ideal waren, er bestand auch überwiegend aus weiten, ebenen Savannen und Steppen, die ohne großen Aufwand nutzbar gemacht werden konnten. Pro Umlauf konnten zwei reichhaltige Ernten eingefahren werden.

Kr´oh´gtha überwachte und wartete die robotischen Erntefahrzeuge in seinem Sektor des Anbaugebietes. Fast einhundert Maschinen waren Tag und Nacht unterwegs, um die Lieferungen an den zentralen Raumhafen des Kontinents nie abreißen zu lassen. Ununterbrochen landeten und starteten dort die großen Frachtraumschiffe seines Volkes. Seine Arbeit erfüllte ihn mit Stolz und Gh´sche´Mbra, seine Vorgesetzte, hatte ihn erst kürzlich für seinen Arbeitseifer öffentlich gelobt. Der Gedanke daran brachte seine Fühler zum freudigen Vibrieren.

Er beobachtete aufmerksam die Statusmeldungen seiner Erntemaschinen. Alle Anzeigen waren beruhigend und lagen innerhalb der Norm. Der plötzlich aufjaulende Alarmton verwirrte ihn deshalb. Es gab keine Anzeichen einer Fehlfunktion. Die beiden ihm untergeordneten Ph´Kt´Tasch sahen ihn fragend an.

»Ich kann nichts Ungewöhnliches feststellen«, sagte er unsicher. »Ich werde in der Zentrale nachfragen.«

Noch bevor er seine Absicht umsetzen konnte, ertönte aus dem Lautsprecher eine öffentliche Ansage.

»Vor wenigen Minuten ist ein nicht identifiziertes Raumschiff von ungewöhnlichem Ausmaß am Systemrand erschienen. Auf Anfragen hat es nicht reagiert. Ein zur gleichen Zeit aus dem Heimatsystem ankommender Transporter mit frischen Arbeitskräften wurde ohne Vorwarnung von dem Raumschiff zerstört. Das unbekannte Schiff hat Kurs auf Erogor genommen. Alle Arbeiter werden aufgefordert, umgehend zum zentralen Raumhafen zu kommen und sich auf eine Evakuierung vorzubereiten. Der Angreifer wird in weniger als einer Standardstunde über Erogor eintreffen. Der galaktische Rat wurde bereits informiert und Einheiten der Sanktionsflotte sind unterwegs.«

Was die Stimme nicht wusste, war, dass es keine Stunde dauern würde, bis das Schiff über Erogor erscheinen sollte. Tatsächlich dauerte es nicht einmal die Hälfte der Zeit. Noch während die Arbeiter dem Raumhafen zustrebten und lange bevor die Sanktionsflotte eintreffen konnte, tauchte es im Orbit über dem Planeten auf. Wie ein schwarzer Mond hing der Riese am blauen Himmel. Auf der mattschwarzen Oberfläche erschien plötzlich ein heller, rot leuchtender Punkt. Aus dem Zentrum dieses Punktes entsprang ein Energiestrahl, raste auf den Planeten zu und schlug genau im Raumhafen ein. Niemand im Umkreis von mehreren Kilometern überlebte den Erstschlag. Alle anderen noch weiter entfernten Ph´Kt´Tasch überdauerten ihn nur wenige Sekunden länger. Der Strahl bohrte sich durch die Planetenkruste, und als er den Kern erreicht hatte, zeigten sich erste Risse im Gesteinsmantel, die sich wie bei einer in Zeitlupe zerspringenden Glasscheibe über die gesamte Planetenoberfläche ausbreiteten. In den Rissen schimmerte hell glühendes Magma und aus dem Ozean stiegen gewaltige Dampfwolken in den Himmel.

Erogor zitterte und bebte noch eine halbe Minute, bevor der Planet auseinanderbrach. Es gab keine spektakuläre Explosion – der Planet zerbarst einfach langsam entlang der bis in große Tiefen reichenden Risse und die kontinentgroßen Trümmerstücke trieben gemächlich auseinander.

Der schwarze Leviathan manövrierte mit fast aufreizender Gelassenheit, um den größten Brocken aus dem Weg zu gehen. Kleine Schiffe der Ph'Kt'Tasch, die sich gerade in der Nähe befanden, ignorierte er völlig, als wolle er Zeugen seines brutalen Aktes zurücklassen, die davon berichten sollten. Dann drehte der Gigant in aller Ruhe ab, beschleunigte und verließ das System. Die wenig später eintreffenden Einheiten der Sanktionsflotte fanden nur noch die nachglühenden Überreste des Planeten vor.

4.

Taraketian Wasgemur Drogarth untersuchte seinen nackten Körper. Wie bei den vorangegangenen dreizehn Malen fand er nichts daran auszusetzen. Die Klinik hatte hervorragende Arbeit geleistet, was für den zu entrichtenden Preis auch erwartet werden durfte. Sein dreizehnter Klon war ebenso perfekt wie die zwölf vorangegangenen. Auch der Bewusstseinstransfer war problemlos vonstattengegangen. Nach mehr als eintausend Jahren eines bewegten Lebens fiel es ihm zwar zunehmend schwerer, seine Erinnerungen konkreten Ereignissen zuzuordnen, aber er verzichtete auf eine Auslagerung von Teilen seines Gedächtnisses, da es ihm unmöglich schien, entsprechend auszuwählen. Alle Erinnerungen waren ihm alle gleich wichtig, die guten wie die schlechten.

Er hatte es sich zur Gewohnheit gemacht, seinen Körper spätestens nach einhundert Jahren zu wechseln. Dann stellten sich die ersten nicht mehr organisch reparierbaren oder durch geklonte Organe zu behebenden Verschleißerscheinungen ein, und er verabscheute kybernetische Ersatzteile. Seit dem siebten Körper hatte er aufgehört, sein Erscheinungsbild zu ändern und gab stets den gleichen Klon in Auftrag. Sehr maskulin, Anfang dreißig und damit nicht zu jugendlich, durchtrainiert und makellos, mit der inzwischen für Solaner typischen hellbraunen Haut, dunkelbraunen, fast schwarze Haaren und hellgrünen, strahlenden Augen. Der Alterungsprozess war auf genetischer Ebene extrem verlangsamt und nach einhundert Jahren schien der Körper nicht viel mehr als fünfzig Jahre alt zu sein. Allerdings hatten sich während dieser Zeitspanne die Telomere der DNA so sehr verbraucht, dass danach ein rapider Alterungsprozess einsetzte, der nur noch mit kybernetischen Mitteln hinausgezögert werden konnte. Taraketian wechselte lieber vorher den Körper.

Auch das Experiment eines Geschlechtswechsels im fünften Körper hatte ihn nicht befriedigt. Zugegeben – es war eine interessante Erfahrung gewesen, aber er hatte sie nach etwas mehr als vierzig Jahren vorzeitig beendet. Er fühlte sich zu sehr als Mann, als dass ihn ein Leben als Frau erfüllt hätte. Lediglich das Erlebnis einer Geburt empfand er als bereichernde Erfahrung. Seine Tochter, das einzige Kind, das er während seines langen Lebens gezeugt oder geboren hatte, war vor fast dreihundert Jahren bei einem Transmitterunfall gestorben. Er hatte um sie getrauert, obwohl es so gut wie keinen Kontakt zwischen ihnen gegeben hatte. Sie hatte eine nicht zu überwindende Abneigung dagegen gespürt, das Ergebnis des geschlechtlichen Experiments eines gelangweilten Mannes zu sein.

»Tara?«, hörte er eine fragende Stimme hinter sich. »Du bist zwar körperlich anwesend, aber im Geist weit weg.«

Unwillkürlich musste er lächeln. Auf dem Pneumosofa rekelte sich ebenfalls nackt Gelasola, kurz Gela genannt, seine momentane Zeitpartnerin. Sie war noch sehr jung, erst im dritten Körper, und bevorzugte Aktivität mehr als Kontemplation. Er empfand sie als erfrischend, dachte jedoch in letzter Zeit darüber nach, den Partnervertrag nicht mehr zu erneuern. Sie wäre wahrscheinlich nicht einmal enttäuscht gewesen, wenn sie von seiner Absicht gewusst hätte. Das Leben lag noch vor ihr und eine längere Bindung passte augenscheinlich nicht in ihre Pläne für die nächsten Jahrhunderte. Er konnte spüren, wenn eine Zeitpartnerin nur noch aus Höflichkeit bei ihm blieb. Der Vorteil von über eintausend Jahren Erfahrung mit Frauen.

Er schlenderte zu ihr hinüber, setzte sich neben sie und legte einen Arm um ihre Schulter. Sie war eine herausragende Schönheit – so wie alle terranischen Frauen. Es gab heutzutage keinen Grund mehr, auch nur die kleinste Hautunreinheit, ein unschönes Fettpolster, eine nicht perfekte Nase, zu kleine oder zu große Brüste, dicke Beine oder irgendein anderes körperliches Merkmal einfach hinzunehmen. Jeder konnte perfekt sein. Taraketian empfand dies als langweilig. *Allgegenwärtige Makellosigkeit ist der Tod des Außergewöhnlichen,* dachte er, ohne es laut auszusprechen. Gela hätte ihn nicht verstanden. Noch nicht. Vielleicht in ein paar Hundert Jahren.

Der erste Sex in einem neuen Körper war jedes Mal

gleichzeitig neu und aufregend, aber auch routiniert und vertraut. Erfahrung gepaart mit jugendlicher Ausdauer. Er war sicher, dass auch Gela Spaß daran gehabt hatte.

»Tara«, meldete sich die Haus-KI, »ein Raumschiff ist im Anflug und erbittet Erlaubnis zum Andocken.«

»Wer ist es?«, wollte Drogarth wissen.

»Elramuk Salkeder«, lautete die Antwort.

Taraketian atmete tief durch. Elramuk war nicht nur einer seiner ältesten Freunde, der Greksork war außerdem sein Vorgesetzter. Die Greksork gehörten zu den ältesten Völkern in der Milchstraße und verfügten über die am höchsten entwickelte Technologie aller Ratsmitglieder, aus der sie allerdings gerne ein großes Geheimnis machten. Diese Geheimniskrämerei qualifizierte Elramuk geradezu für seinen Posten als Chef des Friedenskorps. Trotz des wohlklingenden Namens war diese Organisation nichts anderes als der höchst effiziente Geheimdienst des galaktischen Rates. Taraketian arbeitete seit mehreren Hundert Jahren hin und wieder für das Friedenskorps, manchmal in diplomatischer Mission, aber meist, wenn es galt, bei humanoiden Spezies herumzuspionieren. Der galaktische Rat wollte nicht abwarten, bis es zu einem kriegerischen Konflikt zwischen zwei Völkern kam. Er legte Wert darauf, solche Entwicklungen bereits im Vorfeld zu erkennen und zu entschärfen. Taraketian war im Laufe seines langen Lebens auf vielen Gebieten zum Fachmann geworden. Wer potenziell Jahrtausende Zeit hat, kann leicht Jahrhunderte in Bildung auf allen möglichen Feldern investieren. Besonders dann, wenn er auch noch zu den reichsten Solanern gehörte. Das *Solare Dominium* war vor etwa zwanzigtausend Jahren in den Rat aufgenommen worden, als es irdischen Wissenschaftlern gelang, einen Überlichtantrieb zu entwickeln. Damals schrieb man das Jahr 2348 nach alter Zeitrechnung und das Erscheinen einer Flotte Außerirdischer im Sonnensystem war ein gewaltiger Schock gewesen. Über die Ausbeutung des Asteroidengürtels, einer großen Ansiedlung auf dem Mond und einigen kleineren Kolonien auf dem Mars und zwei Jupitermonden, war man noch nicht hinausgekommen. Aktuell bestand das Dominium aus einer Vielzahl besiedelter Welten und erstreckte sich über fast den ganzen Seitenarm der Milchstraße, in welchem die Erde zu Hause war. Taraketians Familie hatte es schon vor langer Zeit zu erheblichem Wohlstand gebracht, ihr gehörten einige der wichtigsten Systeme, in denen seltene Mineralien und dringend benötigte Rohstoffe abgebaut wurden. Taraketian verfügte über mehr Reichtum, als er in vielen Leben würde ausgeben können. Also stürzte er sich mit großer Begeisterung auf die Entwicklung seines Geistes und lernte, was es zu lernen gab. Dieses vielfältige und enorme Wissen machte ihn als Mitarbeiter eines Geheimdienstes äußerst wertvoll, konnte er doch in fast jede Rolle schlüpfen und diese glaubhaft verkörpern. Er sah seine Einsätze als Ausgleich zu seinen trockenen Studien und empfand sie als belebende Abenteuer. Manchmal fragte er sich, ob dies nicht schon an Snobismus grenzte.

»Andocken erlauben«, befahl Taraketian der KI und blickte Gela bedauernd an. »Die Arbeit ruft, mein Schatz. Warum nimmst du nicht das Shuttle nach Terra und machst dir ein paar schöne Tage. Ich bin sicher bald wieder zurück. Dann reden wir über die Zukunft.«

Die unangemeldete Ankunft seines Freundes so kurz nach der Rejuvenation verhieß nichts Gutes. Wenn Elramuk ihm keine Zeit für einen wohlverdienten Urlaub ließ, war dies nicht nur ein Höflichkeitsbesuch.

Gelasola zog ein Schmollmündchen, hauchte ihm einen Kuss auf die Wange und stolzierte aus dem Raum. Er war sich nicht sicher, ob er sie jemals wiedersehen würde, und wunderte sich über den Stich, den dieser Gedanke ihm versetzte. Seufzend erhob er sich ebenfalls und ging in seine Räumlichkeiten, um etwas Passendes anzuziehen. Es wäre trotz ihrer Freundschaft unschicklich gewesen, Elramuk vollkommen nackt zu empfangen.

Taraketian Wasgemur Drogarth hatte seinen Rückzugsort an Bord eines alten Kugelraumschiffes, das bis vor einigen Hundert Jahren als Systemfrachter gedient hatte. Er hatte den heruntergekommenen Frachter billig erworben und zu einem luxuriösen Domizil umbauen lassen. Der stationäre Parkorbit um den synchron rotierenden Saturnmond *Mimas*, den siebtgrößten der zweiundsechzig Saturnmonde, bot sowohl einen ständigen, spektakulären Ausblick auf die inneren Ringe des nur etwa 125.000 Kilometer entfernten Planeten als auch eine Anbindung nach Terra über den bordeigenen Transmitter, der allerdings nur zur Versorgung seines Habitats genutzt wurde. Unglücklicherweise waren Transmitter-verbindungen notorisch unzuverlässig, wie der tragische Tod seiner Tochter deutlich gemacht hatte, die sich gegen seinen Rat einem solchen anvertraut hatte. Transmitter wurden in der Regel nur zum Gütertransport benutzt. Transporte verschwanden mit einer Wahrscheinlichkeit von 1:1000 im Nirgendwo und kamen einfach nicht an. Niemand wusste, warum dies so war, und wenn es doch jemand wusste, teilte er dieses Wissen nicht. Die meisten Rassen liebten es, ihre kleinen technologischen Geheimnisse für sich zu behalten. Erkenntnisse zu teilen, gehörte nicht zu den Stärken der galaktischen Gemeinschaft.

Er traf seinen Freund im Wohnbereich, wohin ihn der Hausbote bereits geführt hatte. Der Greksork konnte auf den ersten Blick als Mensch durchgehen, nur die deutlich geringere Körpergröße, die leicht grünliche Hautfarbe und der bräunliche Flaum am ganzen Körper unterschieden die Greksork von einem Solaner. Sie umarmten sich herzlich, bevor Elramuk ohne Umschweife zur Sache kam.

»Du hast ja sicher von dem schwarzen Leviathan gehört, auch wenn du gerade erst aus der Verjüngungsklinik gekommen bist«, fragte er seinen

Freund. »Inzwischen hat er bereits drei besiedelte Planeten vernichtet. Es gab keine Überlebenden und der galaktische Rat wird von allen Seiten bestürmt, endlich etwas zu unternehmen. Was wir nicht publik gemacht haben, um keine Panik ausbrechen zu lassen, ist, dass der Rat nicht untätig geblieben ist. Bereits zweimal haben sich Einheiten der Sanktionsflotte dem Giganten gestellt und versucht, ihn aufzuhalten. Beide Male endete dies in der völligen Vernichtung aller galaktischen Schiffe.«

Elramuk wirkte äußerst besorgt und Taraketian konnte verstehen, warum dies so war. Wenn es der Flotte unmöglich war, den vor zwei Wochen aufgetauchten Riesenraumer zu stellen, gab es nicht viel, was die galaktische Gemeinschaft tun konnte. Es sah zum Glück so aus, als habe es der Feind mit der Vernichtung weiterer Planeten nicht eilig. Der letzte Zwischenfall lag bereits eine Woche zurück und jeder fragte sich, was der unbekannte Gegner wollte und warum er scheinbar wahl- und ziellos Planeten angriff und zerstörte. Langstreckenscanner und wagemutige Scoutschiffe zeigten, dass er zwischen den Angriffen tagelang unbeweglich im Raum trieb, als würde er auf etwas warten. Es gab keine Kommunikation, keine Forderungen, keine Kriegserklärung. Der Feind blieb stumm und geheimnisvoll, was ihn um so bedrohlicher machte.

»Was hat das mit mir zu tun?«, wollte Tara wissen. »Du bist nicht hier, um mir die neuesten Hiobsbotschaften zu überbringen.«

»Der Rat ist ratlos.« Elramuk musste über dieses Wortspiel selbst schmunzeln. »Ich habe dem Präsidium einen Vorschlag gemacht, der nicht direkt abgelehnt worden ist, der aber auch keine besondere Begeisterung hervorgerufen hat. Wir sollten uns an die Ek'Thal wenden. Wenn jemand eine Idee hat oder vielleicht sogar helfen kann, dann sie. Die Ek'Thal sind langfristig ebenso bedroht wie wir alle. Und falls sie sich nicht bedroht fühlen, wäre es interessant zu wissen, weshalb. Ich habe dich als unseren Botschafter vorgeschlagen.«

Die Ek'Thal waren das älteste und geheimnisvollste Volk der Milchstraße. Es gab sogar Gerüchte, sie seien die letzte überlebende Rasse des großen galaktischen Kollaps vor fast fünf Milliarden Jahren, auch wenn Taraketian dies bezweifelte. Sie hatten sich von Beginn an standhaft geweigert, dem galaktischen Rat beizutreten und verfügten über eine derart hoch entwickelte Technologie, dass es aussichtslos war, ihnen etwas aufzwingen zu wollen.

Die Ek'Thal besaßen keine Kolonien, hatten ihr System hinter einem undurchdringlichen Phasenschirm verschanzt und pflegten keinerlei Kontakt mit den anderen Völkern. Niemand wusste, wie viele es von ihnen gab, was sie taten, wozu sie eventuell in der Lage waren oder was sie beabsichtigten. Sie hatten niemals Anzeichen von Aggression gezeigt und man ließ sie deshalb einfach in Ruhe. Hin und wieder begegnete man einem ihrer

Raumschiffe, die jedoch weder auf Funksignale antworteten noch überhaupt reagierten. Niemand wusste, woher sie kamen oder wohin sie unterwegs waren.

Sie waren Sauerstoffatmer, stammten wahrscheinlich von Säugetieren ab und entsprachen ungefähr humanoider Norm. Hochgewachsen, extrem schlank, völlig haarlos mit reinweißer Haut und strahlend blauen Augen. Nicht, dass in den letzten Jahrhunderttausenden irgendjemand einen Ek'Thal zu Gesicht bekommen hätte. Das Wenige, was man über sie wusste, stammte aus uralten Aufzeichnungen aus der Anfangszeit des galaktischen Rates. Niemand konnte bestätigen, dass diese Informationen korrekt waren. Sie galten als überaus intelligent, technologisch den anderen Zivilisationen weit voraus und nicht sehr gesellig. Mehr wusste man über sie nicht. Es gab kein lebendes Individuum in der Galaxis, das jemals auf ihrem Heimatplaneten gewesen war. Jeder Kontaktversuch wurde noch vor der systemumspannenden Barriere abgeblockt, wenn sie überhaupt darauf antworteten. Sie ignorierten den Rest der Galaxis und wurden ihrerseits ignoriert.

»Das ist nicht dein Ernst, Elramuk«, lachte Taraketian. »Warum sollten sie ausgerechnet jetzt ihre freiwillige Isolation beenden. Bis das schwarze Schiff ihr System bedroht, können noch Tausende von Jahren vergehen. Bei mehr als zweihundert Milliarden Sonnen in der Milchstraße wäre es ein unglaublicher Zufall, wenn der Leviathan in naher Zukunft ausgerechnet die Ek'Thal heimsucht. Sie interessieren sich nicht für unsere Probleme.«

»Wir haben dem fremden Schiff nichts entgegenzusetzen«, antwortete Elramuk frustriert. »Selbst die technologisch am höchsten entwickelten Mitgliedsvölker sind machtlos. Früher oder später bleibt uns keine andere Wahl, als uns an diejenigen zu wenden, von denen wir hoffen dürfen, dass sie vielleicht helfen können. Warum sollen wir warten, bis die Situation noch aussichtsloser wird? Der Rat muss zeigen, dass er handlungsfähig ist. Wenn das Vertrauen verloren geht und eine Panik in der Galaxis um sich greift, sind Stabilität und Sicherheit für alle gefährdet. Noch können wir unsere Wehrlosigkeit vor der Gemeinschaft der Völker verheimlichen. Lange wird das nicht mehr gut gehen.«

»Sinnloser Aktionismus«, entrüstete sich Taraketian. »Ein wirkungsloses Placebo, nichts weiter. Die Ek'Thal werden uns nicht einmal anhören. Vergeudete Zeit, die man besser für Erfolg versprechendere Alternativen nutzen sollte. Und warum ausgerechnet ich?«

»Du bist ein Humanoide und somit am besten geeignet, mit anderen Humanoiden in Kontakt zu treten. Niemand verfügt über deine Erfahrung in Verhandlungen mit anderen Spezies und ich vertraue dir«, entgegnete Elramuk lapidar.

»Damit willst du sagen, dass niemand von diesem Verzweiflungsakt Wind bekommen soll und ich notfalls entbehrlich bin, falls die Ek'Thal … hm … unwirsch auf mein Klopfen an ihrer Tür reagieren?«, wollte Taraketian wissen.

Elramuk grinste verlegen. »Der Rat will keine bekannte Persönlichkeit hierfür einsetzen. Niemand aus dem offiziellen diplomatischen Zirkel kommt infrage. Die Sache muss stillschweigend angegangen werden.«

»Also vom Friedenskorps«, nickte Taraketian, »und auf deinen Vorschlag hin von mir.«

»Der Rat stimmte nur unter dieser Bedingung zu«, bestätigte sein Freund.

»Ich will für diesen Auftrag ein Schiff deines Volkes«, verlangte Taraketian, wohl wissend, dass die Greksork normalerweise keines ihrer Schiffe anderen Rassen zur Verfügung stellten. Er würde sich jedoch besser fühlen, wenn er bei dieser heiklen Mission über die beste Technologie verfügte, die es in der Milchstraße zu finden gab. Außer wahrscheinlich bei den Ek'Thal.

»Ich werde sehen, was ich machen kann«, versprach Elramuk. »Wann kannst du abreisen?«

»Sobald das Schiff vor meiner Haustür steht«, sagte Taraketian.

5.

Die gedämpfte, rötliche Beleuchtung der Zentrale tauchte den riesigen Raum in ein düsteres Licht. Vor den verschiedenen mit Holoprojektionen, Schirmen, energetischen Eingabefeldern und Steuermodulen übersäten Stationen saßen erstaunlich wenige Besatzungsmitglieder. Sie verloren sich fast in der gewaltigen, mehr als einhundert Meter durchmessenden Kuppel.

Inmitten der Zentrale erhob sich ein Podest, auf dem sich ein einzelner Sitzplatz befand – der des Kommandanten. Auf ihm saß ein Wesen, welches in der schummrigen Atmosphäre für ein menschliches Auge nur schwer im Detail erkennbar gewesen wäre. Die Besatzung des Schiffes stammte von einem Planeten, der einen roten Zwerg umkreiste, und ihre Augen waren für diese Verhältnisse geschaffen. Für sie herrschte helles Tageslicht. Ringsum waren die sich nach oben verjüngenden Wände mit unzähligen Displays und Anzeigen bedeckt. Direkt im Sichtfeld des Kommandanten befand sich das Hauptdisplay, das mittels einer perfekten holografischen Projektion die unmittelbare Umgebung darstellte. Derzeit sah man dort die glühende Akkretionsscheibe des massiven Schwarzen Loches im Zentrum der Milchstraße. Die Wiedergabe war stark gedimmt, um die Anwesenden nicht zu blenden. Der langsam rotierende Wirbel schimmerte in einem fahlen Gelb, das zur Erhellung der Zentrale so gut wie nichts beitrug.

Das Wesen auf dem Platz des Kommandanten wäre nach irdischen Maßstäben durchaus attraktiv gewesen. Der vollkommen humanoide, sehr schlanke und doch wohlproportionierte Körper eines Mannes im besten Alter. Das ebenmäßige Gesicht wurde beherrscht von den etwas zu großen Augen, die aber in ihrer Größe nicht störend wirkten, sondern dem Mann vielmehr den Ausdruck eines über die vielen Wunder des Universums erstaunten Kindes verliehen. Die fein geschwungene Nase und die sinnlichen Lippen rundeten das Bild ab. Nur vier Merkmale hätten einen menschlichen Betrachter vielleicht irritiert: Es fehlte jegliche Behaarung und so gab es auch keine Augenbrauen. Die Hautfarbe war extrem blass und die übergroßen Augen mit blutroter Iris und weiten, schwarzen Pupillen verliehen dem Mann fast etwas Diabolisches, was dem ersten Eindruck einer sympathischen Erscheinung entgegenwirkte. Ein Blick auf die Hände zeigte sechs Finger mit zwei gegenüberliegenden Daumen. Der Mann war in einen eng anliegenden schwarzen Overall gekleidet, der keine sichtbaren Insignien aufwies. Ein zweiter Mann näherte sich dem Podest. Er war ebenfalls schwarz gekleidet und hätte ein jüngerer Bruder des Kommandanten sein können. Er salutierte, indem er seine rechte Hand auf die linke Schulter schlug.

»Großadmiral Kaldhar, die Ergebnisse der neuen Scans

liegen jetzt vor.«

»Rufen sie die Generäle zu einer Besprechung zusammen«, befahl der Kommandant.

»Sehr wohl, Großadmiral«, bestätigte der deutlich jüngere Untergebene und salutierte erneut. Dann drehte er sich schneidig um und eilte auf eine der Arbeitsstationen in der Zentrale zu. Dort gab er augenscheinlich den Befehl an einen anderen Mann weiter, welcher daraufhin über Interkom die entsprechenden Personen über den Befehl des Kommandanten informierte. Der Kommandant erhob sich von seinem gepolsterten Sessel, stieg vom Podest und verharrte kurz vor dem Kommandostand. Er blickte langsam in die Runde, bevor er sich zu einer kleinen Nische in der gekrümmten Wand begab. Dort tippte er einen Code in ein Tastenfeld. Ein Schleier schien sich für eine Sekunde über die Nische zu legen, und als er sich wieder hob, war Großadmiral Kaldhar verschwunden.

An einer anderen Stelle im Schiff flimmerte in einer gleichartigen, leeren Nische für einen Moment die Luft, bevor dort wie aus dem Nichts der Kommandant materialisierte. Er verließ die Nische und ging gemächlich zu einem nur wenige Meter entfernt liegenden Durchgang, der von einem Energievorhang verschlossen wurde. Kaldhar hielt kurz seine Hand vor ein Sensorfeld, woraufhin der Energieschirm in sich zusammenfiel und den Zutritt zu einem Konferenzraum freigab. Er betrat den leeren Raum und nahm an der Stirnseite einer frei schwebenden Tischplatte in einem bequemen Sessel Platz. Auch dieser stand leicht erhöht, sodass er auf jeden herabblicken konnte, der mit ihm am Tisch sitzen würde. Nur Sekunden später betraten zwei weitere Männer den Raum. Sie salutierten und nahmen ihre Plätze ein. Vier weitere Personen, darunter zwei Frauen, trafen innerhalb der nächsten Minuten ein. Seit dem Befehl, sich zu versammeln, waren noch keine zehn Minuten verstrichen. Der Großadmiral nickte zufrieden. Seine Generäle wagten es nicht, sich zu verspäten. Jeder legte Wert darauf, vor der angegebenen Zeit einzutreffen, um Pluspunkte zu sammeln. Wer sich Minuspunkte einfing, dessen Karriere und vielleicht sogar dessen Leben nahmen möglicherweise ein abruptes Ende.

»Was haben die neuen Scans ergeben«, fragte der Großadmiral, ohne sich lange mit einer förmlichen Begrüßung aufzuhalten.

Vor jedem der Teilnehmer baute sich ein Hologramm über der Tischplatte auf. Es zeigte eine schematische Darstellung der Milchstraße mit einem kleinen rot blinkenden Punkt nahe dem Zentrum – dem momentanen Standort des Schiffes.

»Wenn sie gestatten, Großadmiral, gebe ich einen zusammenfassenden Überblick«, meldete sich einer der Generäle. Kaldhar nickte zustimmend.

»Wie sie sehen können, bewegen wir uns immer noch im Zentrumssektor. Wir haben etwa ein Drittel der Galaxis mit unseren Langstreckenscannern überprüft. Leider ohne Erfolg. Es konnten bisher keine typischen Energiesignaturen des Feindes angemessen werden. Auch der Versuch, durch die Zerstörung willkürlich ausgesuchter Planeten eine Reaktion zu erzwingen, ist fehlgeschlagen. Zwar hat sich uns zweimal eine gegnerische Flotte entgegengestellt, diese konnte jedoch ohne große Mühe vernichtet werden. Es waren keine Schiffe des Feindes darunter. Wir richten unsere weiteren Bemühungen …«

»Stopp, Makullor!«, unterbrach der Kommandant den Sprecher. »Was sie da von sich geben, ist lediglich Geschwafel. Es gibt also nichts Neues! Keinem von ihnen ist es bisher gelungen, den Feind ausfindig zu machen. Das ist nicht länger zu tolerieren. Wir wissen, dass er hier sein muss. Ich will keine weiteren Ausreden mehr hören. General Makullor, sie sind für die Aufklärung verantwortlich. Wie erklären sie sich ihr Versagen über einen so langen Zeitraum?«

Der Angesprochene wurde sichtlich nervös. Vom Kommandanten Versagen vorgeworfen zu bekommen, konnte tödlich enden. Auf seiner Stirn bildete sich ein Schweißfilm und ein Auge begann, unter der Anspannung zu zucken.

»Großadmiral … ich … äh … wir haben erst ein Drittel …«

»Halten sie den Mund, Makullor!«, fuhr Kaldhar den stammelnden General mit kalter, schneidender Stimme an.

»Sie übernehmen ab jetzt die Aufsicht über die Wartungsteams. General Xarenna, sie sind ab sofort für die Feindaufklärung verantwortlich.«

Die angesprochene Generalin nickte dankbar, auch wenn sie sehr wohl wusste, dass mit dieser Beförderung ein höheres Risiko für ihre weitere Laufbahn verbunden war. Und für ihr Leben. General Makullor sank auf seinen Sessel zurück, froh darüber, nur seine Position, nicht aber noch mehr verloren zu haben.

»Ich erwarte Ergebnisse!«, fuhr der Kommandant fort. »Und ich erwarte Vorschläge für unser weiteres Vorgehen. Ich bin nicht länger bereit, kostbare Zeit damit zu vergeuden, planlos hier zu kreuzen und den Bewohnern der Galaxis somit die Gelegenheit zu geben, ihre Kräfte gegen uns zu bündeln. In einem Zyklus werden wir uns hier erneut versammeln. Wer mir dann keine brauchbaren Alternativen oder konkrete Ergebnisse anbieten kann, hat im Führungsstab nichts mehr zu suchen.«

Jeder der Anwesenden wusste, dass ein Ausschluss aus dem Führungszirkel nicht nur eine Degradierung bedeutete, sondern einem Todesurteil gleichkam.

6.

SIEBEN: »Was ist mit unserer Verantwortung?«

ACHT: »Eine solche gibt es nur uns gegenüber.«

SIEBEN: »Das ist moralisch verwerflich!«

ACHT: »Aber gerechtfertigt. Wir dürfen nie wieder Krieg führen!«

DREI: »Sie werden uns früher oder später finden.«

ACHT: »Wenn sie weiter so vorgehen wie bisher, können sie Jahrhunderttausende damit verbringen, die Galaxis zu durchsuchen. Wir blocken ihre Scans erfolgreich ab.«

DREI: »Sie werden irgendwann durch Zufall oder bei einer gezielten Suche in irgendeinem Datennetz auf die Koordinaten stoßen.«

ACHT: »Und wenn schon. Sie können niemals zu uns vordringen.«

DREI: »Ich bin da nicht wirklich sicher.«

ACHT: »Unsere Defensivtechnologie wurde seitdem ständig weiterentwickelt.«

VIER: »Ihre Waffentechnologie war der unseren gegen Ende weit überlegen. Auch unsere Defensivsysteme boten keinen Schutz. Wir fanden nie ein Mittel gegen ihre Waffe. Deshalb wurden wir besiegt!«

ZWEI: »Wurden wir besiegt? Man könnte es auch anders beurteilen. Aber wir haben uns geändert. Wir haben unseren Fehler erkannt. Eine moralische Entscheidung.«

SIEBEN: »Wie auch jetzt!«

SECHS: »Es bleibt immer noch die Frage, ob wir weiter tatenlos zusehen dürfen.«

NEUN: »Wir müssen früher oder später eine Entscheidung treffen.«

SECHS: »Ich beantrage eine Abstimmung. Eingreifen oder weiterhin inaktiv bleiben.«

EINS: »Ich stelle die Alternative zur Abstimmung.«

...

EINS: »Fünf zu fünf. Damit entscheidet meine Stimme. Wir werden zunächst nicht eingreifen.«

7.

Kellira Santowan stieß einen herzhaften Fluch aus. Die Abschirmung des Phasentriebwerks fluktuierte schon wieder außerhalb des Normbereiches. Die letzte Reparatur lag gerade einmal vier Monate zurück und hatte ihre ohnehin gering bemessenen Reserven aufgezehrt. Wenn erneut eine teure Instandsetzung fällig war, konnte dies ihr kleines Unternehmen gefährden. Die Schulden bei den Kreditinstituten fraßen so schon jeden Gewinn aus ihren Aufträgen auf.

Nicht zum ersten Mal bereute sie die Entscheidung, sich nach ihrem Ausscheiden aus der Flotte des Solaren Dominiums als unabhängige Frachterkapitänin zu versuchen. Fünf Jahre lang hatte sie eine schnelle Fregatte der solaren Verbände in der Sanktionsflotte befehligt. Ein Kinderspiel im Vergleich zu ihrem jetzigen Job.

Kellira war Mitte vierzig, steckte noch in ihrem ersten Körper, und wenn es so weiterging, würde sie sich einen Zweiten gar nicht erst leisten können. Ihr Originalkörper war durchaus sehenswert und zog auch ohne bionische Eingriffe die Blicke der Männer auf sich. Hoch gewachsen, sportlich-schlank und mit einem ausdrucksstarken, wunderschönen Gesicht hätte man ihr eher eine Karriere als Holomodell zugetraut als die eines Flottenoffiziers. Die nach ihrem Ausscheiden aus der Flotte schulterlang gewachsenen, pechschwarzen Haare und die strahlend grünen Augen ließen sie etliche Jahre jünger erscheinen. Doch auch dieser perfekte Körper würde trotz der Mittel moderner Medizin, Genetik und Kybernetik irgendwann altern und müsste dann ersetzt werden – wenn man es sich leisten konnte, woran Kellira allmählich zu zweifeln begann.

Direkt nach dem Schulabschluss auf ihrem Heimatplaneten Pharos hatte sie sich für eine militärische Laufbahn entschieden. Eine mehrjährige Offiziersausbildung auf der Flottenakademie des Solaren Dominium folgte. Mit Mitte zwanzig kam sie als frischgebackener Leutnant und Adjutant eines Generals zur Sanktionsflotte. Ihr Boss wurde zu ihrem Mentor und förderte einen raschen Aufstieg. Über verschiedene Stationen ging es für Kellira ungebremst aufwärts. Zunächst als zweiter Offizier auf einer Fregatte, dann ein eigenes Kommando als Kommandantin auf einem Patrouillenschiff und schließlich der Befehl über eine eigene, schnelle Fregatte. Fünf Jahre lang hatte sie beispielhaft Dienst geschoben und jedem war klar, dass die nächste Beförderung bald anstand. Ein paar Jahre auf einem Stabsposten im Hauptquartier, noch einige Zeit als Kommandantin auf einem schweren Schlachtschiff und einem Generalsstern hätte irgendwann nichts mehr im Wege gestanden. Ihre Karriere war vorgezeichnet. Bis zu dem Zwischenfall beim Einsatz gegen Raumpiraten im Lonmur-Sektor.

Bei der routinemäßigen Überprüfung eines verdächtigen Schiffes hatte sich herausgestellt, dass es zum Drogenschmuggel eingesetzt wurde. Es kam zu einem Handgemenge an Bord, schließlich zog einer ihrer Männer eine Waffe und zum Schluss lag einer der Schmuggler tot am Boden. Der Tote war ausgerechnet der Neffe eines hochrangigen Politikers im Solaren Dominium gewesen. Als sich Kellira öffentlich vor ihren Untergebenen gestellt hatte, war ihr unmissverständlich klargemacht worden, dass sie bis zu ihrem Lebensende Patrouillendienst in der entlegensten Ecke der Galaxis schieben würde. Angewidert hatte sie den Dienst quittiert und mit ihrer Abfindung, den kleinen Ersparnissen und einem großen Bankkredit einen heruntergekommenen Frachter erworben und sich selbst-ständig gemacht.

Das war vor zwei Jahren gewesen, und trotz aller Anstrengungen kam sie auf keinen grünen Zweig. Das Gewerbe war hart, die Kosten für das betagte Schiff waren unvorhersehbar hoch und sie hatte den Verdacht, dass der Onkel des Toten hinter den Kulissen alles tat, um ihr Steine in den Weg zu legen. Schon mehrfach waren potenzielle Kunden ohne Begründung in letzter Sekunde abgesprungen. Der einzige Vorteil des alten Kahnes bestand darin, dass er trotz seiner nicht unerheblichen Größe von nur zwei Personen geflogen werden konnte. Außer ihr war noch einer ihrer ältesten Freunde mit an Bord. Ein Okalese mit einem für einen irdischen Kehlkopf unaussprechlichen Namen, den sie nur Wuck nannte. Sie hatte ihn bereits auf der Akademie kennengelernt, wo er für ein Offizierspatent studierte, und sich mit ihm angefreundet. Nachdem sich ihre Wege wiederholt gekreuzt hatten, waren sie die besten Freunde geworden. Zu ihrer Überraschung hatte Wuck kurz nach dem Kauf des Frachters vor der Tür gestanden und sie um einen Job gebeten. Er hatte ebenfalls gekündigt, als die Nachricht über ihre Misere in den Offiziersmessen verbreitet hatte. Okalesen besaßen ein ausgeprägtes Ehrgefühl und die Behandlung seiner Freundin widerte ihn an. Jetzt saß er ebenso in der Patsche wie sie.

»Hey, Wuck«, rief sie quer durch die kleine Zentrale. »Hast du die gleiche Anzeige auf dem Schirm wie ich?«

Wuck saß am Steuerstand des ersten Offiziers, nur wenige Meter neben ihr. Ein heiseres Grollen genügte ihr als Bestätigung.

Okalesen stammten von löwenähnlichen Raubtieren ihres tropischen Ursprungsplaneten ab, der vor einigen tausend Jahren vom Solaren Dominium entdeckt worden war. Damals hatten die Okalesen gerade den Stand urzeitlicher Neandertaler auf der Erde erreicht. Sie waren allerdings vom Aussterben bedroht, da ein Asteroideneinschlag kurz vor der Entdeckung des Planeten zu einer verheerenden Eiszeit geführt hatte. Die Okalesen konnten dieses Disaster ohne Hilfe nicht überleben. Obwohl es ein Verbot des galaktischen Rates gab, Planeten mit sich entwickelnden Spezies zu erschließen, wurde in diesem Fall eine Ausnahme gemacht. Mit der irdischen Technologie gelang es mühelos, die Auswirkungen der Katastrophe zu beseitigen und die Okalesen zu retten. Über die Jahrtausende hatte sich ein freundschaftliches Band zwischen den Ureinwohnern von Okala und den Solanern entwickelt. Das Solare Dominium hatte die Okalesen behutsam in die Zukunft geführt und inzwischen galten sie als vollwertiges Mitglied der galaktischen Völkergemeinschaft. Der Lebensstandard auf Okala stand dem auf anderen entwickelten Planeten des Solaren Dominiums in nichts nach. Sie hatten die Hilfe der Menschen nie vergessen und zu keinem anderen Volk gab es eine ähnlich enge Beziehung.

Seufzend unterbrach Kellira den Phasenflug. Ihr Schiff fiel mitten in einem Sternenmeer zurück in den Normalraum. Die Fracht, wichtige Ersatzteile für eine Minengesellschaft, die auf einem unbewohnten Planeten im Zentrumssektor Bergbau betrieb, musste termingerecht abgeliefert werden. Ansonsten drohte eine hohe Konventionalstrafe. Sie lehnte sich erschlagen in ihren Pilotensitz.

»Wuck, gehe bitte mal in den Maschinenraum und sieh nach, was da genau los ist«, bat sie ihren Freund mit Leichenbittermiene. Ein zu stark fluktuierendes Abschirmfeld führte zu einem höheren Verschleiß anderer wichtiger Teile des Phasentriebwerks, was wiederum noch teurere Reparaturen nach sich ziehen konnte. Das Triebwerk hielt die *Shogun* phasenverschoben auf einer zwischendimensionalen Ebene und ermöglichte Geschwindigkeiten, die millionenfach höher waren als die Lichtgeschwindigkeit im Vakuum. Wenn es ausfiel, war man im Einsteinraum gestrandet und musste um Hilfe ersuchen – was ebenfalls enorme Kosten zur Folge hatte. Sie hoffte, vielleicht mit Bordmitteln etwas reparieren zu können. Defekte, Reparaturen, Verspätungen, Konventionalstrafen – die täglichen Bedrohungen in ihrem Geschäft.

»OK, Kelli«, bestätigte Wuck und erhob ich von seinem Sitz. Er sah aus wie eine zu groß gewachsene Katze ohne Schwanz, bis auf den annähernd menschlichen Schädel. Das im Gegensatz zum restlichen Körper unbehaarte Gesicht wies eine spitze Nase zwischen zwei intelligent blickenden, fast menschlichen Augen auf, und hinter den Lippen des nur leicht vorgestülpten Kiefers blitzten zwei Reihen messerscharfer Zähne. Er lief auf den beiden kräftigen Hinterbeinen. Die Vorderläufe hatten sich im Lauf der Evolution zu Handlungsarmen entwickelt, mit fünf Fingern, die in normalerweise spitzen, üblicherweise jedoch gestutzten Krallen endeten. Die gelbliche Körperbehaarung war kurz und dicht. Nur auf dem Kopf wuchs sie zu einer dunklen, kaum zu bändigenden, wirren Haarpracht heran, was ihm tatsächlich Ähnlichkeit mit einem Löwen verschaffte.

Fünf Minuten später meldete er sich über Interkom.

»Hey, Kelli, ich hab´s gefunden!«, sagte er. »Wie üblich gibt es eine gute und eine schlechte Nachricht. Es ist eine Kleinigkeit, die ich selbst richten kann. Nur ein Justierungsproblem. Aber es wird mindestens einen Tag dauern, das Teil auszubauen, zu kalibrieren und wieder einzubauen. Vielleicht auch etwas länger.«

Kellira bestätigte die Meldung und stützte den Kopf auf die Hand. Die Lieferfrist einzuhalten, würde knapp werden, es konnte aber gerade noch gelingen. Einen ganzen Tag treibend im Raum zu verlieren, war das Maximum, das sie sich erlauben durfte. Es kam jetzt auf Wucks technisches Geschick an. Wie zu oft in den letzten beiden Jahren hing das Überleben ihrer Firma einmal mehr an einem seidenen Faden.

8.

Die Flotte von mehr als zwanzigtausend Raumschiffen stand marschbereit im Caventor-System. Alle Mitgliedsvölker des galaktischen Rates ab einer bestimmten technologischen Entwicklungsstufe hatten ihren Beitrag geleistet. Darunter befanden sich auch mehr als eintausend Raumschiffe des Solaren Dominium, von der schnellen Fregatte über Korvetten und Raumkreuzer bis hin zu den mächtigen Zerstörern. Die Völker der Milchstraße sammelten sich für einen geballten Angriff auf den Leviathan. Es war die größte Raumflotte, die jemals in der Geschichte des galaktischen Rates zusammengezogen worden war und ihrer unvorstellbaren Zerstörungskraft hatte der Aggressor nichts entgegenzusetzen. Davon war man überzeugt.

Commodore Todor Angalov befehligte das solare Geschwader. Von seinem Kommandostand an Bord des Zerstörers *Einstein* gruppierte er seine Einheiten in die von den KIs optimierten Positionen. Die hell erleuchtete Zentrale bot das Bild eines geordneten Chaos. Dutzende von Offizieren und Adjutanten eilten zwischen den einzelnen Stationen hin und her, Displays flackerten hektisch, farbige Hologramme drehten sich in einem endlosen Tanz, Diagramme hoben und senkten sich im Wandelspiel der dargestellten Parameter, Befehle gingen unablässig über Interkom zu den Adressaten. Die Avatare der Kommandanten und Kapitäne der solaren Schiffe wechselten sich mit einem kurzen Besuch auf der Brücke des Flaggschiffes ab, um letzte Details mit dem Geschwaderführer persönlich abzuklären.

Angalovs Kommandostand erschien wie eine Insel der Ruhe inmitten der Hektik. Ein Dämpfungsfeld hielt den Geräuschpegel auf einem leisen Murmeln und er saß entspannt in seinem weich gepolsterten Kontursessel, während er vorsichtig an der Tasse mit brühend heißem Tee nippte, die ihm sein persönlicher Adjutant gerade gebracht hatte.

»Kommandant Selogar, ich kann ihrem Wunsch leider nicht entsprechen«, sagte er gerade zu dem Avatar, der ihm gegenüberstand. »Sie werden ihre geplante Position halten. Eine Änderung der Formation zu diesem Zeitpunkt würde den gesamten Zeitplan gefährden.«

»Aber Commodore, bei allem Respekt, ohne vollständig funktionsfähige Backbordtriebwerke können wir eventuell notwendige Manöver nicht exakt durchführen. Unsere Gefechtsbereitschaft liegt somit nicht beim Optimum. Eine weniger zentrale Position würde …«

»Es tut mir leid, aber die Diskussion ist beendet. Ihr Schiff bleibt, wo es ist!«

»Zu Befehl, Commodore!«

Der Avatar salutierte und verschwand. Selogar konnte einen Seufzer nicht unterdrücken. In der letzten halben

Stunde war er damit beschäftigt gewesen, Dutzende von Anfragen und Änderungswünschen abschlägig zu bescheiden. Die Formation der solaren Einheiten beruhte auf komplexen Notwendigkeiten, welche die gesamte Flotte betrafen. Mehrere KIs hatten im Verbund unter Berücksichtigung der Kampfkraft einzelner Schiffe und deren Manövrierfähigkeit und Defensivkapazitäten eine optimale Anordnung aller an diesem Feldzug teilnehmenden Schiffe berechnet. Jede Änderung konnte unabsehbare Folgen haben. Angalov dachte an die Flügel des Schmetterlings, welche weit entfernt einen Sturm auslösen können. Mancher Kapitän wollte dies nicht einsehen und verschwendete seine kostbare Zeit.

Wenige Minuten später kam die Anfrage der Flottenleitung unter dem Greksork Malrakan Terluahn, ob die solaren Einheiten in Position und marschbereit seien. Angalov bestätigte und auf dem zentralen Holodisplay erschien der Countdown. Noch knapp fünfzehn Minuten solarer Zeit bis zum Abflug der gewaltigen Flotte. Letzte Befehle eilten zwischen den Schiffen hin und her, nervöse Kapitäne ließen nochmals alle Systeme überprüfen und die KIs der Schiffe koppelten sich zu einem Verbundnetz zusammen. Beim Anflug auf den Leviathan sollten die zwanzigtausend Kampfschiffe überwiegend von ihnen gesteuert werden. Ein biologischer Verstand wäre mit der unüberschaubaren Informationsfülle und den Millionen gleichzeitig zu berechnender Daten schlicht überfordert gewesen. Commodore Todor Angalov saß entspannt in seinem Sessel und genoss den letzten Tropfen seines Tees. Die solaren Schiffe waren mit den besten Offizieren der Flotte bemannt und er war zuversichtlich, dass seine Einheiten perfekt funktionieren würden. An den Menschen und ihren Raumschiffen würde der Angriff nicht scheitern, dessen war er sich sicher. Es gab dort draußen andere Völker, denen er weniger Disziplin und Verantwortungsgefühl zutraute.

Angalov musste sich eingestehen, dass er sich insgeheim auf die bevorstehende Schlacht freute. Seine gesamte Karriere hatte er mit Simulationen, Manövern und taktischen Trockenübungen verbringen müssen, wenn man von einem Warnschuss vor den Bug eines Piratenschiffes vor vielen Jahren, als er noch ein junger Kadett war, einmal absah. In der Galaxis herrschte Frieden, was für einen Mann des Militärs irgendwie unbefriedigend war, auch wenn er dies öffentlich niemals zugeben würde. Es juckte ihn in den Fingern, die mächtigen Waffensysteme nicht nur in Manövern auf alte Wracks und Asteroiden abfeuern zu können, sondern ihre Vernichtungskraft gegen einen Gegner einzusetzen, der in der Lage war, zurückzuschießen.

Er strich sich nachdenklich über den grauen, kurz geschorenen Bürstenschnitt, der von seiner einstmals blonden Lockenpracht noch verblieben war. Es wurde Zeit, über einen neuen Körper nachzudenken. Er hatte diesen

Schritt bisher vermieden, da in seinen Augen eine ältere, massigere und autoritär auftretende Gestalt besser zu seiner Position passte. In letzter Zeit plagten ihn jedoch einige Zipperlein, was bei einem Körperalter von fast neunzig Jahren nicht verwunderlich war, auch wenn er dank moderner medizinischer Möglichkeiten wie ein gut erhaltener Sechzigjähriger wirkte.

Noch fünf Minuten bis zum Start der galaktischen Flotte. Auf der Brücke ertönte ein harmonischer Gong und die umhereilenden Besatzungsmitglieder nahmen allmählich ihre Positionen ein oder verließen die Zentrale. Die Beleuchtung wurde gedimmt und eine Ansage ertönte im gesamten Schiff wie auch auf den anderen Einheiten des solaren Geschwaders.

'T minus 5 Minuten. Bitte die Stationen einnehmen. T minus fünf Minuten. Dies ist keine Übung!'

Der Commodore spürte, wie sich sein Pulsschlag erhöhte. Dies war kein Manöver, keine Simulation, kein Einsatz gegen irgendwelche unterlegenen Raumpiraten. Dies war das echte *Ding*! Nach der erfolgreichen Schlacht würde er auf Terra gefeiert werden. Der erste Flottenbefehlshaber seit Menschengedenken, der seine Truppen in eine wirkliche Schlacht geführt hatte. Wahrscheinlich würde man ihm eine Position im Admiralsstab anbieten. Oder vielleicht sogar die Führung der Flottenakademie. Ein Offizier mit seiner Erfahrung konnte den jungen Rekruten unschätzbare Kenntnisse vermitteln. Er würde sich einen neuen Körper zulegen müssen. Jünger, strahlender, gestählt – so wie es ihm, einem Kriegshelden, dann gebührte. Er bedauerte, dass es strengstens verboten war, seinen Bewusstseinsinhalt zwischenzuspeichern. Nur die direkte Übertragung von einem Körper auf einen Neuen war erlaubt. Andernfalls wäre die eigene Vervielfältigung möglich gewesen. Und die relative Unsterblichkeit, da man sich mittels eines gespeicherten Bewusstseins, einer *'Sicherheitskopie'*, immer wieder in einem neuen Körper hätte erwecken lassen können. Die Strafe für eine Bewusstseinsspeicherung bestand in dem Verbot, jemals wieder den Körper wechseln zu dürfen, und war somit ein verzögertes Todesurteil. Er lächelte bei dem Gedanken, was zwei, zehn oder einhundert Männer seiner Führungsqualität für die Flotte bewirken könnten.

Erneut ertönte ein Gong – diesmal eine Dissonanz.

'T minus eine Minute. Alle Besatzungsmitglieder auf Station. T minus eine Minute bis Phasenübergang. Dies ist keine Übung!'

Jegliche Hektik in der Zentrale war zum Stillstand gekommen. Alle Stationen waren bemannt und die Männer und Frauen arbeiteten konzentriert an ihrer jeweiligen Aufgabe, die es nun zu erfüllen galt. Auf dem Hauptdisplay wurden die letzten Sekunden in großen Zahlen heruntergezählt. Im Innern des Schlachtschiffes ertönte ein kaum hörbares Wummern, als die mächtigen

Energiekonverter hochfuhren und die Vakuumenergie anzapften. Noch drei Sekunden.

Zum dritten Mal ertönte ein Gong – jetzt ein einzelner tiefer Ton. Die Phasentriebwerke versetzten das Schiff auf eine zwischendimensionale Ebene außerhalb der Realität des Einsteinraumes. Die KIs sorgten dafür, dass dieser Vorgang bis auf die Picosekunde genau auf allen zwanzigtausend Schiffen der Flotte im exakt gleichen Moment stattfand. In perfekter Formation jagte die Flotte mit millionenfacher Lichtgeschwindigkeit durch das nur mathematisch zu beschreibende Kontinuum in Richtung des galaktischen Zentrums. Dort wartete der Leviathan und dort würde man zuschlagen. Eine Niederlage war angesichts der Größe der eigenen Streitmacht undenkbar. Commodore Todor Angalov orderte noch eine Tasse frischen Tee und träumte weiter von seinem Aufstieg.

9.

Das elegant geformte Raumschiff der Greksork dockte zwei Tage nach dem Treffen mit Salkeder an Taraketians Domizil an. Wider Erwarten war es dem Freund gelungen, ihm ein Fahrzeug seines Volkes zur Verfügung zu stellen, was für die wachsende Besorgnis seitens der Greksork sprach. Sie hüteten ihre Technologie ansonsten sehr sorgsam und vermieden es, anderen Spezies Einblick in den Stand ihrer Technik zu geben. Als technologisch führendes Volk der galaktischen Gemeinschaft wollten sie sich diesen Status bewahren und waren sich der Gier der anderen Völker auf ihre Errungenschaften nur zu bewusst.

Das etwa fünfzig Meter lange, vierzig Meter breite und in der Mitte zwanzig Meter hohe Schiff, das wie ein Rochen mit spitz auslaufenden seitlichen, leicht nach oben gebogenen Flügeln geformt war, wurde von einer Crew aus fünf Greksork bemannt. Zu Taraketians Überraschung war Elramuk Salkeder einer davon.

»Man wollte sicherstellen, dass jemand mit Einfluss auf dich an Bord ist«, sagte er lächelnd.

»Man wollte sicherstellen, dass jemand an Bord ist, der verhindern kann, dass ich zu viel sehe und erfahre«, lachte Taraketian zur Antwort.

Der Flug zum System der Ek´Thal auf der anderen Seite der Galaxis würde nur wenige Stunden in Anspruch nehmen. Die Phasentriebwerke der Greksork waren als die schnellsten der Milchstraße bekannt. Sie waren unverkäuflich und niemand außerhalb ihres Volkes hatte jemals technische Spezifikationen oder gar ein Aggregat zur Untersuchung erhalten. Die Paranoia der Greksork ging so weit, dass man bei einem technischen Defekt außerhalb ihres Heimatsystems, was allerdings selten genug vorkam, eher das Schiff vernichtete, als Außenstehenden Einblick in die Technik zu gewähren. Wenn es nicht möglich war, das Schiff durch Bordmittel oder ein hierfür extra eingeflogenes Wartungsteam zu reparieren, wurde die Selbstvernichtungsschaltung aktiviert. Ein Desintegrationsfeld ließ von dem Wrack nur atomare Partikel zurück. Umso erstaunlicher war es, dass es Elramuk tatsächlich gelungen war, für Taraketians Mission ein Schiff zu erhalten. Allerdings würde man dafür sorgen, dass er möglichst wenig zu sehen bekam und die meiste Zeit untätig in seinem Quartier verharren musste.

»Du hast die Nachricht bekommen?«, fragte Elramuk.

»Ja«, antwortete Taraketian. »Die Sanktionsflotte sollte in diesem Moment unterwegs sein. Ich bin allerdings skeptisch, ob sie Erfolg haben wird.«

Elramuk blickte seinen Freund ungläubig an.

»Zwanzigtausend schwer bewaffnete Schiffe gegen ein einziges?« Er schien nicht sicher zu sein, ob Taraketian ihn auf den Arm nahm. »Selbst ein solcher Gigant kann dem nichts entgegensetzen!«

»Ich bin da nicht so sicher wie du.« Taraketian sah

Elramuk ernst an. »Sie haben mehrere Planeten ohne große Mühe vernichten können. Die bisherigen Begegnungen mit unseren Schiffen waren ein Desaster für uns und sie halten sich völlig unbesorgt weiterhin im Zentrumssektor auf, als hätten sie nichts zu befürchten. Sie unternehmen absolut nichts, uns aus dem Weg zu gehen. Entweder überschätzen sie sich maßlos, was ich nicht glaube, oder sie können ihre Stärke realistisch beurteilen. Jedenfalls machen sie nicht den Anschein, als würden sie sich wegen eines Angriffes sorgen.«

»Du siehst zu schwarz«, lachte Elramuk. »Alleine unsere Schiffe würden genügen, den Leviathan aus dem All zu blasen. Mehr als eintausend Kampfschiffe der Greksork wiegen den Rest der Flotte fast alleine auf.«

»Wenn du es sagst.«

Taraketian blieb weiterhin skeptisch. Er nahm allerdings mit Interesse zur Kenntnis, dass sein Freund erstmals eine Andeutung über die Kampfkraft der Greksork-Flotte gemacht hatte. Bisher hatten sich die Greksork, was ihre Fähigkeiten betraf, gerne in Schweigen gehüllt. Wenn es stimmte, was er sagte, waren sie noch mächtiger, als man gemeinhin annahm. Er war sich nicht sicher, ob dies ein Versprecher von Elramuk Salkeder gewesen war oder eine gezielt lancierte Information. Wie dem auch sein - es änderte ohnehin nichts an seinem Auftrag. Falls die Sanktionsflotte erfolgreich sein sollte und den Eindringling vernichten oder wenigstens vertreiben konnte, hatte er zumindest Gelegenheit, ein Greksork-Schiff einmal genauer von innen in Augenschein zu nehmen, soweit man ihm dies gestattete. Falls die Flotte scheiterte, sollte er mit seiner Mission besser erfolgreich sein. Dann wären die Völker der Milchstraße ohne die Hilfe der Ek'Thal in ernsthaften Schwierigkeiten. Es gab keinen Grund, die Abreise aufzuschieben, was in den nächsten Stunden auch im Zentrumssektor geschehen würde.

Man führte ihn durch nichtssagende Gänge zu seiner Kabine. Er bemerkte, dass man einen längeren Weg nahm, als notwendig gewesen wäre. Wahrscheinlich versuchte man, ihn von allen Einrichtungen, die zu viel über das Schiff verraten konnten, fernzuhalten. Er lächelte vor sich hin. Die Paranoia der Greksork nahm groteske Züge an.

Die leeren weißen Gänge waren hell erleuchtet und alle Türen und Durchgänge, die sie passierten, blieben verschlossen. Elramuk und er begegneten keinem anderen der Besatzungsmitglieder. Nach der Begrüßung durch den Kapitän und seine Mannschaft hatte man ihn mit Elramuk alleine gelassen. Seine Kabine war spartanisch, aber bequem eingerichtet. Ein großes Bett mit einer Sitzgruppe daneben, ein Holoterminal an der Seitenwand gegenüber der Tür und ein Durchgang zur Hygienezelle. Er vermutete, dass das Holoterminal gesperrt sein würde.

»Mach' es Dir bequem«, lächelte Elramuk. »Wir starten in wenigen Augenblicken und werden das System der Ek´Thal in etwa drei Stunden erreichen. Du solltest dich etwas ausruhen.«

Mit anderen Worten gab man ihm zu verstehen, dass er sich nicht im Schiff herumtreiben sollte. Er grinste Elramuk an und ließ sich lang ausgestreckt auf dem bequemen Bett nieder.

»Keine Sorge! Ich werde nicht herumschnüffeln«, versprach er, woraufhin sein Freund ebenfalls grinsend die Kabine verließ.

Nachdem er alleine war, stand er auf und setzte sich vor das Holoterminal. Er hielt seine Hand vor den Sensor, woraufhin sich ein farbiges Display vor ihm aufbaute. Zu seiner Überraschung funktionierte das Terminal. Ein Menü erschien und bot verschiedene Auswahlmöglichkeiten an. Taraketian sprach fließend Greksork und verlangte eine Außendarstellung. Ohne zu zögern, folgte die Schiffs-KI seinem Befehl und vor seinen Augen entstand das Bild seiner Wohnkugel vor den beeindruckenden Saturnringen im Hintergrund. Der Blickwinkel deutete darauf hin, dass die Holokamera am Bug angebracht sein musste. Er konnte beobachten, wie sich sein Zuhause langsam entfernte. Dann drehte sich das Schiff, der Ringplanet wanderte aus dem Blickfeld der Kamera und er sah die weit entfernten Sterne in der Schwärze des Alls funkeln. Übergangslos wurde das Display dunkel und die KI informierte ihn, dass man soeben in den Phasenflug übergegangen war. Eine Außendarstellung war somit nicht mehr möglich. Taraketian forderte eine Darstellung der Flugparameter an.

»Für diese Informationen sind sie leider nicht autorisiert«, bekam er zur Antwort.

»Ich verlange keine Schiffsparameter, sondern lediglich eine Darstellung von Kurs, Geschwindigkeit und Flugdauer«, beharrte er.

»Für diese Informationen sind sie leider nicht autorisiert«, klang es erneut aus dem Lautsprecher. Man hatte ihn von jeder Information abgeschnitten.

»Kann ich wenigstens etwas zu Essen bestellen?«, fragte er spöttisch.

»Selbstverständlich! Womit kann ich dienen?«

»Lass es gut sein«, knurrte er und warf sich wieder auf das Bett.

Er hatte bei der ganzen Angelegenheit kein gutes Gefühl. Das unbekannte Schiff schien nichts und niemanden zu fürchten und war mit brutaler Gewalt vorgegangen. Glücklicherweise waren die zerstörten Planeten nicht sehr stark besiedelt gewesen, sodass sich die Opferzahlen bisher noch in Grenzen hielten. Trotzdem war jeder Tote einer zu viel und man musste die Eindringlinge so schnell wie möglich stoppen. Taraketian befürchtete, dass Elramuk die Sache zu leicht nahm. Das angeborene Überlegenheitsgefühl der Greksork, so berechtigt es zum Teil auch sein mochte, verleitete ihn dazu, den Gegner zu unterschätzen. Wer ein solch monströses Schiff nicht nur bauen, sondern auch durch die unvorstellbaren Gravitationskräfte eines Schwarzen Loches schicken konnte, durfte keinesfalls unterschätzt werden. Keine in der Milchstraße bekannte Zivilisation hätte dies vollbringen können – auch nicht die Greksork.

Taraketian fragte sich, woher die Fremden wohl kommen mochten. Eine Frage, die, wie er fand, nicht ausreichend beleuchtet worden war. Es erschien ihm mehr als zweifelhaft, dass sie in der heimischen Galaxis zu Hause waren. Zwar durfte man davon ausgehen, dass man noch lange nicht alle raumfahrenden Völker entdeckt hatte, aber eines, das über eine solch herausragende Technologie verfügte, wäre auf einem Langstreckenscanner schon längst einmal aufgetaucht. Die hyperphysikalischen Energiemuster eines FTL-Antriebs, welcher Bauart auch immer, waren nicht zu übersehen. Nein, bisher unentdeckte Zivilisationen verfügten bestenfalls über lichtschnelle Raumschiffe, vielleicht sogar Generationenschiffe, mit denen sie benachbarte Systeme besiedelt hatten, aber keinesfalls über eine derart hochstehende Technologie, die fortgeschrittener war als alles, was die bekannten Völker zu bieten hatten. Damit wurde die Frage, woher der Angreifer kam, interessant, denn die Möglichkeit, er könne aus einer weit entfernten Galaxis stammen oder vielleicht sogar aus einem Paralleluniversum, war nicht auszuschließen.

Taraketian überlegte, ob andererseits vielleicht

ausgerechnet diejenigen, um deren Hilfe er nun ersuchen wollte, dahinter stecken konnten. Aber dies erschien ihm unwahrscheinlich. Die Ek'Thal hatten sich vor sehr langer Zeit freiwillig in die Isolation begeben, da sie mit dem Rest der Galaxis nichts zu tun haben wollten. Nach allem, was man von ihnen wusste, so wenig dies auch sein mochte, passte das Vorgehen des Leviathans nicht zu ihren üblichen Verhaltensmustern – soweit sie bekannt waren. Es blieb ein Rest Unsicherheit. Technologisch waren die Ek'Thal diejenige Rasse, der man den Bau eines solchen Ungetüms am ehesten zutrauen durfte. Alle Spekulation brachte zu diesem Zeitpunkt nichts. Taraketian beschloss, sich auf die vor ihm liegende Aufgabe zu konzentrieren. Es war mit Spannung zu erwarten, ob die Ek'Thal ihn überhaupt anhören, geschweige denn empfangen würden.

Er musste eingeschlafen sein, denn ein leiser, wohlklingender Ton schreckte ihn auf.

»Wir erreichen das Ek'Thal-System in fünfzehn Minuten solarer Zeit«, informierte ihn die KI. »Der Kapitän bittet sie, auf die Brücke zu kommen. Jemand wird sie in fünf Minuten abholen.«

Taraketian war überrascht, dass man ihn auf die Brücke bat. Wenn man auf einem Raumschiff etwas zu sehen bekam, das Rückschlüsse auf das Technologieniveau zuließ, dann war die Zentrale mit der Vielzahl von Stationen, Displays und angezeigten Informationen der sensibelste Ort.

Er machte sich in der Hygienezelle frisch und war gerade fertig, als der Türmelder leise summte. Er gab ein Kommando und die Tür schien sich scheinbar einfach aufzulösen. Tatsächlich handelte es sich lediglich um einen undurchsichtigen Energieschirm, der optisch der Wand angeglichen war und den Eindruck fester Materie hinterließ. Vor ihm stand Elramuk Salkeder.

»Ich darf auf die Brücke?«, fragte Taraketian verwundert. Salkeder zuckte mit den Achseln, eine menschliche Geste, die er sich angewöhnt hatte.

»Sei nicht enttäuscht, wenn es dort weniger zu sehen gibt, als du vermutest«, grinste er.

Erneut ging es durch leere Gänge kreuz und quer durch das Schiff. Die Kommandozentrale lag im Bug des *'Rochens'*, dort, wo eines der inzwischen auf der Erde fast ausgestorbenen Tieres sein Maul gehabt hätte.

Als sie den Raum betraten, verstand Taraketian, warum man ihm Zutritt gewährte. Es gab nichts zu sehen. In der Mitte des halbrunden Raumes saß der Kapitän in einer VR-Station. Ein helmähnliches Gebilde bedeckte seinen Kopf. Er steuerte das Schiff über Sprachbefehle und in den Raum gezeichnete Handgesten. Es gab keine sichtbaren Kontrollmodule und kein Steuerpult. Ähnlich verhielt es sich mit den beiden anderen Arbeitsstationen rechts und links daneben. Keine sichtbaren Displays gaben einen Hinweis auf die im Schiff ablaufenden Vorgänge. Die drei Besatzungsmitglieder kommunizierten untereinander und mit dem Schiff im virtuellen Raum. Das gesamte Halbrund schien zum All hin offen zu sein und zeigte den Weltraum direkt vor dem Schiff. Natürlich handelte es sich um eine Holoprojektion der unmittelbaren Umgebung vor dem Schiff. Wenn sich kein Außenstehender auf der Brücke befand, konnten hier bei Bedarf sicher andere Darstellungen gewählt werden. Taktische Informationen, Schiffsparameter und sonstige sensible Daten wurden nur angezeigt, wenn kein Fremder anwesend war.

»Wir haben soeben den Phasenflug beendet und befinden uns an der Peripherie des Ek′Thal-Systems«, erklärte die KI auf Pangalactic. »Ich beginne mit der Ausstrahlung der Botschaft.«

Vor dem Schiff befand sich nur leerer Raum. Im Umkreis von fünf Lichtjahren war keine Sonne zu sehen. Das halbrund verlaufende Holoband zeigte lediglich das Funkeln weit entfernter Sterne in der Schwärze des Weltraums. Taraketian war nicht überrascht, dass die Sonne des Ek′Thal-Systems nicht zu sehen war. Die scheuen Humanoiden hatten ihr gesamtes System hinter einem Phasenschirm verborgen, der es auf eine zwischendimensionale Ebene hob. Nach dem Prinzip des in der Galaxis gebräuchlichen Überlichtantriebs konnte man ein Objekt aus dem Einstein-Universum herausheben und in einer höheren Dimensionsebene die Begrenzungen und Gesetzmäßigkeiten unseres Universums umgehen.

Man trat jedoch nicht vollständig in eine neue Dimensionsebene über, was nach allen Berechnungen mit der völligen Vernichtung des *'angehobenen'* Objekts endete, sondern hielt sich in einer metastabilen, zwischendimensionalen Schicht auf. Die hierfür benötigte Energie war schon für ein Schiff beachtlich, und Taraketian schauderte bei der Vorstellung, welche Energiemengen erforderlich waren, ein ganzes Sonnensystem auf Dauer in diesem metastabilen Zustand zu halten. Es gab nicht nur keine Möglichkeit, sich von außen Zugang zu einem Objekt in einer *'Phasenblase'* zu verschaffen, von innen trat auch keine energetische Signatur in den Normalraum. Für alle Beobachter in der normalen Dimensionsebene war das Sonnensystem der Ek'Thal schlichtweg nicht existent. Trotzdem zweifelte er nicht daran, dass man die Ankunft seines Schiffes und die nun ausgestrahlte Botschaft sehr wohl empfangen würde.

Auf den üblichen Normal- und Phasenfrequenzen spielte die KI eine Nachricht ab, welche Elramuk Salkeder und sein Team verfasst hatten. Taraketian kannte den Inhalt und war überzeugt, dass es völlig gleichgültig war, was man den Ek'Thal sagte. Wenn sie den Leviathan auch für sich als Bedrohung auffassten, würden sie sich melden – andernfalls konnte man sagen, was man wollte, und würde niemals von ihnen hören.

»Hier ist das Greksork-Schiff 'Ein wunderschöner Sternenhimmel'. Wir kommen im Auftrag der Völker der

Milchstraße. Eine gewaltige Gefahr bedroht alle Zivilisationen unserer Heimatgalaxis. Wir ersuchen das Volk der Ek'Thal, den Emissär Taraketian Wasgemur Drogarth zu empfangen, um die Möglichkeit eines gemeinsamen Vorgehens zu besprechen. Die Gefahr ist real und bedroht uns alle. Im Namen aller vernunftbegabten Völker appellieren wir an die Ek'Thal, sich unserer Bitte nicht zu verschließen und einen Beitrag zur Rettung unserer Heimat zu leisten.«

Die Botschaft würde jede Stunde automatisch wiederholt. Das Rochenschiff trieb mit abgeschalteten Triebwerken, deaktivierten Waffensystemen und heruntergefahrenen Schutzschirmen an der Grenze zu dem unsichtbaren System. Man wollte deutlich machen, dass es keinerlei feindliche Absichten hegte, obwohl Taraketian bezweifelte, dass irgendein Volk über die Technologie verfügte, die Ek'Thal ernsthaft zu bedrohen. Jetzt konnte man nur noch abwarten, ob sie überhaupt auf ihre Anwesenheit reagieren würden.

10.

Großadmiral Valkodur Kaldhar nahm aus dem Augenwinkel wahr, wie auf dem Seitendisplay der Ortungsstation ein kleiner, gelber Punkt aufblitzte. Noch bevor der diensthabende Offizier Meldung machen konnte, schaltete Kaldhar mit einer Geste die Darstellung auf das taktische Hologramm an seinem Kommandostand.

«Was ist das?«, bellte er in das Interkom.

Hektisch überprüften die wachhabenden Offiziere ihre Fernscanner und Phasensensoren.

»Ungefähr drei Lichtmonate von uns entfernt ist ein Schiff aus dem Phasenflug gefallen«, kam die Meldung. »Erste Ortungsergebnisse deuten darauf hin, dass es sich nicht um ein Kampfschiff handelt. Wir können weder Waffensignaturen noch Schirmfelder feststellen. Die gemessene Antriebsleistung in Relation zur Schiffsmasse deutet auf ein ziviles Schiff hin. Die abklingenden Energiemuster des Phasenantriebs zeigen ungewöhnliche Fluktuationen. Da sich kein System in unmittelbarer Nähe befindet, dürfte es sich um eine unplanmäßige Unterbrechung des Phasenfluges handeln, wahrscheinlich hervorgerufen durch ein technisches Problem. Die taktische KI berechnet für dieses Szenario eine Wahrscheinlichkeit von annähernd neunzig Prozent.«

»Von passiven auf aktive Scans schalten«, befahl der Großadmiral. »Auf das Hauptdisplay!«

Sofort wechselte die Darstellung der unmittelbaren Umgebung auf dem großen Hologramm zur Übersicht einer taktischen Karte, die alle umliegenden Sonnensysteme, die dort georteten Raumschiffe, deren Vektoren und Flugparameter sowie ihre Bedrohungseinstufung zeigte. Nur zwei Objekte erschienen als gelbe, blinkende Punkte. Eines war bereits vor zwei Tagen als militärische Aufklärungseinheit identifiziert worden, die in zwei Lichtwochen Entfernung mit aktiven und passiven Scans ununterbrochen versuchte, Informationen über den Gegner zu erhalten. Vergeblich, wie Kaldhar wusste. Soweit man bisher feststellen konnte, war das technologische Niveau der bisherigen Gegner nicht weit genug entwickelt, um die Abschirmungen seines Schiffes zu durchdringen. Man hatte den Aufklärer daher ignoriert. Er stellte keine Gefahr dar und war es nicht wert, das gewaltige Schiff seinetwegen in Bewegung zu setzen. Kaldhar hatte kurz mit dem Gedanken gespielt, das fremde Schiff aufzubringen, was ein Leichtes gewesen wäre, um dessen Bordcomputer nach Hinweisen auf den gesuchten Feind zu überprüfen. Bei einer militärischen Einheit musste er jedoch davon ausgehen, dass man eher die Selbstvernichtungsschaltung aktivieren würde, als es intakt in seine Hände fallen zu lassen. Die Erfolgsaussichten eines solchen Unternehmens waren entsprechend gering. Bei einem zivilen Schiff sah das anders aus. Hier bestand durchaus die Möglichkeit, die gesuchten Informationen zu erlangen.

»Wir werden das Schiff aufbringen«, befahl er. »Bereit machen zum Übergang in den Phasenflug.«

In diesem Moment kam eine neue Meldung vom ersten Ortungsoffizier.

»Großadmiral, wir empfangen die Phasensignaturen einer anfliegenden Flotte. Es handelt sich um mehrere Tausend Schiffe. Bei der momentanen Geschwindigkeit sollten sie in einem halben Zyklus hier ankommen!«

»Bedrohungsanalyse«, verlangte Kaldhar, an die taktische KI gerichtet.

»Das bisher bekannte technologische Niveau der anfliegenden Kampfeinheiten ist nicht geeignet, unserem Schiff Schaden zuzufügen. Unsere gestaffelten Phasenschirme können mit den uns bekannten Waffensystemen des Gegners nicht überwunden werden. Allerdings ist es nicht möglich, mit unseren Gravitations-waffen eine solch große Zahl von Schiffen gleichzeitig abzuwehren. Unsere Impuls- und Strahlwaffen können zwar mit hoher Wahrscheinlichkeit die Schirmfelder des Feindes überwinden, müssen hierfür jedoch im Dauerbeschuss gebündelt werden. Bedrohungs-potenzial unter fünf Prozent. Unsicherheitsfaktoren sind uns bisher unbekannte Waffensysteme des Gegners und dessen taktisches Vorgehen. Ich empfehle ein temporäres Ausweichmanöver, um Zeit für die Bereitstellung unserer Abfangschiffe zu gewinnen.«

Kaldhar überlegte kurz. Der Gigant führte mehr als

eintausend hochgerüstete Kampfschiffe in riesigen Hangars mit sich. Sie verfügten zwar nicht über Gravitationswaffen, da diese aufgrund des enormen Energiebedarfs kilometergroße Vakuumfluktuationskraftwerke benötigten, für die es an Bord der kleineren Kampfschiffe schlichtweg keinen Platz gab. Sie waren jedoch mit den modernsten Waffensystemen bestückt, die sein Volk ansonsten hervorgebracht hatte. Nach allem, was man wusste, waren sie den Geschützen des Gegners nicht nur ebenbürtig, sondern durchweg überlegen. Auch war die eigene Schirmtechnologie höher entwickelt. Einerseits widerstrebte es Kaldhar, die Besatzungen der Schiffe aus den Stasiskammern zu holen, die Einheiten zu bemannen und auszuschleusen und sich auf eine zeitraubende Raumschlacht einzulassen, andererseits hätte es jedoch viel länger gedauert, mit den Gravitationswaffen, ständig unter Beschuss stehend, Tausende von feindlichen Einheiten mühsam und umständlich eine nach der anderen abzuschießen. Es kam auch nicht infrage, der Schlacht dauerhaft auszuweichen. Er musste seine militärische Dominanz unzweifelhaft deutlich machen, um jeden weiteren Widerstand frühzeitig auszumerzen. Denn er hatte eine Mission zu erfüllen und konnte es sich nicht erlauben, ständig gegen aufmüpfige Winzlinge Ressourcen und Zeit zu vergeuden.

Die Mobilmachung der Kampfschiffe würde zwar ebenfalls Zeit benötigen. Er konnte diese jedoch sinnvoll nutzen, um einerseits den Gegner zu taktischen Umstellungen zu zwingen und sich andererseits um das gestrandete zivile Schiff zu kümmern.

»Phasenflug zu dem zivilen Schiff einleiten«, befahl er erneut. »Ortung – was wissen wir inzwischen über das Schiff?«

»Es handelt sich sehr wahrscheinlich um einen Frachter. Unsere Distanzscanner zeigen die typische Konfiguration eines Schiffes zur Beförderung schwerer Güter. Zylinderförmiger, lang gestreckter Schiffskörper mit einem Kommandomodul am gerundeten Bug und den Triebwerken im Heckbereich. Dazwischen dürften die ausgedehnten Frachträume liegen. Keine Energieemissionen von Waffensystemen. Die Schirmfeldsignaturen zeigen lediglich Prallfelder zur Abwehr von Kleinstmeteoriten und Abschirmfelder gegen kosmische Strahlung. Die Besatzungsstärke solcher Schiffe ist typischerweise gering, um Kosten zu sparen. Es sollte ein Leichtes sein, das Schiff aufzubringen, Großadmiral.«

»Steuerstand: Phasenflug einleiten. Navigation: Austritt aus der Phasenschicht in unmittelbarer Nähe zum Zielobjekt. Waffenleitstand: Traktor- und Paralysestrahler bereit machen. General Dorak: Truppen zur Besetzung des Zielobjekts fertig machen«, erteilte Kaldhar seine Befehle an die verschiedenen Abteilungen.

»Ortung: Behalten sie die anfliegende Flotte im Auge. Ich will sofort unterrichtet werden, wann und wie sie auf unseren Standortwechsel reagiert. Gefechtsalarm für das gesamte Schiff. General Sobor: Holen sie die Mannschaften der Kampfeinheiten aus den Stasisfeldern und bemannen sie die Schiffe. Ich erwarte volle Gefechtsbereitschaft, bevor die feindliche Flotte eintrifft.«

Von allen Stationen und den beiden angesprochenen Generälen erfolgte die sofortige Bestätigung der Befehle. Ein Warnton erklang und die Navigations-KI gab über sämtliche Lautsprecher den Eintritt in den Phasenflug bekannt.

Großadmiral Kaldhar lehnte sich in seinem Kommandosessel zurück. Es würde knapp werden, den Frachter vor dem Eintreffen der feindlichen Flotte in die Fesselfelder der Traktorstrahler zu bekommen und an Bord zu ziehen. Die Besatzung konnte mit einem gezielten Schuss aus einem Paralysestrahler außer Gefecht gesetzt werden, die armseligen Schirmfelder des Frachters boten hiergegen nicht den geringsten Schutz, aber das Bergemanöver benötigte unabwendbar einige Zeit. Andererseits musste die anfliegende Flotte aufgrund des plötzlichen Standortwechsels den Angriffsvektor anpassen und sich entsprechend umgruppieren. Auch dies würde Zeit kosten. Zeit, die ihm blieb, den Frachter zu bergen und seine Kampfeinheiten auszuschleusen. Über die zu erwartende Raumschlacht machte er sich keine Sorgen – hier hielt er die eigene Überlegenheit für selbstverständlich, Ob man in dem Frachter Hinweise auf den Aufenthaltsort des Feindes finden würde, war jedoch ungewiss. Er konnte nur hoffen, dass man endlich herausfinden würde, wo sich der verhasste Gegner verbarg. Nur wegen ihm hatte man die unglaublich lange Reise auf sich genommen. Eine Reise, von der es, wie auch immer der Kampf letztlich ausgehen würde, keine Rückkehr gab.

11.

Kellira war nervös. Sie konnte sich gerade noch beherrschen, Wuck nicht erneut über Interkom zu fragen, wie weit die Justierungsarbeiten gediehen waren. Es würde aber nicht helfen, ihn ständig bei seiner diffizilen Arbeit zu stören. Sie lagen jetzt schon seit viel zu langer Zeit hier fest. Zumindest kam es ihr so vor, obwohl seit der unplanmäßigen Unterbrechung des Phasenflugs erst etwas mehr als eine Stunde vergangen war.

Reiß dich zusammen, sagte sie zu sich selbst. Ihr war bekannt, dass sich das riesige Raumschiff, das man inzwischen allgemein den *Leviathan* nannte, irgendwo in dieser Gegend herumtreiben musste. Der genaue Standort wurde geheim gehalten, um neugierige Gaffer von einem leichtsinnigen Ausflug abzuhalten. Allerdings war die Wahrscheinlichkeit für ein zufälliges Zusammentreffen extrem gering, wie sie sich immer wieder sagte. *Das All besteht überwiegend aus endloser Leere mit nichts dazwischen*, pflegte ihr Vater zu sagen. Trotzdem fühlte sie sich nicht wohl bei dem Gedanken, ausgerechnet zu diesem Zeitpunkt im Zentrumssektor bewegungsunfähig und hilflos herumzutreiben.

Sie stand auf, um sich in der Kombüse einen Tee zu machen, als ihr Blick auf den Phasenscanner fiel. Irgendetwas näherte sich ihrer Position. Sie wünschte sich, auf der Brücke der *'Shogun'* über einen militärischen

Scanner zu verfügen, der detaillierte Informationen über sich nähernde Objekte liefern konnte. Aber diese Ausrüstung war für zivile Schiffe nicht erhältlich, und selbst wenn, hätte sie es sich nicht leisten können. Alles, was der billige zivile Scanner ihr sagen konnte, war, dass sich ein Schiff näherte und in wenigen Minuten ihre Position erreichen würde. Vielleicht flog es nur zufällig vorbei und würde keine Notiz von ihr nehmen, aber das dumpfe Gefühl in der Magengrube wollte nicht verschwinden. Kellira hatte während ihrer Zeit in der Flotte gelernt, dieses Gefühl nicht zu ignorieren. Sie setzte sich wieder in ihren Sessel.

»Wuck, was immer du gerade machst, leg´ es zur Seite und komm´ sofort auf die Brücke«, rief sie ihrem Freund über das Interkom zu.

»Kellira, ich …«

»Sofort!«, unterbrach sie ihn. »Wir bekommen eventuell gleich Besuch!«

Falls es sich um Raumpiraten handeln sollte, standen ihre Chancen denkbar schlecht. Die *'Shogun'* war nicht bewaffnet und verfügte nicht über Defensivsysteme. Beides war mit ihrem schmalen Budget nicht möglich gewesen, und zudem war die Wahrscheinlichkeit, jemals einem Piratenschiff zu begegnen, auf ihren üblichen Routen sehr gering. Sie vermied Aufträge in Sektoren, die für Überfälle auf Handelsschiffe berüchtigt waren. Der Zentrumssektor galt diesbezüglich als sicher. Vielleicht war es eine Einheit der Sanktionsflotte, die nachsehen wollte, wer so leichtsinnig war, in der Nähe des Leviathan bewegungslos im Raum zu treiben. Sie mussten sich näher bei dem geheimnisvollen Giganten befinden, als ihr bis jetzt klar gewesen war.

Wuck betrat kurz darauf die Zentrale. Der Okalese atmete schwer. Er musste, alarmiert von Kelliras drängendem Ton, von der Hecksektion bis zum Bug gerannt sein.

»Was ist los«, fragte er besorgt.

Kellira deutete wortlos auf den Scanner und blickte ihn stirnrunzelnd an.

»Verdammt«, stieß er zwischen seinen beeindruckenden Zähnen hervor. »Wir hängen hier fest wie ein Loktor vor einem Vaxillar.«

Kellira kannte die Fauna seines Heimatplaneten nicht, konnte sich jedoch vorstellen, was er meinte. Es entsprach genau ihrem eigenen Gefühl. Das anfliegende Objekt musste jeden Augenblick aus dem Phasenflug fallen und vor ihren Nahbereichssensoren auftauchen. Dann erst würden sie wissen, mit wem oder was sie es zu tun hatten. Die Hilflosigkeit machte Kellira rasend. Alle ihre Instinkte und ihr militärisches Training verlangten nach Aktion, nach einer Schutzmaßnahme. Ihr altersschwaches Raumschiff und der Defekt am Phasenantrieb verdammten sie jedoch dazu, ohnmächtig abzuwarten, was auf sie zukam. Dann hatte sie eine Idee.

»Starte die Impulstriebwerke und gibt Vollschub«, ordnete sie an.

Wuck blickte fragend in ihre Richtung, warf sich jedoch in seinen Pilotensitz und befolgte ihre Anweisung. Aus dem dumpfen Brummen, das die *'Shogun'* beständig erfüllte und beide nicht mehr bewusst wahrnahmen, wurde ein tiefes Dröhnen, als die Impulstriebwerke am Heck aus dem Stand auf Volllast gingen. Die plötzliche Beschleunigung überforderte die überholungsbedürftigen Andruckabsorber und einige G-Kräfte schlugen durch. Kellira ächzte laut auf, als sie von einer gewaltigen Faust in ihren Sitz gepresst wurde. Wuck ertrug die Beschleunigungskräfte stoisch. Einige Sekunden später kompensierten die Andruckabsorber die G-Kräfte vollständig und die normale Bordgravitation kehrte zurück. Die *'Shogun'* machte einen Satz nach vorn und beschleunigte mit Maximalwerten in Richtung eines mehrere Lichtmonate entfernten weißen Zwergs. Natürlich würde man nur mit den Impulstriebwerken einem anderen Schiff niemals entkommen können, soviel war Kellira klar, aber warum sollte man es einem potenziellen Angreifer unnötig leicht machen. Zudem tat es gut, wenigstens irgendetwas zu unternehmen, anstatt untätig auf das zu warten, was kommen mochte. Wenn es ein harmloses Handelsschiff oder ein privater Raumkreuzer war, konnte man immer noch abbremsen und sich den Angstschweiß von der Stirn wischen. Sollte es aber ein feindlich gesinntes

Raumfahrzeug sein, würde es die *'Shogun'* zumindest nicht mehr am ursprünglich angepeilten Standort vorfinden. Natürlich konnte ein modernes Schiff sie mühelos einholen, aber zumindest war Zeit gewonnen, und vielleicht ergaben sich ja dann noch andere Gegenmaßnahmen. Ihr war klar, dass dies ein Akt der Verzweiflung war und im Fall eines Angriffs das Unabwendbare lediglich hinauszögerte.

Dann fiel an ihrem alten Standort ein Schiff aus dem Phasenflug und die Massetaster spielten verrückt. Kellira und Wuck sahen sich entsetzt an, als sie die Anzeigen der Holodisplays vor Augen hatten. Die angezeigten Werte schienen unmöglich, und beiden war schlagartig klar, wer da Jagd auf sie machte. Sie waren ins Fadenkreuz des Leviathan geraten.

»Oh, Scheiße«, stöhnte Kellira auf, während Wuck gleichzeitig ein tiefes Grollen von sich gab, das wahrscheinlich etwas Ähnliches bedeutete.

»Was will der ausgerechnet von uns?«

Ihr war klar, dass es auf diese Frage keine Antwort gab, und Wuck zuckte dementsprechend in einer menschlichen Geste, die er sich angewöhnt hatte, hilflos mit den Schultern. Die *'Shogun'* beschleunigte ständig weiter von dem Koloss weg, was angesichts dessen unglaublicher Größe ein hoffnungsloses Unterfangen sein durfte. *Wie ein winziger Fisch, der versucht, vor einem hungrigen Hai davonzuschwimmen*, wurde Kellira jäh bewusst. Es war aussichtslos!

Die Anzeigen und Hologramme machten deutlich, dass der Leviathan nicht lange zögerte und sofort die Verfolgung aufnahm. Es war erstaunlich, mit welchen Werten der Gigant trotz seiner schier unfassbaren Masse beschleunigen konnte. Ohne sichtbare Anstrengung kam er näher. Kellira vermutete, dass er seinen Antrieb, auf welcher Basis dieser auch funktionieren mochte, nicht einmal über Gebühr belasten musste. Fast spielerisch holte der Behemoth auf. Plötzlich ging ein Ruck durch ihr Schiff und die Hecktriebwerke heulten gequält auf. Die Belastungsanzeigen rasten förmlich in den roten Bereich, als etwas nach der *'Shogun'* griff und den Beschleunigungskräften entgegenwirkte. Trotz Vollschub bremste ihr Schiff ab. Die Verzögerung war so stark, dass erneut G-Kräfte durchschlugen.

»Fahr die Triebwerke herunter«, schrie Kellira durch das Heulen des überlasteten Antriebs. Wenn sie noch länger gegen das, was sie festhielt, ankämpfen mussten, würden die Triebwerke mit Sicherheit explodieren, was das ganze Schiff in eine sich rasch ausdehnende Wolke aus Feuer und Schrott verwandeln konnte. Wuck hatte die Lage ebenfalls erkannt und seine Hand lag bereits auf dem Sensorfeld. Das Heulen und Jaulen hinter ihnen reduzierte sich auf ein eher erträgliches Wummern, bis es auf das Niveau des gewohnten Brummens zurücksank.

»Ein Traktorstrahl!«, stellte Kellira das Offensichtliche

fest. »Die wollen das Schiff aufbringen, sonst hätten sie uns einfach abgeschossen. In die Rettungskapsel – schnell!«

Vielleicht hatten sie eine Chance, in der Rettungskapsel zu entkommen, falls es der Leviathan nur auf ihr Schiff abgesehen hatte. Noch während sie die Gurte löste, die sich beim Durchschlagen der Beschleunigungskräfte automatisch um sie geschlungen hatten, spürte sie eine aufsteigende Übelkeit. Kellira kannte die Symptome. Auch in der Sanktionsflotte gehörten Paralysestrahlen zum Standardmittel, Raumschiffe aufzubringen, ohne sie abschießen und die Besatzung töten zu müssen. Die Strahlen lähmten die motorischen Fähigkeiten, ohne das vegetative Nervensystem zu beeinflussen. Man blieb bei Bewusstsein, war jedoch unfähig, auch nur einen Finger zu krümmen. Das Schlimmste, was passieren konnte, waren ein unglücklicher Sturz mit Verletzungsfolge oder das schmerzhafte Austrocknen der Augen, da selbst ein Lidschlag nicht mehr möglich war. Eine humane Waffe, die für den Betroffenen jedoch ein grauenhaftes Gefühl der Wehrlosigkeit zur Folge hatte. Ihre Arme und Beine begannen zu kribbeln, ein unglaubliches Schwächegefühl breitete sich im ganzen Körper aus und sie sank hilf- und haltlos in ihren Sitz zurück. Neben sich hörte sie Wuck aufstöhnen und vernahm das Geräusch eines auf den Boden fallenden Körpers. Es war ihr längst unmöglich, den Kopf zu wenden und nach ihm zu schauen. Sie konnte nur hoffen, dass er sich beim Sturz keine ernsthaften

Verletzungen zugezogen hatte. Mit offenen, unbeweglichen Augen starrte sie nach vorn. Direkt vor ihr befand sich das nach wie vor aktive Display, auf dem sie beobachten konnte, wie sich ihr Schiff langsam auf den Giganten zubewegte. Sie spürte ihren Körper nicht mehr, hörte jedoch ihr Herz rasend schnell schlagen. Jeder Pulsschlag schien in den Ohren zu dröhnen. Kurz bevor das riesige Schiff den Erfassungswinkel der Holokamera vollständig ausfüllen konnte, erschienen Tausende kleiner Blitze im noch sichtbaren Bereich des Weltraums. Die typischen Strukturblitze aus dem Phasenflug kommender Raumschiffe. Kellira konnte nicht ahnen, dass sie mitten in die größte Raumschlacht in der Geschichte des galaktischen Rates gestolpert war.

12.

ACHT: »Meine Position bleibt unverändert.«

SIEBEN: »Sollen wir die Besucher wirklich abweisen? Die Situation ist außergewöhnlich und erfordert atypische Maßnahmen.«

VIER: »Wir können unsere Verantwortung für die Entwicklung nicht leugnen.«

SIEBEN: »Das ist korrekt und erfordert somit Flexibilität unserer bisherigen Politik.«

DREI: »Was ist mit den damit verbundenen Risiken?«

ACHT: »Ein wichtiger Punkt! Man wird uns für die Situation verantwortlich machen.«

SIEBEN: »Sind wir das nicht?«

ACHT: »Nein! Wir sind es nicht. Wir haben uns geändert!«

ZWEI: »Wir, die wir hier versammelt sind, waren beteiligt!«

ACHT: »Auch wir haben uns geändert und streben Höherem entgegen.«

VIER: »Wir können und dürfen uns unserer Vergangenheit nicht entziehen. Man kann das Höhere nur erreichen, wenn man sich den Fehlern der Vergangenheit stellt und bereit ist, die Konsequenzen für das eigene Handeln zu übernehmen.«

FÜNF: »Zustimmung!«

DREI: »Zustimmung!«

VIER: »Zustimmung!«

SECHS: »Ich beantrage eine Abstimmung. Kontakt aufnehmen oder nicht.«

SIEBEN: »Ich erweitere den Antrag. Wir sollten den Emissär empfangen und ihm von Angesicht zu Angesicht gegenübertreten. Alles andere wäre halbherzig und nicht zielführend.«

ACHT: »Begründung?«

SIEBEN: »Ein Kontakt wäre sinnlos, wenn er nur der Abweisung dienen sollte. Dann könnte er auch ebenso gut unterbleiben.«

ACHT: »Ein aktives Eingreifen also?«

SIEBEN: »Ich halte dies aus den genannten Gründen für unabdingbar. Wir *sind* die Auslöser dieser Krise!«

EINS: »Ich stelle den letztgenannten Antrag zur Abstimmung. Aktiver Kontakt oder Ignorieren der Bittsteller.«

…

EINS: »Neun zu eins. Damit ist die Entscheidung getroffen. Bestimmt einen Abgesandten, der Kontakt aufnehmen wird.«

SIEBEN: »Ich schlage vor, wir setzen einen Kontakter ein.«

EINS: »Einwände?«

…

EINS: »Bestellt ihn ins *Konnex*.«

13.

»Sir, das Ziel beschleunigt und geht in den Phasenflug!«

Der Ausruf des Ortungsoffiziers riss Commodore Todor Angalov aus seinen Gedanken.

»Verdammt! Ausgerechnet jetzt. Vier Tage steht das verdammte Ding am gleichen Fleck und ausgerechnet jetzt muss es sich absetzen. Vektor?« Der Commodore war extrem verärgert. Der bis ins Detail ausgetüftelte Angriffsplan drohte, obsolet zu werden.

»Er scheint auf ein kleines Objekt zuzuhalten, welches in wenigen Lichtmonaten Abstand vor einigen Minuten erschienen ist.«

»Kleines Objekt? Geht das nicht genauer, Major Carustrak. Muss ich ihnen jede Information aus der Nase ziehen?«

»Verzeihung, Commodore, die Daten sind erst jetzt ausgewertet. Die Scanner zeigen den Signaturen nach ein Handelsschiff älterer Bauart. Es könnte ein Frachter der *Ibsen-Klasse* sein.«

»Carustrak, erwarten sie, dass ich jeden verdammten Frachtertyp auswendig kenne?«, bellte Angalov den Offizier an. Mit hochrotem Kopf rief dieser die Informationen über dieses Modell von der Schiffs-KI ab. Seine Kameraden schauten betreten weg oder gaben vor, mit anderen

Aufgaben beschäftigt zu sein. Ins Fadenkreuz von Commodore Todor Angalov zu geraten, konnte einen heftigen Knick in der Karriereleiter bedeuten.

»Sir, es handelt sich um einen einhundert Meter langen, zylindrischen Grundkörper mit ca. 50.000 Tonnen Kapazität. Impulsantrieb und Phasentriebwerk mit einem maximalen Überlichtfaktor von etwa einer Million im Heckbereich. Mannschaftsquartiere und Brücke am Bug. Besatzung zwei bis fünf Mann. Wird seit etwa zweihundert Jahren nicht mehr gebaut.«

»Na also, geht doch«, brummte Angalov. »Was will der Leviathan von einem solch alten Kahn?«

Noch bevor er oder einer seiner Leute hierauf eine Antwort finden konnte, kam über Phasenfunk der Befehl der Flottenleitung zur Kursänderung. Die Schiffs-KIs hatten im Verbund fieberhaft daran gearbeitet, auf die veränderte taktische Konstellation zu reagieren. Befehle und Anweisungen rasten hin und her, Schiffe beschleunigten und verzögerten, räumliche Ausrichtungen wurden korrigiert, Kapitäne fluchten und Navigatoren stöhnten. Der sorgsam ausgearbeitete Plan musste den neuen Begebenheiten angepasst werden. Bei all dem blieb nur zu hoffen, dass die Hochrechnungen korrekt waren, die einen Anflug des Leviathans auf den Frachter vorhersagten. Falls er diesen ignorierte und in den Weiten des Alls verschwand, waren alle Pläne Makulatur. Angalov wollte sich nicht vorstellen, was das für *seine* weitere

Karriere bedeuten konnte.

Zu guter Letzt hatten alle zwanzigtausend Kampfschiffe ihre neuen Positionen im Verband eingenommen und rasten weiterhin den geänderten Zielkoordinaten entgegen. In wenigen Minuten würde der Verband aus dem Phasenflug fallen und sich dem Leviathan stellen. Niemand verschwendete einen Gedanken an das Frachtschiff. Kollateralschäden waren bei einem solchen Konflikt unausweichlich.

»Beendigung des Phasenflugs in fünf Minuten«, teilte die Schiffs-KI mit.

In allen Gängen und Stationen der *'Einstein'* heulten Sirenen auf und begannen rote Warnlichter zu rotieren.

Der Commodore atmete einmal tief durch, zog seine Uniformjacke straff und schaltete seinen Interkomanschluss auf Vorrang für alle solaren Kampfschiffe. Er war sich bewusst, dass ab jetzt jedes seiner Worte und jede seiner Handlungen in die Geschichtsschreibung eingehen würden. Noch in Jahrtausenden würden Historiker die Ereignisse der nächsten Stunden analysieren.

»Volle Gefechtsbereitschaft herstellen. Alle Mann auf ihre Stationen. Waffensysteme aktivieren und Schutzschirme zum Hochfahren bereit machen. Ich will, dass alle Einheiten unmittelbar nach dem Rücksturz in den Normalraum kampfbereit sind. Dies ist keine Übung! Bestätigung und Ausführung!«

Von den über eintausend Kampfeinheiten der solaren

Flotte kam umgehend die Bestätigung der Befehle und auf dem taktischen Holodisplay in der Zentrale der *'Einstein'* wurden die gelben Punkte der Schiffe innerhalb der nächsten Minute einer nach dem anderen grün. Angalov nickte zufrieden.

»Taktische KIs der Schiffe zusammenschalten«, gab er den nächsten Befehl.

Bei einer Flotte dieses Ausmaßes auf solch engem Raum und bei fast relativistischen Geschwindigkeiten war es schlichtweg unmöglich, dass jedes Schiff individuell operierte. Jede Aktion musste mit den Nachbareinheiten koordiniert werden. Es war ein komplizierter Tanz der Gewalt. Menschliche Hirne und menschliches Reaktionsvermögen, menschliche Instinkte und menschliche Auffassungsgabe waren dieser komplexen Aufgabe nicht gewachsen. Zwar verfügte jeder Kapitän über eine Vorrangschaltung, die es ihm im Notfall ermöglichte, die Entscheidungen der KI zu überstimmen, es war jedoch nicht ratsam, hiervon ausgiebigen Gebrauch zu machen. Ein völliges Chaos wäre die Folge gewesen. Nur in absoluten Ausnahmefällen durfte man es riskieren, sich über die von den KIs getroffenen Entscheidungen hinwegzusetzen und hiervon abweichende Manöver einzuleiten. Alle Kapitäne waren eindringlich angehalten worden, dies nur in Fall einer ansonsten unmittelbar drohenden Vernichtung zu wagen.

Das Flaggschiff des Oberkommandierenden meldete

sich und gab seinerseits die Befehle des Greksork Malrakan Terluahn an die einzelnen Geschwaderführer weiter. Im Großen und Ganzen entsprachen sie denen von Todor Angalov an seine ihm unterstellten Schiffe. Die KI der *'Einstein'* band sich in das übergeordnete Befehlsnetz ein und würde sich dort mit den KIs der anderen Geschwaderführer abstimmen, während sie auf Geschwaderebene die solaren Einheiten koordinieren sollte. Ein Rädchen griff ins andere und kurz vor dem Ende des Phasenflugs standen alle Verbindungen, waren alle Waffen scharf geschaltet und alle Defensivsysteme einsatzbereit. Angalovs Puls beschleunigte sich – was ihn ärgerte. Ein rascher Blick auf die Frauen und Männer in der Zentrale offenbarte ruhige Geschäftsmäßigkeit. Niemand zeigte Anzeichen von Stress oder gar Angst. Keine schweißnasse Stirn, keine feuchten Achseln und keine fahrigen Hände. Eine laute Sirene ertönte, die Beleuchtung wurde auf Kampfmodus gedimmt und die letzte Ansage erfolgte.

»*Eintritt in den Normalraum in fünf – vier – drei – zwei – eins – null.*«

Auf dem Hauptdisplay leuchteten die dicht stehenden Sonnen des galaktischen Zentrums hell auf. Teilweise nur Lichtwochen voneinander entfernt schienen sie eine Mauer aus Licht zu bilden. Direkt davor schwebte ein schwarzer Schatten im All und schluckte jeden Lichtstrahl und reflektierte kein einziges Photon. Er wirkte wie ein bodenloses Loch in der Struktur des Universums und alleine sein Anblick war geeignet, einen Schauer durch den Körper zu jagen. Der Leviathan – noch einige Millionen Kilometer entfernt und durch die Vergrößerung der Holokameras doch zum Greifen nahe. Direkt daneben, nur noch wenige Kilometer entfernt, sah man ein viel kleineres Objekt treiben. Ein Staubkorn im Vergleich zu den gewaltigen Ausmaßen des fremden Raumschiffes. Unerbittlich zog er es immer näher an sich heran, bis es Sekunden später scheinbar von ihm aufgesogen, verschluckt wurde.

Im gleichen Moment öffneten sich Hunderte von Löchern im Leib des Giganten. Sie funkelten hell auf der ansonsten vollkommen schwarzen, lichtlosen Oberfläche des Ungeheuers. Licht flutete aus ihnen und es schien, als habe sich die Oberfläche des Schiffes in einen riesigen, funkelnden schwarzen Diamanten verwandelt. Unaufhörlich schossen kleinere Objekte ins All, deren wahre Größe neben dem Koloss nicht zur Geltung kam. Nur ein Blick auf die Ortungsgeräte verriet, dass jedes von ihnen ein kilometergroßes Raumschiff war. Feurige Schweife der Strahltriebwerke hinter sich herziehend, schwärmten sie aus und hielten auf die den Leviathan umzingelnde Flotte zu. Wie eine Hand umschlossen die in einer Halbkreisformation vor dem Gegner aus dem Phasenflug gefallen Kampfschiffe den Feind. Die KIs arbeiteten mit unheimlicher Präzision. Auf den Meter genau nahm jedes Schiff seine vorberechnete Position und Rolle in dem Zangenangriff ein. Jedes Schiff war in die stärksten Schutzschirme gehüllt, welche die Technologie des jeweiligen Volkes hervorgebracht hatte. Die Formation nahm allmählich Kugelform an, während die ausgeschleusten Einheiten des Leviathans nach außen stoben und im Innern der sich bildenden Kugelschale auf die Angreifer zuhielten. Der Gigant selbst trieb weiter im Raum, als könne keine Macht des Universums ihm etwas anhaben. Er machte weder Anstalten, sich aus dem Angriffsmittelpunkt zu entfernen, noch waren für einen Beobachter Defensivmaßnahmen zu erkennen.

Die KIs berechneten in Sekundenbruchteilen Abfangkurse für die heranstürmenden Schiffe des Gegners und übermittelten an die eigenen Schiffe entsprechende Befehle. Tausende von Schlachtschiffen, Zerstörern, Kreuzern und Fregatten lösten sich aus dem Verbund und strebten den ihnen zugewiesenen Zielen zu. Auf ein anfliegendes Feindschiff kamen mindestens vier eigene Einheiten. Der Rest der Flotte hielt unerbittlich Kurs auf den Leviathan. Die inzwischen vollständig formierte Kugel zog sich langsam enger zusammen. Für den Koloss gab es nun kein Entrinnen mehr. Selbst die ausgeschleusten, etwas mehr als eintausend Feindschiffe gaben der galaktischen Flotte immer noch eine Überlegenheit von mehr als fünf zu eins.

Commodore Todor Angalov entspannte sich etwas und

lehnte sich in seinem Kommandositz zurück. Dies würde ein Schlachtfest werden, davon war er überzeugt. Es war unvorstellbar, dass der Gegner dieser Übermacht etwas entgegenzusetzen hatte. Vielleicht konnte er das unvermeidliche Ende herauszögern, aber der Ausgang der Schlacht war gewiss. Er zog den VR-Helm über den Kopf und versank in der virtuellen, räumlichen Darstellung des Gefechtsfeldes. Die solaren Schiffe waren farblich abgehoben und er empfand einen gewissen Stolz, wie exakt die ihm unterstellten Einheiten die Formation hielten. Es konnte nur noch Sekunden bis zum ersten Feindkontakt dauern.

14.

Erneute Versuche, die Bord-KI zu einem Zugriff auf die Datenbanken des Schiffes zu bewegen, waren ebenso erfolglos wie zuvor. Taraketian Wasgemur Drogarth langweilte sich. Das Hologramm, das eine ganze Seite seiner Kabine ausfüllte und wie ein großes Loch in der Bordwand wirkte, zeigte nur den leeren Weltraum und die in der Ferne schimmernden Sonnen. Taraketian gab der KI die Anweisung, es durch die Darstellung einer irdischen Sommerwiese zu ersetzen. Wenigstens dieser Aufforderung kam sie nach. Der Anblick des leeren Raumes, in dem irgendwo auf einer anderen Dimensionsebene ein ganzes Sonnensystem versteckt lag, zerrte an seinen Nerven. Immer wieder ertappte er sich dabei, auf das Hologramm zu blicken, um zu sehen, ob eine Reaktion auf die Botschaft an die Ek´Thal festzustellen war. Eine grüne Sommerwiese unter der gelben Sonne von Terra, durchsetzt mit bunten Blumen und mit einem schattigen Wald am Horizont, an dessen Grenze Rehe grasten, hatte hingegen etwas Beruhigendes – auch wenn es sich natürlich nicht um eine echte Aufnahme handelte, sondern nur um eine Computersimulation. Frei lebende Rehe gab es schon lange nicht mehr auf seinem Heimatplaneten. In den Zoos konnte man lediglich aus historischer DNA geklonte, nachgezüchtete Exemplare bewundern. Neben Mammuts, Löwen und verschiedenen Dinosaurierarten – alles Tiere, die in der Natur längst ausgestorben waren.

Plötzlich schaltete die KI, ohne dass er den Befehl dazu gegeben hätte, zurück auf die Darstellung des umgebenden Raumes. Sofort bemerkte er ein bisher nicht vorhandenes Objekt. Sicherlich hatte es der Computer herangezoomt und optisch herausgearbeitet, denn mit bloßem Auge wäre es vor dem schwarzen Hintergrund des Weltraumes nicht ohne Weiteres zu erkennen gewesen. Es handelte sich um eine vollkommene, nachtschwarze Kugel mit absolut ebenmäßiger Oberfläche. Nichts wies auf Luken, Schleusen, Hangartore oder Antriebsöffnungen hin. Das Objekt stand scheinbar bewegungslos im Raum.

Noch bevor er die KI befragen konnte, gab diese von sich aus Informationen preis.

»Soeben ist diese perfekte Sphäre aufgetaucht. Durchmesser einundvierzigkommavieracht Meter deines Längensystems. Relativgeschwindigkeit zur *'Ein wunderschöner Sternenhimmel'* gleich Null. Die Wahrscheinlichkeit für ein Kontaktschiff der Ek´Thal liegt bei Achtundneunzigkommadrei Prozent. Ich empfange eine Übertragung in Pangalactic. Ich lege sie auf das System deiner Kabine.«

Es handelte sich um eine reine Audioübertragung. Aus den Lautsprechern klang eine wohlmodulierte Stimme, bei der man nicht sagen konnte, ob sie männlich, weiblich oder von einer KI generiert war.

»Wir begrüßen den Emissär Taraketian Wasgemur

Drogarth. Die jüngsten Ereignisse rechtfertigen eine Kontaktaufnahme. Wir bitten Taraketian Wasgemur Drogarth, auf unser Schiff überzuwechseln, um sich mit einem Vertreter unseres Volkes zu besprechen. Zu diesem Zweck generieren wir in wenigen Augenblicken einen Energieschlauch zwischen unseren Schiffen. Bitte seien sie nicht besorgt! Es handelt sich nicht um eine aggressive Aktion.«

Die Botschaft war kaum beendet, als sich zwischen dem Greksork-Schiff und der schwarzen Kugel eine semitransparente, grünlich leuchtende Röhre ausbildete, die zielgenau an einer Außenschleuse von Taraketians Schiff endete. Die KI bestätigte augenblicklich, dass sich die Röhre mit einer für Menschen atembaren Luftmischung füllte und die Seite, welche man als Boden bezeichnen konnte, eine Gravitation von exakt einem G aufwies. Die Ek´Thal hatten aus seinem Namen die Spezies abgeleitet, der er angehörte. Oder sie hatten bereits von ihm gehört – wer konnte schon sagen, über welche und wie viele Informationen aus dem Bereich des galaktischen Rates die Ek´Thal verfügten.

»KI, sage ihnen, dass wir zu zweit kommen werden«, befahl Taraketian. »Elramuk Salkeder wird mich begleiten.«

»Hältst du das für klug?«

»Ich will deutlich machen, dass es hier um die Zusammenarbeit vieler Zivilisationen geht und dies keine isolierte Aktion, kein Alleingang des Solaren Dominium ist.«

»Ich leite es weiter«, bestätigte die KI.

Nach kurzem Zögern bestätigten die Ek´Thal ihre Bereitschaft, auch Elramuk Salkeder zu empfangen. Wahrscheinlich hatte die Besatzung des Schiffes rückfragen müssen.

Taraketian hatte noch einen weiteren Grund für den Wunsch, von seinem Freund begleitet zu werden. Für den Fall eines Scheiterns der Gespräche wollte er verhindern, dass die Greksork ihm alleine die Schuld in die Schuhe schieben konnten. Wenn ein Vertreter ihres Volkes dabei war, trug er auch eine Mitverantwortung für alles, was ab jetzt geschehen würde. Taraketian hatte sich von Anfang an als Versuchskaninchen empfunden. Die Greksork hatten ihn als Emissär vorgeschoben, um gegebenenfalls einen Sündenbock zu haben, falls die Dinge nicht so liefen, wie sie es gerne gehabt hätten. Obwohl Elramuk sein Freund war, glaubte Taraketian keine Sekunde daran, dass man ihn nur ausgewählt hatte, weil er hierfür qualifiziert war. In den Entscheidungen der Greksork spielten immer auch politische Überlegungen mit. Wie bei jeder Spezies im galaktischen Rat war die Bereitschaft zur Zusammenarbeit mit anderen Völkern auch bei den Greksork nicht besonders ausgeprägt. Nur Druck hielt das fragile Gefüge des Rates zusammen – und natürlich die immer bestehende Drohung durch die Sanktionsflotte. Unter der Oberfläche brodelten viele Konflikte zwischen den Rassen und die Greksork machte hierbei keine Ausnahme. Sollte es zu Schwierigkeiten mit den Ek'Thal kommen, würden man Taraketian opfern, ohne einen weiteren Gedanken an ihn zu verschwenden. Mit einem Greksork an seiner Seite war dies schwieriger. Elramuk konnte sich dem Ansinnen schlecht verweigern. Dies würde zu sehr den Eindruck erwecken, man würde in Wahrheit nicht hinter der Mission stehen.

Er beauftragte die KI, den Ek'Thal mitzuteilen, er und sein Partner kämen in Kürze an Bord, und zudem Elramuk zu bitten, ihn in seiner Kabine aufzusuchen. Er vermutete, dass sein langjähriger Freund von seinem Schachzug nicht begeistert war. Kurze Zeit später meldete die KI einen Besucher. Taraketian öffnete den Energievorhang und ließ Elramuk ein. Sein Freund zog ein säuerliches Gesicht.

»Das war so nicht abgemacht. Der galaktische Rat bestand ausdrücklich darauf, dass nur jemand ohne diplomatisches und politisches Profil diese heikle Mission ausführen soll. Warum ziehst du mich da hinein?«

Taraketian lachte. »Mein Freund, ich glaube, das weißt du so gut wie ich. Ich habe eine Abneigung dagegen, nur ein Bauer auf einem Schachbrett zu sein, das gleichzeitig noch ein Minenfeld ist. Ihr würdet nicht zögern, die Triebwerke anzuwerfen und mich hier zurückzulassen, wenn die Dinge sich nicht so entwickeln, wie wir es alle hoffen. Niemand hat mit den Ek'Thal je Kontakt gehabt – zumindest nicht in den letzten Hunderttausenden von

Jahren. Ihr habt schlichtweg Angst, die Sache könnte aus dem Ruder laufen, und wollt euren Hintern retten, falls etwas schief läuft. Ihr wollt den Erfolg, ohne ein diplomatisches und politisches Risiko für die Greksork eingehen zu müssen. Und wenn es funktioniert, wollt ihr euch feiern lassen, während ich die Arbeit alleine gemacht und das Risiko alleine getragen habe. Also, mach´ gute Miene zum bösen Spiel. Die Ek´Thal erwarten uns beide und du kannst keinen Rückzieher mehr machen.«

»Du strapazierst unsere Freundschaft«, stellte Elramuk mit düsterer Miene fest.

Taraketian grinste ihn an.

»Du kennst mich seit ein paar Jahrhunderten. Hast du wirklich angenommen, ich würde eure Masche nicht durchschauen?«

Elramuk grinste verhalten zurück und zwinkerte verstohlen. Taraketian verstand. Sein Freund hatte mit einer Reaktion gerechnet – vielleicht sogar mit genau derjenigen, die er gewählt hatte. Nur konnte er dies nicht laut sagen. Sie mussten davon ausgehen, dass die Kabine überwacht und jedes Wort genau analysiert wurde. Elramuk konnte in Schwierigkeiten geraten, wenn er zu eng mit seinem Freund kooperierte. Die Loyalität zu seinem Volk könnte angezweifelt werden. Taraketian war von den strategischen Fähigkeiten und dem taktischen Vorgehen des Greksork nicht überrascht. In all den Jahren hatte er sich als überaus fähiger Geheimdienstchef erwiesen. Doppel- und Dreifachwendungen und Bluffs waren ihm zur zweiten Natur geworden. Es hätte Taraketian nicht gewundert, wenn Elramuk alles genau so geplant, seine Reaktion vorausgesehen und es von Anfang an darauf angelegt hatte, bei der Mission aktiv mitzuspielen.

Durch die Schleuse betraten sie die Energieröhre und gingen zu dem etwa zwanzig Meter entfernten Schiff der Ek'Thal. Es war ein seltsames Gefühl, nur durch eine dünne energetische Barriere vom absoluten Vakuum des Raumes getrennt zu sein und doch festen Boden unter den Füßen zu spüren. Die weit entfernten Sterne schimmerten schwach durch die grünliche Wandung. Als sie nur noch zwei Meter von dem anderen Schiff entfernt waren, löste sich ein Teil der Bordwand scheinbar auf. Von einem Moment zum anderen bildete sich ein kreisrundes Loch. Dahinter glomm ein schwaches rötliches Licht, vor dem sich eine Silhouette abzeichnete. Etwa zwei Meter groß, schlank, mit zwei Beinen, zwei Armen und einem Kopf. Auf den ersten Blick hätte es der Vertreter einer der vielen humanoiden Rassen der Milchstraße sein können, und doch wusste Taraketian, dass in der gesamten Galaxis niemand lebte, der ein solches Wesen erblickt hatte. Der letzte persönliche Kontakt zu einem Vertreter der Ek'Thal lag sehr, sehr lange zurück.

»Bitte kommen sie an Bord.« Der Alien deutete in einer menschlich anmutenden Geste in die offene

Schleuse. »Entschuldigen sie das für ihre Augen spärliche Licht, aber wir vertragen keine hellen Beleuchtungen, wie sie dem Spektrum ihrer Heimatsonnen entsprechen.«

Als Taraketian näher trat, sah er, dass die Beschreibungen der Ek´Thal, so wie sie überliefert worden waren, nicht ganz der Realität entsprachen. Die Haut war nicht reinweiß, sondern nur extrem blass, und die Augen nicht strahlend blau, sondern groß und mit einer violetten Iris versehen. Der Ek´Thal war mit einer eng anliegenden, schwarzen Hose und einem weit geschnittenen, kurzen blauen Umhang bekleidet, der entfernt an ein zu großes T-Shirt erinnerte, das über dem Hosenbund getragen wurde. Die nackten Arme waren sehr dünn und endeten in einer zu groß wirkenden, sechsfingrigen Hand mit zwei gegenüberliegenden Daumen. Die breiten Füße an den ebenfalls sehr schlanken Beinen steckten in langschäftigen Stiefeln, die über den Hosenbeinen getragen wurden. Der haarlose Schädel des ovalen Kopfes schimmerte in dem rötlichen Licht. Ansonsten wirkte das Gesicht, von den zu großen, leuchtend violetten Augen und der ungesunden Gesichtsfarbe abgesehen, völlig menschlich.

»Wir bedanken uns, dass sie uns empfangen«, erwiderte Taraketian zur Begrüßung. »Die Kontakte zu ihrem Volk waren in der Vergangenheit leider sehr … äh … spärlich.«

»Es gab in der Vergangenheit keinerlei Kontakte«, entgegnete der Ek´Thal lakonisch. »Bitte folgen sie mir.«

Taraketian war sicher, dass Elramuk ebenso wie er selbst jedes Detail im Innern des Schiffes genauestens begutachtete und versuchte, aus dem, was es zu sehen gab, so viele Informationen wie möglich über das technologische Niveau der Ek'Thal abzuleiten. Als umso enttäuschender empfand er den ersten Eindruck. Nüchterne Gänge führten zu einem ebenso nüchtern eingerichteten Raum, in dem lediglich ein Tisch und drei bequem aussehende Sessel standen. Sie begegneten keinem weiteren Mitglied der Besatzung und sahen keinerlei technischen Einrichtungen. Die Wände waren kahl, es gab keine Holodisplays, keine Arbeitsstationen und keine schmückenden Verzierungen. Alles wirkte steril und kalt. Die Durchgänge öffneten sich ähnlich wie die Schleuse ins Schiff, indem sich ein Stück der Wand einfach auflöste. So beeindruckend dies auch war, so wenig verriet es über ihre Gastgeber.

Der Ek'Thal bat sie, Platz zu nehmen, und ohne sich lange mit einer Vorrede aufzuhalten, kam er direkt auf den Punkt.

»Warum sind sie hier und was erwarten sie von uns?«

Die Frage erschien Taraketian seltsam. Es war offensichtlich, warum sie hier waren, und was man erhoffte, von den Ek'Thal zu erhalten. Hinter dieser Einleitung stand etwas anderes. Taraketian ließ sich mit einer Antwort Zeit und dachte angestrengt nach. Dann keimte in ihm eine Ahnung auf! Der Fremde, der immer noch keinen Namen genannt hatte, wollte herausfinden, was sie über die Ek´Thal wussten! Je konkreter seine Antwort auf die Frage ausfiel, umso mehr Informationen über die Ek´Thal musste er besitzen.

»Sie wissen, warum wir hier sind. Das riesige Raumschiff im Zentrum der Galaxis ist eine Bedrohung für uns alle. Deshalb sollten wir auch gemeinsam dagegen vorgehen. Die galaktische Allianz ist nicht sicher, ob ihre Möglichkeiten alleine ausreichend sind,« antwortete er, ohne konkret auf den zweiten Teil der Frage einzugehen.

»Warum sollten wir dem galaktischen Rat helfen?«

Taraketian verstand die Gesprächsführung nicht. Warum hatte man sie überhaupt empfangen? Entweder waren die Ek´Thal bereit, sich an einer Aktion gegen den Leviathan zu beteiligen, oder nicht. Im ersten Fall machten die Fragen keinen Sinn; im zweiten Fall hätte man auf die Botschaft nicht geantwortet. Wenn die Ek´Thal jetzt ihre selbst gewählte Isolation so bereitwillig aufgaben, um sich mit ihm zu treffen, musste es hierfür einen wichtigen Grund geben. Was konnte dies sein? Natürlich war es möglich, dass auch sie befürchteten, in die Schusslinie des Aggressors zu geraten und ihm alleine nicht standhalten zu können, aber Taraketian bezweifelte diese Begründung. Die Fragen des Ek´Thal zielten auf etwas anderes. Er fischte nach einer Information, ohne konkret danach fragen zu wollen. Taraketian war lange genug als Diplomat und Spion unterwegs gewesen, um ein Gespür dafür zu haben, wenn sein Gegenüber zum einen etwas verheimlichte und zum anderen etwas herausfinden wollte. Was konnte es sein, von dem der Alien wissen wollte, ob die anderen Völker Kenntnis davon hatten? Ein Verdacht keimte in ihm auf: War es möglich, dass die Ek´Thal sehr genau wussten, um wen es sich bei dem geheimnisvollen Angreifer handelte, und nun herauszufinden versuchten, ob der galaktische Rat um diese Kenntnis wusste? Gab es eine Beziehung zwischen dem Leviathan und den Ek´Thal? Diente das Treffen dazu, herauszufinden, ob die Mitglieder das galaktischen Rates von dieser Verbindung wussten?

Es war ein Schuss ins Blaue, aber Taraketian stellte die Frage trotzdem.

»Sie wissen sehr genau, um wen es sich bei dem Angreifer handelt, nicht wahr?«

Elramuk sah ihn von der Seite überrascht an – der Ek´Thal verzog keine Miene. Dann erhob er sich.

»Bitte warten sie hier einen Moment«, sagte er und verließ den Raum. Die Wand schloss sich hinter ihm und Taraketian war davon überzeugt, dass es für sie keine Möglichkeit gab, den Raum zu verlassen.

»Was war das?«, fragte Elramuk verwundert.

»Der Austausch von Informationen, die hinter dem, was gesagt wurde, verborgen lagen«, lächelte Taraketian.

Elramuk schüttelte verständnislos den Kopf.

»Manchmal geht es mehr darum, warum etwas zu einem bestimmten Zeitpunkt gesagt wird, als darum, *was* gesagt wird. Die Bedeutung hinter den Worten ist oft wichtiger als die Worte selbst«, erklärte Taraketian seinem Freund.

Elramuk Salkeder sah nicht so aus, als hätte er diese Erklärung verstanden.

»Wie kommst du darauf, sie könnten den Angreifer kennen?«, insistierte er.

»Wenn ich bisher nicht sicher war, dann bin ich es spätestens, seit er das Gespräch unterbrochen hat«, erklärte Taraketian.

In diesem Moment öffnete sich die Wand und ihr Gesprächspartner trat in den Raum. Ohne sich zu setzen, richtete er das Wort an seine Gäste.

»Wir werden in unser System einfliegen. Sie werden sich mit der Führung unseres Volkes treffen. Ich wurde autorisiert, ihnen mitzuteilen, dass wir in der Tat wissen, wo das Schiffes seinen Ursprung hat und warum es hier ist. Ich werde keine weiteren Fragen beantworten können. Bitte gedulden sie sich. Man wird ihnen alles erklären.«

Dann wandte er sich ab, verließ den Raum und die Wand schloss sich hinter ihm. Die beiden Freunde waren erneut eingesperrt. Ob sie sich als Gäste oder Gefangene zu betrachten hatten, würden die nächsten Minuten zeigen.

15.

Das Kribbeln in Armen und Beinen war fast nicht auszuhalten. Es war, als ob eine Million Ameisen die ungeschützte Haut attackieren würden. Hinzu kam die erneut auftretende Übelkeit. Kellira kannte die Symptome einer sich abschwächenden Paralyse, und obwohl sie sich sehnlichst wünschte, sich wieder bewegen zu können, verfluchte sie die Symptome der nachlassenden Lähmung. Der Drang, Arme und Beine zu kratzen war übermächtig, doch noch immer konnte sie nicht einmal einen Finger krümmen. Es gelang ihr jedoch, wenn auch nur mit höchster Anstrengung und Konzentration, wenigstens mit den Augenlidern zu blinzeln, was zumindest den brennenden Schmerz ihrer ausgetrockneten Hornhaut linderte und ein weiteres Anzeichen dafür war, dass die Wirkung des Paralysestrahls nachließ.

Seit dem Angriff auf ihr Schiff mussten mehrere Minuten vergangen sein. Sie vermutete, dass die *'Shogun'* inzwischen in den Bauch des Riesen eingeschleust worden war. Neben sich hörte sie Wuck leise stöhnen, was darauf hindeutete, dass er ebenfalls allmählich die Kontrolle über seinen Körper zurückgewann. Sie versuchte sich zu räuspern, um Wuck ein Zeichen zu geben, aber die Stimmbänder wollten ihr noch nicht gehorchen.

Sie konnte ein lautes Zischen vernehmen. Es klang, als wolle man sich mit einem Laserbrenner Zugang ins Innere des Schiffes verschaffen. Nur Sekunden später hörte sie hastige Schritte und spürte, dass hinter ihr jemand die Zentrale betrat. Dann trat eine Gestalt an den Rand ihres Blickfelds. Sie versuchte, den Kopf zu wenden, um den Eindringling genauer anschauen zu können, aber ihre Muskulatur verweigerte nach wie vor den Dienst. Aus dem Augenwinkel konnte sie sehen, wie sich zwei der Gestalten nach unten beugten, ihren Kopiloten aufrichteten und in den Sitz warfen. Äußerlich schien Wuck in Ordnung zu sein, zumindest soweit sie es mit ihrem eingeschränkten Gesichtsfeld überblicken konnte. Dann trat eine der Gestalten direkt vor sie.

Das humanoide, blasse Wesen mit den rötlichen Augen wirkte nicht besonders furchterregend. Er oder sie, die Geschlechtsbestimmung war bei Aliens immer Glückssache, war erschreckend mager und kniff die großen Augen zusammen. Wie es schien, empfand es die Beleuchtung in der *'Shogun'* als zu grell.

Jemand ergriff sie an beiden Armen und zog sie aus ihrem Pilotensitz. Zwei der Fremden schleiften sie aus der Zentrale. Sie konnte noch erkennen, wie Wuck die gleiche Behandlung widerfuhr. Auf dem Weg durch den Gang zur mit Gewalt geöffneten Außenschleuse begegneten sie einer Truppe der Eindringlinge, die eine große Menge technischer Geräte auf einem Antigravschlitten vor sich herschoben. Aus der Vielzahl von Anschlüssen, Sensorelementen, Kabeln, Monitoren und Geräten, die wie

Computerbänke aussahen, schloss sie, dass man die Bord-KI anzapfen wollte. Leider verfügte die *'Shogun'* nur über eine Standard-KI, die einem solchen Versuch nicht viel entgegenzusetzen haben würde. Bei einer militärischen KI wäre ein solcher Eingriff wesentlich schwieriger gewesen, und die künstliche Intelligenz einer Flotteneinheit hätte eher die Selbstvernichtung ausgelöst, als ihre Geheimnisse preiszugeben. Abgesehen davon verfügte ein Frachter nicht über die Option der Selbstzerstörung, und selbst wenn *'Trottelchen'*, wie Kellira ihre KI manchmal nannte, wenn diese sie wieder einmal zur Weißglut trieb, Widerstand gegen Spähversuche hätte leisten wollen, hatte sie keine Defensivoptionen. Die Fremden würden sie in kürzester Zeit geknackt und alle Daten extrahiert haben. Daran zweifelte Kellira angesichts der demonstrierten technologischen Fähigkeiten ihrer Entführer keine Sekunde.

Die Strukturblitze der aus dem Phasenflug fallenden Schiffe gingen ihr nicht aus dem Kopf. Wie es aussah, war eine riesige Flotte genau in dem Moment erschienen, als der Leviathan ihr Schiff aufgebracht hatte. Sie war sicher, dass es sich nur um die Sanktionsflotte handeln konnte. Es sah so aus, als würde der galaktische Rat endlich zur Tat schreiten und sich den unprovozierten Angriffen des Giganten auf zivilisierte Welten entgegenstellen. Sie verfluchte ihr Pech, genau zu diesem Zeitpunkt inmitten des Schlachtfeldes gestrandet zu sein. *Mein typisches*

Glück, wie sie resignierend feststellte. Inzwischen musste draußen im All eine verheerende Schlacht toben. Hier im Innern des gewaltigen Schiffes war davon nicht das Geringste zu spüren. Keine Erschütterungen, wenn Kanonen und Geschütze feuerten, keine Vibrationen, wenn die eigenen Schutzschirme die auftreffenden Energien ableiteten, und auch nicht das typische kurze Durchschlagen der Beschleunigungskräfte, wenn abrupte Ausweichmanöver die Andruckabsorber kurzzeitig überforderten. Sie befand sich nun an Bord des Feindes – genau im Fadenkreuz Tausender der besten Schlachtschiffe und der tödlichsten Waffensysteme, welche die technologisch fortgeschrittensten Völker der Galaxis entwickelt hatten. Ihre Überlebenschancen schätzte sie in diesem Moment auf ungefähr null! Sie konnte sich nicht vorstellen, dass dieses Schiff, wie unfassbar groß es auch sein mochte, in der Lage sein könnte, der geballten Macht einer ganzen Galaxis zu widerstehen.

Unbarmherzig zerrten die beiden Fremden sie und Wuck aus der *'Shogun'*. Sie spürte allmählich etwas Kraft in ihre Beine zurückkehren und versuchte, einen Fuß vor den anderen zu setzen, um sich nicht willenlos wie ein Stück Vieh wegschleifen zu lassen. Die gewaltsam geöffnete Schleuse führte in einen riesigen Hangar, in welchem sich ihr Schiff fast verlor. In der dämmrigen, rötlichen Beleuchtung fiel es ihr schwer, die Abmessungen abzuschätzen, aber ihr schien, hier hätte sogar ein Zerstörer der solaren Flotte ausreichend Platz gefunden – und der maß mehr als einen Kilometer in der Länge! Ein weiterer Antigravschlitten wartete am Hangarboden vor einer Energierampe, die hinauf zu ihrer Schleuse führte. Man warf Wuck und sie auf den Schlitten. Noch immer hatten ihre Bewacher kein Wort zu ihnen gesagt. *Vielleicht sprechen sie kein Pangalactic*, überlegte Kellira. Die vier dürren Aliens setzten sich neben ihre Gefangenen auf das Fahrzeug, das umgehend beschleunigte und auf ein Tor in der mehrere Hundert Meter entfernten Wandung zuhielt.

Als sie näher kamen, konnte Kellira aus ihrer liegenden Position sehen, dass das, was sie für ein Tor gehalten hatte, nur eine Nische in der Wand war, vor welcher ihr Schlitten anhielt. Sie wurden gepackt und in die etwa drei Meter breite und zwei Meter nach innen reichende Vertiefung in der Wand gelegt. Ihre Bewacher stellten sich neben sie. Kellira verspürte einen kurzen, nicht allzu heftigen Schmerz, als würde man einen leichten Stromstoß durch ihren Körper jagen. Die Umgebung verschwamm kurz vor ihren Augen und sie befanden sich plötzlich an einem völlig anderen Ort. *Sie müssen über eine ausgefeilte Transmittertechnik verfügen*, dachte sie. Zuverlässige Transmitter für den Personenverkehr waren bisher von keiner technologischen Zivilisation in der Milchstraße erfolgreich entwickelt worden. Zwar konnte man unbelebte Materie schon seit vielen Hunderttausend Jahren mittels Transmittern quer durch die Galaxis senden, aber eine Verlustquote von immer noch einem Promille war für den Transport von Lebewesen inakzeptabel. Niemand wusste, woran es lag, dass manche Sendungen einfach niemals in der Empfangsstation ankamen und für immer irgendwo zwischen den Dimensionen verschollen blieben. Entweder hatten die Fremden dieses Problem gelöst oder sie akzeptierten das Risiko. Der Gedanke an die zweite Möglichkeit jagte ihr einen Schauer über den Rücken. Wuck und sie wurden auf die Beine gezogen und in einen Gang geschleppt, der sich scheinbar endlos in beide Richtungen erstreckte. Noch immer war kein Wort gesprochen worden. Nach wenigen Metern öffnete sich zu ihrer Rechten eine Energiebarriere in der Wand, hinter der sie einen etwa vier mal vier Meter großen, völlig kahlen Raum erblickte. Sie wurden auf den Boden gelegt, die Aliens drehten sich um und verließen die Zelle, worum es sich allem Anschein nach handelte. Die undurchsichtige Energiebarriere baute sich sofort wieder auf.

Das schmerzhafte Kribbeln hatte nachgelassen und Kellira versuchte, sich zu bewegen. Mit großer Anstrengung gelang es ihr, sich hinzuknien. Neben ihr unternahm Wuck ebenfalls Anstrengungen, sich aufzurichten.

»Wir sitzen knietief in der Scheiße«, stellte sie mit krächzender Stimme fest. Wuck brummte bestätigend. Kellira krabbelte auf allen Vieren zur Wand und lehnte sich mit dem Rücken dagegen. Die Anstrengung trieb ihr den

Schweiß auf die Stirn, aber es tat gut, sich wieder bewegen zu können. Wuck folgte ihr nach.

»Hast du die Strukturblitze bemerkt, bevor man uns geschnappt hat?«, fragte sie ihren Freund.

»Nein, ich lag mit dem Gesicht nach unten vor dem Holoterminal.«

»Es müssen Tausende von Schiffen gewesen sein. Ich vermute, die Sanktionsflotte greift gerade unser Gefängnis an. Wir sind ganz schön im Arsch, Großer!«

»Sieht so aus«, bestätigte Wuck wortkarg.

»Es tut mir leid, Wuck. Du hättest besser bei der Flotte bleiben sollen. Ich habe dir wirklich kein Glück gebracht.«

»Noch sind wir nicht tot«, antwortete er und strich ihr sanft über das schwarze Haar. »Außerdem ist es nicht deine Schuld, Kleines!«

Kellira lehnte sich an seine Schulter. Zum ersten Mal seit vielen Jahren war ihr zum Heulen zumute. Sie fürchtete sich nicht vor dem Tod, aber die Ausweglosigkeit ihrer Situation war schwer zu ertragen.

16.

Plötzlich verschwand ein Teil der Kabinenwand und vor Taraketian und Elramuk breitete sich der umgebende Weltraum aus. Die Illusion war so echt, dass Taraketian für einen kurzen Moment befürchtete, man würde sie ohne Schutzanzug aus dem Schiff befördern. Sie konnten beobachten, wie sich das Schiff der Ek'Thal in einen bläulichen Schirm hüllte, hinter dem die umgebenden Sterne nur noch schemenhaft zu erkennen waren. Dann setzte es sich in Bewegung. Der blaue Energieschirm verfärbte sich langsam ins Rötliche, während die fernen Sonnen allmählich verblassten. Gleichzeitig erschien die transparente Silhouette einer bisher nicht sichtbaren Sonne direkt vor dem Schiff. Der Größe nach zu urteilen, war sie weniger als eine halbe solare astronomische Einheit entfernt. Das bisher unsichtbare Gestirn gewann an Kontur und wurde zunehmend realer. Es handelte sich um eine rote Sonne der Spektralklasse L mit einer Oberflächentemperatur von maximal zweitausend Grad; deutlich kühler als die gelbe G-Sonne Terras oder das orangefarbene K-Gestirn über Elramuks Heimatplanet. Was dann in ihr Blickfeld geriet, raubte ihnen den Atem. Das Schiff drehte sich langsam und gab den Blick auf einen Planeten frei, der vollständig von weit ins All reichenden Strukturen umhüllt war. Wie ein Kokon umgaben energetische Leiter, metallische Röhren, dicht gepackte Streben und massive Verbindungen die gesamte Oberfläche und ragten weit in den Orbit hinaus. Der Anblick erinnerte Taraketian an eine eingesponnene Raupe. Abertausende von Knoten verschiedener Größe durchsetzten das gesamte Gebilde an den Schnittstellen der Röhren, Leitern und Streben. Das Gespinst funkelte und glitzerte in allen Farben des Spektrums im Licht der roten Sonne. Es war wunderschön! *Ein Juwel auf schwarzem Samt*, dachte Taraketian. Er blickte zu Elramuk, der gebannt auf das dargebotene Schauspiel starrte.

Hinter ihnen entstand ein Loch in der Wand und der Ek´Thal betrat den Raum.

»Unser Heimatsystem«, erklärte er. »Sie sind die ersten Besucher seit sehr langer Zeit, die es betreten dürfen.«

»Es ist mehr als beeindruckend«, gestand Taraketian. »Zu Schade, dass sie es so lange vor den Bewohnern unserer Galaxis verborgen gehalten haben.«

»Bitte gedulden sie sich noch kurze Zeit. Sie werden bald verstehen, warum wir dies für notwendig hielten.«

Ihr Schiff näherte sich einem der unzähligen Knoten und dockte dort an. Die holografische Wand verblasste und bildete wieder eine scheinbar feste Oberfläche.

»Bitte folgen sie mir«, bat der Ek´Thal.

»Haben sie einen Namen?«, fragte Taraketian.

Der Ek´Thal schaute ihn verblüfft an.

»Eigennamen sind bei uns nicht gebräuchlich. Sie können mich Kontakt-Eins nennen.«

»Wie kommunizieren sie miteinander? Wie identifizieren sie einzelne Individuen?«

Wieder zögerte der Ek´Thal spürbar.

»Bitte gedulden sie sich noch etwas. Man wird ihnen alles erklären.«

Sie folgten dem Abgesandten und erlebten die nächste Überraschung. Kaum hatten sie die ihnen zugewiesene Kabine verlassen, verbog sich der vor ihnen liegende Gang. Die Wände schwangen zur Seite, lösten sich teilweise auf und ein neuer Gang bildete sich, an dessen Ende sie einen Durchgang sehen konnten, der aus dem Schiff führte. Verblüfft wandte sich Elramuk erneut an ihren Begleiter.

»Was … was war das? Können sie uns das erklären, oder müssen wir auch hier warten?«

»Diese Information darf ich ihnen übermitteln, Mr. Elramuk«, antwortete Kontakt-Eins steif. »Unsere Schiffe bestehen mit Ausnahme des Antriebskerns aus Strukturenergie, die bedarfsweise die Schiffszelle so gestaltet, wie es die Bedingungen und Notwendigkeiten erfordern. Sämtliche Einrichtungen, die nicht zur grundlegenden technischen Matrix gehören, werden nach Bedarf aus Strukturenergie projiziert. Die Energie bildet das Substrat der materiellen Pseudosubstanz und kann umgeformt werden, wie es dem Nutzen jeweils förderlich ist. In diesem Fall erschien es logisch und zeitsparend, anstelle eines längeren Umwegs durch die bisherige Schiffsstruktur die Strecke zur Andockschleuse von Wabe-

Eins neu zu modellieren.«

Sie waren beeindruckt. Auch andere Zivilisationen hatten versucht, mit Formenergie zu arbeiten, waren jedoch über einfache Strukturen nicht hinausgekommen. Hier schien diese Technik nicht nur perfektioniert, sondern normaler Bestandteil des Alltags zu sein.

»Ich nehme an, Wabe-Eins bezeichnet den … hm … Knoten in dem Geflecht, welches den Planeten überzieht, an den wir angedockt haben?«, vergewisserte sich Taraketian.

»Das ist korrekt, Mr. Taraketian.«

Die Frage nach dem Eigennamen hatte wohl dazu geführt, dass der Ek´Thal jetzt im Gespräch mit ihnen ihre Namen verwendete. Er musste annehmen, dass dies für seine Besucher von Wichtigkeit war. Zumindest bewies dies, dass man versuchte, auf die Gepflogenheiten der Gäste Rücksicht zu nehmen. Taraketian wertete es mit seiner Erfahrung als Diplomat als positives Zeichen.

Die Schleuse ging völlig nahtlos in einen Raum über, der augenscheinlich zu Wabe-Eins gehörte. Auch hier musste Strukturenergie zur Ankopplung genutzt worden sein. Das Schiff war nun ein fester Bestandteil des Kokons um den Planeten. Taraketian fragte sich, ob wohl das gesamte Gebilde in eine riesige Flotte zerlegt werden konnte. Wenn man den Einsatz formbarer Energie so perfekt beherrschte, wie es hier der Fall zu sein schien, waren die Möglichkeiten ihrer Nutzung nur von der eigenen Fantasie begrenzt.

Auch in der Station herrschte ein dämmriges, rötliches Licht, was es schwierig machte, Einzelheiten zu erkennen. Sie gingen ein paar Meter durch einen leeren Gang, bevor sie vor einer Wand stehen blieben. Wie Elramuk und Taraketian erwartet hatten, löste sich die Wand auf und gab den Zugang zu einem leeren Raum frei. Zu ihrer Überraschung war die Beleuchtung hier den Gewohnheiten ihrer Augen angepasst. Ihr Kontakt bat sie einzutreten. Er blieb im Gang stehen und die Wand schloss sich hinter ihnen, sobald sie den Raum betreten hatten. Vor ihren Augen bildeten sich zwei bequeme Sessel aus dem Nichts.

»Taraketian Wasgemur Drogarth und Elramuk Salkeder. Ich heiße sie willkommen«, ertönte eine körperlose Stimme. »Bitte nehmen sie Platz. Wir haben einiges zu besprechen.«

Der unsichtbare Sprecher, es war eindeutig eine männliche Stimme, sprach akzentfreies Pangalactic. Taraketian glaubte, einen Hauch von Künstlichkeit herauszuhören, und fragte sich, ob ihr Gesprächspartner eine KI war.

»Wir möchten uns bedanken, dass sie unserer Bitte um ein Treffen stattgegeben haben. Es steht viel für unsere gemeinsame Heimat auf dem Spiel, und wir sollten darüber reden, was die Ek´Thal zusammen mit den anderen Zivilisationen der Milchstraße unternehmen können, um der Gefahr entgegenzutreten.«

Ein leises Lachen ertönte.

»Taraketian Wasgemur Drogarth – immer der Diplomat. Oder der Spion, wenn die Umstände es verlangen. Wir wissen sehr genau, wer sie sind und was sie in den letzten Jahrhunderten getrieben haben. Auch wenn die Galaxis nicht viel über uns weiß – wir wissen eine ganze Menge über die Galaxis. Aber, keine Bange – wir haben eine hohe Meinung von ihnen. Auch wir sind am Frieden in diesem Sternensystem interessiert und ihre Aktivitäten waren stets in diesem Sinn. Uns ist natürlich völlig klar, warum sie hier sind. Die Allianz der Zivilisationen wird gegen den Leviathan, wie sie ihn nennen, nicht bestehen können. Sie benötigen unsere Hilfe und das heißt in erster Linie, die technologischen Möglichkeiten, die sie bei uns vermuten.«

»Warum gesellen sie sich nicht zu uns«, fragte Taraketian. »Ich ziehe es vor, meinem Gesprächspartner gegenüberzusitzen.«

Wieder vernahm er ein leises, amüsiertes Lachen.

»Ich fürchte, dies wird nicht möglich sein, zumindest nicht in einem realen Körper. Nein, ich bin keine KI, wie sie jetzt annehmen. Ich bin ein Ek´Thal – allerdings nicht mehr aus Fleisch und Blut, sondern das in einer neuronalen Matrix gespeicherte Bewusstsein. Aber seien sie versichert, ich bin deswegen nicht weniger ein Individuum wie Sie. Wenn sie jedoch Wert auf meine persönliche

Anwesenheit legen, …«

Im selben Moment materialisiert eine Gestalt im Raum und setzte den Satz fort.

»… so komme ich diesem Wunsch gerne nach.«

Gleichzeitig bildeten sich ein Tisch und ein dritter Sessel aus Strukturenergie. Der Ek´Thal nahm lächelnd den beiden Männern gegenüber Platz.

Der Einsatz von Avataren war bei vielen Völkern durchaus üblich und Taraketian hatte mehr als einmal einem gegenübergesessen und auch mit Avataren verhandelt. Allerdings konnte man ihnen in der Regel anmerken, dass es sich nicht um reale Personen handelte. Die Projektionen hatten immer etwas Künstliches. Ihr Gegenüber war hingegen von einer echten, biologischen Person nicht zu unterscheiden. Taraketian war sicher, dass er bei einer genauen Untersuchung selbst kleinste Hautunreinheiten vorgefunden hätte.

Die Physiognomie der Ek´Thal war Taraketian nicht vertraut; sein Gegenüber – oder besser gesagt, das Erscheinungsbild des Avatars – schien jedoch kein junger Vertreter seiner Spezies zu sein. Im Gegenteil – etwas an ihm erweckte den Eindruck eines sehr hohen Alters.

»Ich heiße sie nochmals willkommen.«

Der Mann, und Taraketian zweifelte diesmal nicht daran, dass es sich um einen männlichen Abgesandten handelte, lächelte fast menschlich.

»Wie dürfen wir sie anreden«, erkundigte sich

Elramuk.

»Eigennamen sind bei uns seit langer Zeit nicht mehr gebräuchlich. Ich würde mich als *'Ältester'* bezeichnen. Tatsächlich bin ich das älteste Mitglied unserer Gemeinschaft.«

»Darf ich fragen, welche Position sie bekleiden?«, fragte Taraketian.

»Sie wollen wissen, ob ich befugt bin, verbindliche Absprachen zu treffen, nicht wahr?«

Wieder lächelte er nahezu menschlich.

Er wirkt insgesamt nicht unsympathisch, gestand sich Taraketian ein und neigte zustimmend den Kopf.

»Gestatten sie mir eine Gegenfrage. Wieso haben sie gesagt, wir wüssten, woher der Leviathan gekommen ist?«

»Intuition. Deduktion. Erfahrung. Und eine Portion glückliches Raten.«

»Sie haben recht! Wir wissen, wer der Gegner ist, woher er kommt und was er hier will. Damit sie die Zusammenhänge verstehen, muss ich ihnen die Geschichte unserer Spezies erzählen. Dann wird ihnen auch klar, warum wir sie nicht abgewiesen haben. Nennen sie mich einfach *Ältester* oder *Eins.* Ich bin der Höchste im *Dekanium*, dem zehnköpfigen Führungsrat der Ek´Thal, und ich spreche für unser gesamtes Volk.«

Taraketian wurde plötzlich klar, dass er in den nächsten Minuten Antworten auf Fragen erhalten würde, welche sich die gesamte Galaxis seit Hunderttausenden von

Jahren stellte. *Dies ist ein epochaler Moment*, dachte er, *und er wird die Milchstraße verändern. Nichts wird mehr sein wie zuvor.*

»Mein Volk ist alt, sehr alt. Fast fünf Milliarden Jahre alt, um genau zu sein«, fuhr der *Älteste* fort. Taraketian spürte einen Schauer durch den Körper laufen, als er diese unglaubliche Zahl vernahm.

»Es war die erste Epoche der Entwicklung intelligenter Wesen und der galaxisweiten Besiedlung der Milchstraße. Vielleicht gab es bereits in noch früheren Zeiten vereinzelt hoch entwickelte Zivilisationen, aber wir konnten keine Spuren von ihnen finden, falls es sie jemals gegeben hat. Die Anzahl intelligenter Spezies und raumfahrender Völker war viel geringer als heute. Etwa ein Dutzend von ihnen hatte vor fünf Milliarden Jahren den Sprung aus dem eigenen Sonnensystem geschafft und sich in der Galaxis ausgebreitet. Es gab viel Platz für alle und somit keinen Grund für Kriege. Territoriale Streitigkeiten, Kampf um Ressourcen oder Eifersüchteleien waren unbekannt. Es herrschte Friede in der Galaxis. Dann kamen wir – und wir waren es, die für einen verheerenden Krieg und letztlich für das Ende der ersten Epoche verantwortlich waren. Eines der damals lebenden Völker waren die *Prakesch.* Sie besaßen das höchste technologische Niveau und hatten sich am weitesten in der Galaxis ausgebreitet. Ihr Imperium erstreckte sich über Zehntausende von Welten in allen Teilen unseres Sternensystems. Einem ihrer

Wissenschaftler gelang der Durchbruch bei der Erschaffung künstlicher Intelligenz. Nicht nur einer künstliche Intelligenz, die ununterscheidbar von biologischer Intelligenz ist, sondern einer, die *identisch* mit ihr war. Eine KI, die *echte* Gefühle empfand und sie nicht nur perfekt simulieren konnte. Eine KI, die sich problemlos von einem Quantencomputer auf das Gehirn eines geklonten Körpers übertragen ließ, der damit zu einem Wesen wurde, das sich in *nichts* von natürlich geborenem Leben unterschied. Die Prakesch erschufen Millionen und im Laufe der Jahrtausende schließlich Milliarden dieser Klone und ließen sie für sich arbeiten, machten sie zu ihren Sklaven. Sie gestalteten die Klone nach ihrem Bild. Äußerlich waren sie nur durch die Augenfarbe zu unterscheiden. Die Arbeiter erhielten violette Augen, im Gegensatz zu den natürlichen roten Augen ihrer Herren. Sie nannten sie *'Thalon',* was in Pangalactic so viel wie *'Diener'* bedeutet. Die Prakesch dachten sich nichts dabei – es waren ja künstliche, von ihnen erschaffene Wesen. Es gab mahnende Stimmen, die dies verurteilten, aber die Mehrheit lachte darüber – bis zu dem Tag, als die Thalon rebellierten und sich gegen ihre Herren auflehnten. Die Rebellen nannten sich *Ek'Thal – die Freien.*

Ein fürchterlicher Krieg entbrannte, der über Millennien hin- und herwogte. Andere Spezies wurden in die Auseinandersetzungen hineingezogen und gingen in der Folge unter. Beide Seiten kämpften erbarmungslos. Die Galaxis stand in Flammen. Die Prakesch kämpften um ihr Überleben – die Ek'Thal um ihre Freiheit. Beide Seiten wussten, dass es nur einen Sieger geben konnte. Der Verlierer dieses erbarmungslosen Krieges würde ausgelöscht werden. Als die Prakesch die Oberhand zu gewinnen drohten, griffen die Ek'Thal zu einem letzten, verzweifelten Mittel.

Beide Seiten waren Meister der Manipulation von *'Strings'*, der Grundsubstanz, aus der alles besteht. Materie, Energie – das gesamte Universum ist von Strings durchzogen und besteht aus diesen. Strings sind keine Teilchen, sondern vibrierende, eindimensionale, unglaublich winzige Objekte, viel kleiner als das kleinste bekannte Elementarteilchen. Je nach Schwingungszustand manifestieren sie sich als Quark, als Proton, als Elektron. Es gibt offene Strings und ringförmig geschlossene. Eine bestimmte Vibration eines geschlossenen Strings kann als Graviton identifiziert werden. Die Schwingung mit der niedrigsten Energie eines offenen Strings stellt ein Tachyon dar. Andere Schwingungsmoden offener Strings zeigen sich als Photonen oder Gluonen – und so weiter. Es wurde gezeigt, dass sich das Universum der Strings in zehn Raumdimensionen und eine Zeitdimension ausdehnt. Einige dieser Dimensionen sind jedoch derart im subatomaren Bereich *'aufgerollt'*, dass wir sie nicht direkt als tatsächlich existierende Raumrichtungen wahrnehmen können. Einen Teil dieser Dimensionen nutzen wir heute zum Phasenflug. Über Beeinflussung der String-Vibrationen konnten beide Seiten unglaubliche Effekte erzielen – und fürchterliche Waffen entwickeln. Die Ek'Thal entwickelten angesichts der drohenden vernichtenden Niederlage die ultimative Waffe.

Alle Naturkonstanten ergeben sich aus den Vibrationen der Strings, und so, wie bei einem Blasinstrument die Luftvibrationen durch die Form des Instrumentes bestimmt und begrenzt werden, sind die Vibrationen der Strings durch die komplex ineinander gerollten zusätzlichen Dimensionen beschränkt. Jede Naturkonstante muss genau den Wert besitzen, den sie hat – ansonsten wäre Leben in diesem Universum schlicht unmöglich. Die Ek'Thal entschlossen sich, die Strings in der Raum-Zeit-Umgebung der Galaxis so zu manipulieren, dass sich bestimmte Naturkonstanten um einen winzigen Bruchteil verändern würden – mit katastrophalen Auswirkungen. Jedes Lebewesen, von der Mikrobe bis zum höchst entwickelten Organismus, würde augenblicklich aufhören, zu funktionieren. Jegliches organische Leben in der Galaxis würde mit einem Schlag zum Erliegen kommen – auch ihr eigenes.

Der Effekt der Waffe würde abklingen, wäre nicht dauerhaft. Das Universum ist zäh und setzt Eingriffen von außen große Beharrungskräfte entgegen. Allmählich würde sich der ursprüngliche Zustand wieder einstellen. Es könnte sich erneut organisches Leben entwickeln, aber die Galaxis wäre in ihrem Stand um Milliarden von Jahren zurückgeworfen. Tod, leblos und öde. Es würde wieder Milliarden Jahre dauern, bis sich das Leben zu neuen Höhen aufschwingen könnte.

Die eigene Vernichtung wäre jedoch kein akzeptabler Preis für die Vernichtung des Feindes gewesen. Es musste also eine Möglichkeit gefunden werden, damit zumindest einige Ek´Thal das Massaker überleben, und neu anfangen konnten. Auch hier half die Stringtheorie. Die führenden Wissenschaftler der Ek´Thal entwickelten ein gewaltiges Raumschiff, in dem Millionen von Ek´Thal fliehen konnten. Es wurde eine Flucht durch die Zeit.

Niemand konnte genau sagen, wie lang der Effekt der Waffe anhalten würde, und niemand wollte in einer Ödnis, einer leeren Galaxis leben. Man musste weit in die Zukunft fliehen – eine Zukunft, in der es wieder belebte Welten und eine Vielfalt organischen Lebens geben würde. Man entschloss sich, viereinhalb Milliarden Jahre zu überbrücken, etwa die gleiche Zeitspanne, die ein Planetensystem üblicherweise benötigt, um höheres Leben auszubilden.«

An dieser Stelle der Erzählung schwirrte Taraketian der Kopf und Elramuk saß mit offenem Mund neben ihm. Die Geschichte klang so unglaubwürdig, dass sie wahr sein musste. Niemand konnte sich so etwas ausdenken. Es verwunderte ihn an dieser Stelle, dass der vor ihm sitzende

Ek'Thal nicht den Eindruck eines Massenmörders machte. Trotzdem hatte er bei der Vorstellung, die Ek'Thal könnten die Auslöser dieses unvorstellbaren, monströsen Aktes gewesen sein, ein mehr als unbehagliches Gefühl.

»Wer die Strings beherrscht, kann bis zu einem gewissen Grad auch ein Black Hole bezwingen«, fuhr der Ek'Thal fort. »Das Hauptproblem bei einem schwarzen Loch ist die ungeheure Gravitation hinter dem Ereignishorizont, die umso größer wird, je tiefer man in das Black Hole eindringt. Mit enormem Energieaufwand kann man dies durch Manipulation der Strings kompensieren. Ab einem bestimmten Punkt werden die benötigten Energiemengen allerdings nicht mehr aufgebracht werden können. Zu diesem Zeitpunkt ist man jedoch bereits weit hinter dem Ereignishorizont, wo die Zeit sehr viel langsamer als außerhalb des schwarzen Loches verläuft. Je weiter man eindringt, umso größer wird die Zeitdilatation. Und je massereicher das Black Hole ist, umso stärker ist der Effekt. Unser Schiff konnte so weit hinter den Ereignishorizont des zentralen schwarzen Loches unserer Heimatgalaxis vordringen, dass wir dort nur einige Monate verbringen mussten, damit außerhalb mehr als vier Milliarden Jahre verstrichen.«

Taraketian dämmerte allmählich, worauf die Geschichte hinauslief. Die Ek'Thal waren nicht die Einzigen, die Strings derart manipulieren konnten – ihre Erschaffer mussten ihnen gefolgt sein.

»Nachdem wir aus dem schwarzen Loch hervor kamen, fanden wir eine erneut blühende Galaxis vor. Eine große Mehrheit unseres Volkes beschloss, dass es nie wieder zu einem solch monströsen Akt der Gewalt kommen dürfe. Es kam zu Konflikten innerhalb unserer Spezies, aus denen diejenigen siegreich hervorgingen, die sich dem Frieden verschrieben hatten. Es herrschte eine große Kriegsmüdigkeit und die Abscheulichkeit unseres Verbrechens wurde uns zu spät bewusst. Wir hatten mit unserem egoistischen Plan eine ganze Galaxis zerstört, jegliches Leben vernichtet und große Schuld auf uns geladen. Dies war unverzeihlich. Wir verschrieben uns dem Frieden. Absolut und unumkehrbar. Dies war der Grund, weshalb wir uns dem galaktischen Rat verweigerten. Wir waren allen anderen jungen Rassen technologisch weit überlegen und befürchteten, in deren Konflikte hineingezogen zu werden. Die Galaxis war zu unserer Überraschung viel dichter besiedelt als in der ersten Epoche. Wir waren frei – das war alles, was wir wollten. Wir umhüllten unser System mit einem für euch undurchdringlichen Phasenschirm und entwickelten uns weiter. Heute stehen wir kurz vor dem nächsten Evolutionssprung. Seit Hunderttausenden von Jahren vermehren wir uns nicht mehr biologisch. Wenn ein Individuum das Ende seiner Lebensspanne erreicht hat, geht es in einen Bewusstseinspool ein. Noch ist dieses Gemeinschaftsbewusstsein an Materie gebunden. Das

Geflecht, welches den Planeten umhüllt, beherbergt unter anderem Millionen unseres Volkes als Geistessubstrat. Einige von uns bewahren auch ihre Individualität als Bewusstsein, um die Geschicke der Ek'Thal zu lenken – ich bin einer dieser Wenigen. Nur ein paar Tausend existieren noch körperlich, um die Maschinen und Anlagen zu warten und alles für den großen Sprung vorzubereiten. Der Tag wird kommen, an dem sich unser Volk gemeinsam vollständig vergeistigt, und dann werden wir uns endgültig von den Beschränkungen der Materie und diesem Teil des Universums lösen. Dann werden wir all die Dimensionen, die uns bisher verschlossen sind, erreichen können und wahrlich verstehen, wie das Universum beschaffen ist. Und wer weiß – vielleicht treffen wir dort auf andere, die den gleichen Weg gegangen sind.

Leider müssen wir nun feststellen, dass die Prakesch unseren Plan anscheinend kannten. Sie müssen rechtzeitig genug davon erfahren haben, um ein ähnliches Schiff bauen zu können und uns zu folgen. Es gab Spione auf beiden Seiten. Unter den wenigen Prakesch, die während des Krieges auf unserer Seite standen, muss einer gewesen sein, der seine Artgenossen vor der bevorstehenden Vernichtung warnte. Verhindern konnten sie das *große Erlöschen* nicht mehr, da der genaue Standort der *Auslöschungsmaschine* nur den führenden Ek'Thal bekannt war, aber sie konnten ebenfalls ein Fluchtschiff bauen und Rache schwören. Sie hätten zu jedem Zeitpunkt in den letzten Hunderttausenden von Jahren auftauchen können. Ein paar Minuten mehr oder weniger im Black Hole machen einen gewaltigen Unterschied in der außerhalb verstrichenen Zeit. Jetzt sind sie hier und haben nur ein Ziel: Uns zu finden und endgültig auszulöschen! Dabei werden sie alles vernichten, was sich ihnen in den Weg stellt.«

17.

Die ersten Salven aus den Gravitationsgeschützen rissen sichtbare Lücken in die sich schließenden Reihen des Gegners.

»Sie gruppieren sich erstaunlich schnell um«, meldete einer der taktischen Offiziere.

Großadmiral Kaldhar musste zugeben, dass er von der Geschwindigkeit und Präzision, mit der die Angreifer auf die ausgeschleusten Abfangschiffe reagiert hatten, beeindruckt war.

»Vermutlich steht die Flotte unter der taktischen Führung einer KI. Organische Wesen sind zu solch schnellen, hochkomplexen Berechnungen nicht fähig«, konstatierte er.

Es würde ihnen nichts nützen. Gegen sein Waffensystem gab es keine Abwehr. Die eintausend ausgeschleusten Schiffe würden den Gegner beschäftigen und auf Distanz halten, während er mit der Gravitonenwaffe Tod und Verderben bringen konnte. Sollten doch ein paar Feindschiffe durchbrechen, wären sie niemals in der Lage, die Schirmfelder seines Schiffes zu durchdringen.

»Unsere vier Gravitonenwerfer können auf Dauer nicht genügend Verluste beim Feind verursachen. Auch die maximal mögliche Schussfolge ist zu gering«, gab die Feuerleitstelle zu bedenken.

»Konzentriert das Feuer auf die durchbrechenden

Einheiten«, befahl er. »Die weiter außen fliegenden Feindschiffe stellen keine akute Bedrohung dar.«

Erneut konnte Kaldhar auf dem taktischen Hologramm verfolgen, wie mehrere Symbole von einem Moment zum nächsten erloschen. Wieder waren angreifende Schiffe vernichtet worden. Gegen die Gravitationswerfer gab es keinen Schutz, da sie nicht das Schiff selbst zum Ziel hatten, sondern den das Schiff umgebenden Raum. Die Waffe manipulierte die Strings in dem Bereich des Raumes, wo sich der Feind aufhielt. Eine gezielte Anregung der ringförmigen Strings erzeugte einen massiven Ausbruch von Gravitonen, die sich sofort zu einer Singularität verdichteten – zu einem kleinen schwarzen Loch, das den Raum um das Feindschiff krümmte und es einfach aus dem Normalraum riss. Wenn die künstliche Anregung der Stringvibration nach ein paar Mikrosekunden erlosch und sich der vorherige Zustand wieder einstellte, blieb der Feind verschwunden. Von den gewaltigen Gravitationskräften war er in subatomare Partikel zerrissen worden. Schutzschirme waren völlig wirkungslos. Allerdings benötigte man für diese Waffe unvorstellbar hohe Energiemengen, sodass sie auf kleineren Schiffen nicht zum Einsatz kommen konnte. Normalerweise wurden Gravitationswerfer auf riesigen Verteidigungsplattformen zum Schutz wichtiger Sonnensysteme der Prakesch eingesetzt, wo man die Energie der Sonne anzapfen konnte. Kaldhars Schiff war die erste mobile Einheit mit diesem Waffensystem – und die Letzte, wie er sich hasserfüllt eingestehen musste.

»Die Feindverbände ändern ihre Taktik erneut«, kam eine weitere Meldung.

Kaldhar warf einen überraschten Blick auf das taktische Display. Widerwillig musste er zugeben, dass der Feind sich schneller auf seine überlegenen Waffensysteme eingestellt hatte, als er vermutet hatte. Die schalenförmige Einkesselungsformation löste sich auf. Die Schiffe operierten jetzt in unabhängigen, kleineren Verbänden aus nur wenigen Schiffen, die mit kurzen, nicht vorausberechenbaren Phasenflugmanövern eine Zielortung für seine Waffenleitoffiziere erschwerten. Wie es schien, hatte der Gegner auf die Gravitationswerfer reagiert. Er bot nun kein Ziel mehr, das man recht einfach anvisieren konnte, sondern hielt sich nur für wenige Sekunden in einem bestimmten Raumabschnitt auf, feuerte auf sein Schiff, um sich sofort wieder mittels Phasenflug einer Zielortung zu entziehen. Es wurde zunehmend schwieriger, in den wenigen zur Verfügung stehenden Sekunden ein Feindschiff anzuvisieren und die Waffe auszulösen. Jetzt kam es häufiger vor, dass die entstehende Singularität wirkungslos im Raum verpuffte. Auch fanden die Abfangschiffe immer weniger Gegner vor, denen sie sich stellen konnten. Allerdings brachte dies dem Feind den Nachteil, dass konzertierte Aktionen größerer Verbände nicht mehr möglich waren. Die Schlacht würde sich hinauszögern – auch wenn der Ausgang nach wie vor feststand. Es sah nun nach einer Abnutzungsschlacht aus. Dies ließ Kaldhar Zeit für die zweite Operation.

»Ich will einen Bericht über das aufgebrachte Schiff«, befahl er einem in der Nähe stehenden Offizier. »Kümmern sie sich darum!«

Der Angesprochene salutierte und rannte zu einem Kommunikationsterminal. Nur Sekunden später blinkte eine eingehende Holoverbindung auf Kaldhars Terminal. Er öffnete den Kanal. Vor ihm bildete sich das Hologramm von General Xarenna.

»Großadmiral«, grüßte sie mit einem Salut, »es ist meinem Team gelungen, in die Bordsysteme des Frachters einzudringen. Die KI setzte keinen nennenswerten Widerstand entgegen. Wir haben ihre Psychospeicher und Memobänke gelöscht und die Emotioroutinen stillgelegt. Nachdem wir vollen Zugriff auf die Datenbanken erlangt hatten, fanden wir in den Navigationsanweisungen einen wichtigen Hinweis. Es wird sie erfreuen, dass wir mit Sicherheit sagen können, wo sich der Feind niedergelassen hat. Jetzt ist auch verständlich, warum wir bisher keine Spur von ihm finden konnten.«

»Schwafeln sie nicht und reden sie nicht in Rätseln, Xarenna! Was genau haben sie gefunden?«

»Großadmiral, in den Navigationsunterlagen sind verschiedene, als gesperrt oder verboten bezeichnete Raumsektoren aufgelistet. Einer davon wird als *verborgenes System der Ek'Thal* bezeichnet. Dort herrscht absolutes Einflugverbot. Aus Querverweisen lässt sich ableiten, dass sich der Feind hinter einem undurchdringlichen Phasenschirm verborgen hält und keinerlei Kontakt zu anderen Völkern der Galaxis hat. Er besitzt keine Kolonien und betreibt so gut wie keinen Raumflug. Der Feind hat sich seit Hunderttausenden von Jahren völlig gegen den Rest der Galaxis abgeschottet.«

Kaldhar spürte kalten Hass in sich aufsteigen. Sie nannten sich noch immer Ek'Thal – die Freien. Nun, er würde dafür sorgen, dass sie ihre Freiheit nicht mehr viel länger genießen konnten. Und er würde für die völlige Vernichtung seiner Heimat fürchterliche Rache üben.

»Überspielen sie die gefundenen Koordinaten umgehend zur Navigations-KI«, ordnete er an.

Obwohl er sehr wohl wusste, dass sie sich nach wie vor in der heimischen Sterneninsel befanden, kam ihm diese nach dem gewaltigen Zeitsprung von mehr als vier Milliarden Jahren wie eine fremde Galaxis vor. Sein Volk hatte zu spät von dem verbrecherischen Plan der Thalon erfahren, um ihn noch stoppen zu können. Sie hatten die Aufständischen nach Jahrtausenden erbitterter Kämpfe endlich an den Rand der Niederlage drängen können, als ein Spion mit der unglaublichen Nachricht zurückkam. Alles Leben in der heimischen Galaxis auszulöschen, erschien unvorstellbar. Ein Genozid von wahrhaft unfassbarer Dimension. Die Thalon waren bereit, angesichts ihrer Niederlage alles und jeden mit in den Abgrund zu reißen. Es war aussichtslos, den Planeten zu finden, von welchem die Gräueltat ausgehen sollte; hierüber konnte ihr Spion keine Informationen erlangen. Es war ihm jedoch gelungen, Dateien über den Bau eines Fluchtschiffes zu entwenden, mit dem sich einige Millionen Thalon in eine ferne Zukunft absetzen wollten, um das Überleben ihrer verbrecherischen Art zu sichern. Kaldhar weigerte sich noch immer, sie als gleichwertige Spezies zu betrachten. Sein Volk hatte sie erschaffen; sie waren künstliches Leben und hatten keinen Anspruch auf Freiheit. Jetzt besaßen sie jedoch ein Mittel, in ihren letzten Todeszuckungen die Prakesch und alles Leben zu vernichten. Und es gab nichts, was sein Volk dagegen tun konnte. Billionen würden vergehen. Eine über Jahrmillionen entstandene Zivilisation würde mit einem Schlag aufhören, weiter zu existieren. Nur ein Weg blieb: Mithilfe der gestohlenen Unterlagen ein gleichartiges Schiff zu erbauen und den Thalon zu folgen. Den Krieg in die Zukunft zu tragen und dort endgültig zu entscheiden.

Auch an Bord des Fluchtschiffes befanden sich Millionen ausgewählter Prakesch sowie genetische Proben aller relevanten Spezies der glorreichen Zeit. Nach der endgültigen Vernichtung der Thalon wollte er dafür sorgen, die Galaxis wieder zu ihrer Heimstätte zu machen. Wer sich dem in den Weg stellte, musste radikal ausgemerzt werden. Diese Galaxis gehörte ihnen. Alles, was nach dem Genozid entstanden sein sollte, war nur das Produkt eines Verbrechens und hatte keine Existenzberechtigung. Er würde sie nicht sofort vernichten, die Prakesch waren keine Verbrecher wie die Thalon, aber wer sich dem Herrschaftsanspruch der Prakesch nicht unterordnen wollte, musste die Konsequenzen tragen.

Ein Blick auf das taktische Display zeigte ihm, dass sich die Waage allmählich zu ihren Gunsten neigte. Zwar hatte er etwa ein Viertel der Abfangschiffe verloren, doch die Verluste beim Gegner waren ungleich höher. Tausende ihrer Schiffe waren den Gravitationswerfern und den Waffensystemen seiner Schiffe zum Opfer gefallen. Es wurde Zeit, dies zu beenden und das eigentliche Ziel ins Visier zu nehmen.

»Wir greifen aktiv in den Kampf ein«, befahl er seinem Stab. »Kurs Null-Drei-Alpha-Acht. Jeweils zweihundert Schiffe als Flankenschutz. Der Rest soll weiter auf freie Abfangjagd gehen.«

Der bisherige Verlauf der Schlacht hatte gezeigt, dass eine Gruppe von Feindschiffen keinen direkten Feindkontakt suchte, sondern sich nur in der Peripherie des Gefechtsfeldes aufhielt. Es war anzunehmen, dass sich auf diesen Einheiten die Kommandoebene der Angreifer befand.

»Taktik-KI. Ich wünsche einen Angriffsvektor auf die als Kommandoschiffe identifizierten Einheiten des Gegners. Berechne die optimale Formation und übernimm die Steuerung aller beteiligten Schiffe.«

»Wird berechnet und umgesetzt«, meldete sich die KI. »Berechnung abgeschlossen. Erfolgswahrscheinlichkeit dreiundsiebzig Prozent. Verlustwahrscheinlichkeit eigener Einheiten siebzehn Prozent. Verlustwahrscheinlichkeit Trägerschiff nullkommanullvier Prozent.«

»Genehmigt und Ausführung!«

»Wird ausgeführt.«

Dann fiel ihm noch etwas ein.

»General Xarenna, was ist mit der Besatzung des Frachters?«

Die Angesprochene meldete sich unverzüglich.

»Zwei Personen, prakeschoid, jedoch verschiedene Spezies. Sind in Gewahrsam.«

»Ich will die Gefangenen persönlich verhören, sobald das hier erledigt ist. Bringen sie die beiden in einen Verhörraum und übermitteln sie mir die Sprungnummer der nächstgelegenen Nische.«

»Selbstverständlich, Großadmiral!«

Kaldhar sank zurück in seinen Kommandosessel. Alles lief endlich nach Plan. Er würde der feindlichen Flotte noch eine Lektion erteilen und sich dann nicht länger mit diesem Scharmützel abgeben. Es war wichtig, dass die jetzigen Bewohner der Galaxis von Anfang an begriffen, wie sinnlos es war, sich den Prakesch entgegenzustellen. Aber noch wichtiger war es, die Thalon endgültig aus diesem Universum zu fegen.

18.

Taraketian saß wie erschlagen vor der Projektion des Ek'Thal. Elramuk wirkte ebenfalls erschüttert und war blass geworden. Es erschien unmöglich, dass ein Volk jemals auf den Gedanken kommen konnte, alles Leben einer ganzen Galaxis mit in den Untergang zu reißen. Das Ausmaß dieses Verbrechens, und nichts anderes war es in seinen Augen, übertraf alles Vorstellbare. Er wollte mit diesen Wesen nichts zu schaffen haben und kämpfte gegen eine aufsteigende Übelkeit.

»Ich weiß, was sie jetzt empfinden«, sagte der Älteste ruhig. »Glauben sie mir, wenn ich sage, dass wir uns selbst für diese Gräueltat verachten. Es ist eine Schuld, die nie getilgt werden kann. Es war der Plan einer kleinen, aber mächtigen Gruppe unseres Volkes, von dem die Mehrheit nichts wusste. Niemand aus dieser Gruppe lebt mehr, und denjenigen von ihnen, die den Sprung in die Zukunft mitgemacht hatten, wurde die Aufnahme in den Bewusstseinspool versagt. Wie ich bereits sagte – es gab interne Konflikte. Ich will nicht auf die Details eingehen, aber ich kann sagen, dass sie sehr heftig verliefen. Die Schuldigen wurden bestraft. Trotzdem gibt es eine Kollektivschuld unseres Volkes, die uns verpflichtet, uns zukünftig nur noch für den Frieden zwischen den Völkern einzusetzen. Unsere freiwillige Isolation war Teil dieser Verpflichtung. Wir waren noch nicht reif für einen Platz zwischen anderen Zivilisationen.

Was jetzt geschieht, das Auftauchen des Leviathans, ist eine direkte Folge dieser Schuld. Wir werden tun, was wir können, um die Prakesch zu stoppen. Ich befürchte allerdings, dies ist weniger, als sie vielleicht erhofft hatten.«

»Weshalb sollte die galaktische Gemeinschaft den Prakesch nicht einfach die Koordinaten ihres Systems geben und den Dingen ihren Lauf lassen? Wieso sollten wir uns in einen Krieg verwickeln lassen, der mit uns nichts zu tun hat?«

Es war Taraketian bewusst, dass diese Fragen überaus provokant waren. Die Ek'Thal konnten sich durchaus dafür entscheiden, Elramuk und ihn zu eliminieren, um die Wahrheit nicht bekannt werden zu lassen. Im Moment war ihm dies gleichgültig. Seine Erschütterung war zu groß, als dass er sich Sorgen um die eigene Sicherheit machte. Aus den erhofften Helfern im Kampf gegen den Leviathan waren nicht nur die Verursacher der Krise geworden, sondern darüber hinaus hatten sie sich als skrupellose Auslöser des größten Massensterbens in der Geschichte des Universums zu erkennen gegeben. Egal, was ihr Gegenüber sagte, unabhängig von einem moralischen Wandel – es fiel ihm schwer, sich eine Zusammenarbeit vorzustellen.

»Ich respektiere ihre Offenheit und werde sie ihnen nicht vorhalten. Sie müssen auch keine Sanktionen befürchten. Zu welchem Ergebnis wir auch kommen – sie werden unser System unbehelligt verlassen können«, versicherte der Ek'Thal, als habe er Taraketians Gedanken erraten. »Eines müssen sie jedoch in Betracht ziehen: Die Prakesch sind wie auch wir in dieser Zeit gestrandet. Sie werden uns vielleicht vernichten können, aber was kommt danach? Sie sehen diese Galaxis als ihre ureigene Heimat an und werden sich nicht in eine Ecke zurückziehen. Wir kennen unsere Erschaffer, unsere ehemaligen Herren nur zu gut. Sie werden ihren damaligen Status zurückerobern wollen. Ihre technologische Überlegenheit befähigt sie dazu. Wenn der galaktische Rat sie gewähren lässt, werden sie früher oder später Machtansprüche erheben. Ein erneuter, die Galaxis umspannender Krieg wäre die Folge. Ein Krieg, den die heutigen Völker nicht gewinnen können.«

»Es fällt mir schwer, dem zu vertrauen, was sie sagen. Ich kenne nur ihre Version der Geschichte. Sie haben selbst zugegeben, ein monströses Unrecht begangen zu haben. Wieso sollte ich glauben, dass die Prakesch tatsächlich so kriegslüstern sind. Auch sie haben sich in eine neue Rolle eingefunden. Warum sollte dies den überlebenden Prakesch nicht ebenso gelingen?«

»Schauen sie selbst!«

Hinter dem Ek'Thal verwandelte sich die gesamte Wand in einen Holoschirm. Aus der Perspektive eines Beobachters waren Szenen einer gewaltigen Raumschlacht zu verfolgen.

»Wir haben ein Beobachtungsschiff in den Zentrumssektor entsandt. Geschützt durch einen Phasenschirm ähnlich dem, der auch unser System verbirgt, berichtet es von der Schlacht, die gerade zwischen dem Leviathan und der Sanktionsflotte stattfindet. Wie sie sehen, kann ihre Flotte nichts gegen den Leviathan ausrichten.«

Zusätzlich zu dem Bildmaterial wurden Daten über Schiffsbewegungen, Verluste, Abschussquoten und andere Parameter eingespielt. Bereits nach kurzer Zeit war unverkennbar, dass die Sanktionsflotte zwar gegen die aus dem Giganten ausgeschleusten Kampfschiffe vereinzelt Abschüsse erzielen konnte, die eigenen Verluste jedoch dramatisch höher waren. Der Leviathan selbst blieb völlig ungeschoren und überstand vereinzelte Treffer, die jeden anderen bekannten Schifftyp sofort vernichtet hätten, ohne sichtbaren Schaden. Seine Schutzschirme waren für sämtliche bekannten Waffensysteme undurchdringlich. Die Einheiten der Sanktionsflotte hingegen konnten durch einen einzigen Treffer aus dem unbekannten Waffentyp des Gegners vollständig vernichtet werden. Sie verschwanden einfach. Es blieben nicht einmal Trümmerteile zurück. Je länger der Kampf andauerte, umso deutlicher wurde die Niederlage der eigenen Kräfte. Es war nur eine Frage der Zeit.

»Kurz vor Beginn der Schlacht hat der Leviathan einen Frachter aufgebracht. Ein Schiff ihres Volkes aus dem

Solaren Dominium. Es dürfte nicht mehr darauf ankommen, was sie dem galaktischen Rat erzählen. Es ist anzunehmen, dass die Prakesch die Koordinaten unseres Systems aus den Navigationsdateien des Frachters erhalten haben. Sie werden hierher kommen – und zwar schon sehr bald!«

Taraketian blickte zu Elramuk. Er fühlte sich außerstande, alleine über das Schicksal der Galaxis zu entscheiden.

»Ich möchte mich mit meinem Freund beraten«, bat er.

»Die Zeit steht nicht auf unserer oder ihrer Seite«, ermahnte sie der Älteste. »Die Prakesch werden sich nicht mehr lange von der Sanktionsflotte aufhalten lassen. Sobald sie wissen, wo wir zu finden sind, werden sie hierher aufbrechen. Natürlich können sie sich beraten – ich gebe jedoch noch eines zu bedenken: Entgegen dem, was sie vielleicht erhofft haben, besitzen wir weder Kampfschiffe noch bessere Waffensysteme als der Feind. Seit unserer Ankunft haben wir hieran kein Interesse mehr besessen. Wenn sie den Leviathan mit herkömmlichen Mitteln bekämpfen wollen, sind wir leider keine Hilfe. Wie ich bereits sagte, gibt es nur noch sehr wenige Ek'Thal in einem biologischen Körper. Sollten sie zu der Entscheidung kommen, gemeinsam mit uns gegen die Prakesch vorzugehen, gibt es nur noch eine einzige Möglichkeit, den erneuten Untergang aller Zivilisationen zu verhindern.«

»Von welcher Möglichkeit sprechen sie?«

»Wir können den Leviathan nicht mit Waffengewalt bezwingen. Eine Zerstörung des Giganten ist nur möglich, wenn es gelingt, in das Schiff einzudringen. Nur von innen kann er zerstört werden.«

Taraketian lachte humorlos auf. »Wenn keine Waffe durch die Schutzschirme kommt, wie wollen sie dann ein Kommando hineinbringen?«

»Das Kommando muss bereits an Bord sein, wenn der Leviathan hier erscheint. Natürlich geht das in der heutigen Zeitebene keinesfalls – das Kommando muss bereits eingeschleust werden, bevor er zu seiner Reise aufbricht.«

Taraketian schüttelte verständnislos den Kopf.

»Ich verstehe nicht …«

»Ich spreche von der Zeit vor viereinhalb Milliarden Jahren. Jemand muss in diese Zeit zurückreisen und sich an Bord einschleichen. Beraten sie sich.«

Der Projektionskörper verschwand und ließ Taraketian und Elramuk sprachlos zurück.

19.

Commodore Todor Angalov war außer sich.

»Ich will nichts mehr hören, General Milanem! Sie halten ihre Position im Verbund und greifen weiter an.«

»Sir, die Uleni haben sich bereits abgesetzt. Andere Völker werden folgen. Die Flotte ist in Auflösung begriffen.«

»Haben sie mich nicht verstanden? Der Solare Verband wird seine Pflicht erfüllen.«

»Verzeihen sie, Commodore. Aber ich muss nochmals darauf hinweisen, dass unsere Verluste bei fast siebzig Prozent liegen. Insgesamt sind nur noch knapp neuntausend Schiffe übrig. Der Gegner hat nur ein paar Hundert Schiffe verloren.«

»Das Gespräch ist beendet, General. Jeder Kommandant, der seinem Schiff oder seiner Einheit erlaubt, aus den Angriffsformationen auszuscheren, landet vor dem Kriegsgericht«, donnerte Angalov und unterbrach die Verbindung.

Die Situation war verheerend. Nachdem klar geworden war, dass es gegen die geheimnisvolle Gravitonenwaffe des Leviathan keinen Schutz gab, war die Flotte in einzelne, kleinere Verbände aufgelöst worden, die unabhängig voneinander Angriffe flogen und sich dem Feuer des Gegners immer wieder durch kurze FTL-Manöver zu entziehen versuchten. Allerdings war dadurch auch der übergeordnete KI-Verbund verloren gegangen und somit kein gemeinsames, strategisches Vorgehen mehr möglich. Alles glich eher einem Bienenschwarm, der einen Elefanten umschwirrte und versuchte, ihm gelegentlich einen Stich zu versetzen. Ein Elefant, der allerdings zurückstach. Mit größerem Stachel.

Die solare Flotte hatte fürchterliche Verluste zu beklagen, aber Angalov wollte verdammt sein, wenn er den Befehl zum Abdrehen gab. Das Solare Dominium würde unter seinem Oberbefehl keinen Gesichtsverlust erleiden. Er würde nicht in die Geschichte eingehen als der Solare Commodore, der dem Feind feige den Rücken gekehrt hatte.

»Der Leviathan setzt sich in Bewegung und hält auf uns zu«, meldete die Taktik-KI.

»Wir werden ihm nicht ausweichen«, brüllte Angalov quer durch die Zentrale. »Es wird Zeit, dass jemand dem Ding einen richtigen Schlag versetzt. Wir werden nicht warten, bis er uns angreift. Wir werden *ihn* angreifen – und zwar mit allem, was wir noch haben!«

Die Besatzungsmitglieder in der Zentrale blickten sich beunruhigt an. Der Commodore stand mit hochrotem Kopf vor seinem Kommandostand und schüttelte die Faust gegen das Abbild des sich nähernden Leviathans.

»Wir weichen nicht zurück! Wir geben nicht auf – niemals!«, schrie er mit sich überschlagender Stimme.

Dann schien er sich etwas zu beruhigen und blickte

seine Offiziere fest an.

»Wir bilden eine Formation mit der *'Hawking'* und der *'Newton'*«, befahl er seinem Taktik-Offizier mit mühsam beherrschter Stimme. Die beiden Schwesterschiffe waren zusammen mit der *'Einstein'* die letzten drei Zerstörer der SAURUS-Klasse, die das Massaker bisher überstanden hatten. Schiffe dieser Klasse wurden traditionell nach historischen Physikern der Präastronautik benannt. Die *'Galileo'*, die *'Kopernikus'*, die *'Archimedes'*, die *'Heisenberg'* und die *'Planck'* waren bereits vernichtet. »Sechs Fregatten sollen uns Flankenschutz geben. Taktik-KI…«

»Ich höre«, kam sofort die Antwort der künstlichen Intelligenz.

»Ich will einen KI-Verbund zwischen den Schiffen und einen Angriffsplan auf den Leviathan. Ziel im Bugbereich. FTL-Manöver mit Rücksturz in den Normalraum seitlich vom Bug und Vorbeiflug in minimaler Distanz. Zeitfenster vier Sekunden mit voller Breitseite und konzentriertem Punktfeuer aus allen Schiffsgeschützen.«

»Berechnung und Durchführung. Bereitschaft in einer Minute.«

»Es müsste doch mit dem Teufel zugehen, wenn wir dem Ding nicht eins verpassen könnten«, sagte der Commodore mehr zu sich selbst.

Nur einen Moment später meldete sich die KI erneut. »Verbund steht. Berechnung abgeschlossen. Alle

Systeme synchronisiert. Durchführung in fünf, vier, drei, zwei, eins, jetzt …«

Die drei Zerstörer und die sechs Fregatten gingen gemeinsam in den Phasenflug, der nur Millisekunden dauerte. Absolut perfekt synchronisiert fielen sie lediglich zweitausend Kilometer seitlich und sechzig Kilometer vor dem Bug des Leviathan in den Normalraum zurück und kreuzten seinen Kurs. Ihre Geschwindigkeit betrug eintausend Kilometer pro Sekunde. Sofort eröffneten alle Geschütze der Zerstörer das Feuer auf eine Fläche von nur einhundert Quadratmeter an der Bugspitze des Giganten. Die Fregatten stürzten sich unverzüglich auf die heranstürmenden Abfangschiffe des Feindes. Nach nullkommaneun Sekunden explodierte eine der Fregatten in einem grellen Feuerball. Nach einskommadrei Sekunden eine weitere. Unbeirrt setzten die Zerstörer ihren Punktbeschuss fort. Eines der feindlichen Abfangschiffe verging ebenfalls in einer lautlosen Explosion. Nach einskommasechs Sekunden verschwand die *'Hawking'* spurlos von den Displays. Zwei weitere Fregatten fielen feindlichem Beschuss zum Opfer. Noch immer hämmerten die Waffen der beiden verbliebenen Zerstörer auf die gleiche Stelle ein. Der fast unsichtbare, blassgelbe Schutzschirm begann, sich an diesem Punkt rötlich zu verfärben. Nach exakt zwei Sekunden und der größten Annäherung an den Leviathan verloren sie die fünfte Fregatte, aber auch ein Feindschiff musste mit schweren

Beschädigungen abdrehen. Der Schutzschirm leuchtete jetzt glühend rot. Nach zweikommasechs Sekunden verschwand die *'Newton'* von den Holodisplays. Die *'Einstein'* und die letzte verbliebene Fregatte jagten vom Leviathan weg in den freien Raum, verfolgt von zwei Abfangschiffen. Noch immer beschossen die Waffen der *'Einstein'* den im Einschlagbereich der Waffen inzwischen grellrot leuchtenden und flackernden Schutzschirm des Gegners. Nach dreikommaeins Sekunden brach der Schirm an dieser Stelle zusammen. Ungehindert schlugen die tödlichen Strahlen auf der jetzt ungeschützen Oberfläche ein. Folgeexplosionen blühten auf. Die Besatzung der Zentrale der *'Einstein'* begann zu jubeln, als hinter ihnen die letzte Fregatte in einem Feuerball verging.

Nach dreikommasechs Sekunden entschied die Taktik-KI eigenmächtig, den Angriff zu beenden und aktivierte das Phasentriebwerk. Genau in diesem Moment verzerrte sich die Raum-Zeit-Struktur rings um die *'Einstein'* und es bildete sich eine Singularität. Der verzerrte Raum entsprach nicht den Parametern, auf welche das Antriebsaggregat abgestimmt war. Widerstrebende Kräfte rangen um das Schiff. Nach dreikommasieben Sekunden begannen die ersten Verstrebungen zu brechen. Eine Mikrosekunde später riss das Triebwerk die *'Einstein'* für einen fast nicht messbaren Zeitraum in den Phasenflug, bevor es durch Überlastung explodierte. Taumelnd fiel das Schiff mit völlig zerstörtem Heckbereich in den

Normalraum zurück. Dieser kurze Zeitraum hatte es jedoch weit genug von der Singularität entfernt, sodass dessen gewaltige Gravitationskräfte es nicht mehr in Stücke reißen konnte. Manövrierunfähig und mit versagender Energieversorgung wirbelte die *'Einstein'* durch den Raum.

Commodore Todor Angalov saß wie gelähmt in seinem Kommandosessel und musste hilflos miterleben, wie sämtliche Alarmsignale aufleuchteten. Er konnte auf dem Holodisplay sehen, dass sich der Leviathan ihnen wieder näherte. Die Stelle, an der er den Treffer angebracht hatte, war bereits wieder nahtlos von dem blassgelben Schutzschirm überdeckt. Angesichts der Größe des Leviathans waren die Trefferwirkungen fast nicht auszumachen. Ein Kratzer auf der Haut des Elefanten. Ein harmloser Bienenstich. Unerheblich und ohne Folgen. Sinnlos.

Beim nächsten Schuss gab es kein Entkommen mehr. Das Letzte, was er wahrnahm, war das Geräusch gequälten Metalls, bevor die Gravitation einer Singularität ihn schmerzlos in subatomare Teilchen zerriss.

Unmittelbar danach stoben die den Leviathan umschwirrenden Abfangschiffe auf ihr Trägerschiff zu, wurden blitzschnell eingeschleust und fast im gleichen Moment verschwand der Riese aus dem Normalraum.

20.

Kellira wunderte sich, dass sie noch am Leben waren. Seit die Aliens sie in der Zelle eingesperrt hatten, mussten mindestens fünfzehn Minuten vergangen sein. Im All musste eine brutale Raumschlacht toben, wenn sie die Strukturblitze richtig eingeschätzt hatte. Tausende von Kampfschiffen des galaktischen Rates gegen einen einzigen Gegner – sie konnte sich nicht vorstellen, dass der Leviathan, trotz seiner unfassbaren Größe, eine Chance gegen die geballte Macht der Sanktionsflotte haben könnte, und war davon ausgegangen, bei der Zerstörung des Schiffsriesen sterben zu müssen. Dennoch verspürte sie nicht einmal die typischen Anzeichen einer Raumschlacht. Das Dröhnen der Schiffszelle, wenn die eigenen Geschütze abgefeuert wurden, das Rucken, Schütteln und Vibrieren, wenn man selbst getroffen wurde und die Schirme Schwerstarbeit leisten mussten, um die auftreffenden Energien abzuleiten, das momentane Flackern der Bordbeleuchtung, wenn es notwendig wurde, sämtliche Energien für einen Moment in die Schutzschirme zu leiten, um deren Zusammenbruch zu verhindern, oder die durchbrechenden Beschleunigungskräfte, wenn bei abrupten Manövern die Andruckabsorber kurzzeitig überfordert wurden. Es blieb vollkommen still und sie nahm an, dass sich das gigantische Schiff der Schlacht durch eine Flucht entzogen hatte.

Wuck und Kellira saßen schweigen an die Wand gelehnt auf dem Boden ihrer Zelle. Es gab nichts zu sagen. Sich in wilde Mutmaßungen zu versteigen, die dann doch von der Realität überholt werden würden, war sinnlos und gefährlich. Jede Spekulation würde ihre Angst noch verschlimmern. Auf der Militärakademie waren solche Szenarien durchgespielt worden und sie kannten die effektivsten Verhaltensmuster im Falle einer Gefangenschaft. Schweigen, nicht freiwillig kooperieren und keine Annahmen treffen, die nicht auf Fakten basierten. Und vor allem niemals die Hoffnung aufgeben. Da sie vermuten mussten, abgehört zu werden, hatten sie stillschweigend beschlossen, so wenig wie möglich zu reden.

Die Energiebarriere senkte sich und einer der Aliens trat ein. Er signalisierte mit einer Geste, aufzustehen und mitzukommen. Offensichtlich sprach er kein Pangalactic. Als sie aus der Zelle traten, wurden sie von drei weiteren der blasshäutigen Fremden erwartet. Man legte ihnen energetische Handfesseln an, packte sie rechts und links jeweils zu zweit an den Armen und führte sie den düsteren Gang entlang. Sie wurden in die gleiche Nische geschoben, in welcher sie auch angekommen waren. Kellira spürte eine instinktive Furcht vor einem weiteren Transmitterdurchgang, war jedoch dem Willen ihrer Wärter hilflos ausgeliefert. Erneut verspürte sie ein leichtes Ziehen wie von einem schwachen Stromschlag und befand sich augenblicklich in einer anderen Nische. Ein Stoß in den Rücken ließ sie in den ebenfalls nur spärlich beleuchteten Gang stolpern. Hinter sich hörte sie Wuck protestierend brummen. Ihre Wärter führten sie den Gang entlang, bis sie vor einer energetischen Barriere anhielten. Durch den semitransparenten Energieschleier konnte sie einen Raum ausmachen, der entfernt an einen Konferenzraum erinnerte. Sie betrachtete dies als deutliche Verbesserung gegenüber einer Zelle. Als sich der Energieschirm senkte, sah sie, dass ein Mann am Stirnende des Tisches bereits auf sie wartete. Er trug eine nachtschwarze Uniform, jedenfalls nahm sie an, dass es eine solche war, ohne ein sichtbares Rangabzeichen. Alleine seine Haltung und Körpersprache strahlten Autorität aus. Obwohl man bei Aliens in der Einschätzung der Körpersprache vorsichtig sein musste, bestand für Kellira kein Zweifel, es hier mit einem wichtigen Mitglied der Besatzung des Leviathan zu tun zu haben. Ihre Bewacher drückten Wuck und sie auf zwei Stühle an der Längsseite des Tisches und nahmen hinter ihnen Aufstellung.

»Mein Name ist Valkodur Kaldhar. Ich bin der Kommandant dieses Schiffes.« Die Stimme kam aus einem winzigen Translator, den er an seinen Kragen geheftet hatte. Offensichtlich war er auf perfektes Pangalactic programmiert. »Ich bedaure, ihnen Unannehmlichkeiten bereitet zu haben. Die Umstände zwangen mich dazu, mich ihres Schiffes zu bemächtigen. Wir benötigten eine für uns sehr wichtige Information, die wir in ihrem Navigationscomputer zu finden hofften.«

»Sie hätten höflich fragen können«, schnappte Kellira.

»Ich bitte nicht - ich nehme mir, was ich brauche.«

Kellira wurde klar, dass trotz der höflichen Begrüßungsworte kein höflicher Mann vor ihr saß, sondern jemand, der gewohnt war, seinen Willen zu bekommen. Jemand, der keinen Widerspruch oder Widerstand duldete. Jemand, der unter einer dünnen Tünche zivilisierten Benehmens sein brutales Wesen verbarg. Jemand, bei dem man sehr vorsichtig sein musste, was man sagte. Leider war Vorsicht nie ihr herausragender Charakterzug gewesen.

»Geh´n sie zur Hölle,« fauchte sie ihn an.

Er schwieg eine Sekunde, bevor er mit nach wie vor ruhiger Stimme antwortete, die allerdings eine deutliche Schärfe durchschimmern ließ.

»Ich weiß zwar nicht genau, was dieser Begriff bedeutet, aber ich nehme an, es war kein nettes Kompliment.«

Er stand auf, ging um den Tisch und stellte sich neben sie. Wuck schien er völlig zu ignorieren. Seltsamerweise fielen ihr erst jetzt die sechsfingrigen Hände mit den beiden gegenüberliegenden Daumen auf.

»Ich werde ihnen einige Fragen stellen und sie werden antworten. Wenn sie zögern, lügen oder Ausflüchte suchen, werde ich sie bestrafen. Haben sie verstanden?«

»Ihr Übersetzungsgerät arbeitet gut genug«, gab sie schnippisch zurück.

»Was wissen sie über die Ek'Thal?«

»Nichts.«

Eine schmerzhafte Ohrfeige riss ihren Kopf zur Seite und brannte wie Feuer auf ihrer Wange.

»Ich versuche es noch einmal. Was wissen sie über die Ek'Thal?«

»Niemand weiß etwas über die Ek'Thal!«, rief Kellira aus.

Eine zweite Ohrfeige ließ bunte Sterne vor ihren Augen flackern und sie konnte hören, wie Wuck neben ihr ein hasserfülltes Grollen ausstieß.

»Sie sollten sich wirklich mehr Mühe geben.« Der Kommandant hatte sich zu ihr heruntergebeugt und raunte die Worte leise in ihr Ohr. So dicht neben ihrem Kopf waren die Worte aus dem Translator schwer zu verstehen, da die fremde Sprache die Übersetzung aus dem Gerät zu übertönen drohte. Es klang wie eine seltsame Mischung aus Chinesisch und den Klicklauten der ausgestorbenen südafrikanischen Wüstenbewohner auf der Erde, über die Kellira erst vor Kurzem eine Dokumentation im Holovid gesehen hatte.

»Die Ek'Thal pflegen keinen Umgang mit den anderen Zivilisationen dieser Galaxis«, stöhnte sie. »Schon seit Hunderttausenden von Jahren gab und gibt es keinen direkten Kontakt mehr zu ihnen und sie lassen niemanden in ihr abgeschottetes System.«

Der Kommandant richtete sich auf und runzelte die Stirn.

»Sie besitzen keine Kolonien und treiben keinen Handel?«, fragte er.

»Nein, sie haben sich freiwillig völlig isoliert. Niemand weiß genau, wie sie aussehen und wie viele es von ihnen gibt. Für den Rest der Galaxis ist es, als würden sie nicht existieren.«

»Nun, das macht unsere Aufgabe einfacher.«

»Welche Aufgabe?«, entfuhr es Kellira. Zu ihrer Überraschung erhielt sie sogar eine Antwort.

»Haben sie das noch nicht begriffen? Wir sind hier, um die Ek´Thal ein für alle Mal zu vernichten.«

Ein Schock durchfuhr Kellira. Wenn es stimmte, was man sich über die geheimnisvollen Aliens erzählte, war ihre Technologie allem, was man in der Milchstraße kannte, weit überlegen. Sollten ihre Entführer tatsächlich das System der Ek´Thal angreifen wollen, mussten sie über unvorstellbare Möglichkeiten verfügen.

»Was geschieht mit uns?«, flüsterte sie.

»Ich hatte die Hoffnung, von ihnen wertvolle Informationen über die Ek´Thal zu erhalten. Wie sie selbst sagen, wissen sie jedoch nicht das Geringste über unseren alten Feind. Unsere kleine Unterredung war Zeitverschwendung. Sie sind für mich ohne Nutzen.« Er wandte sich an einen der Wächter. »Werft die beiden aus der nächsten Schleuse.«

»Sie werden damit nicht durchkommen«, fauchte Kellira. »Die Gemeinschaft der Völker dieser Galaxis wird sie vernichten. Der galaktische Rat verfügt über eine Flotte, der selbst sie nichts entgegenzusetzen haben. Dies ist unsere Galaxis und wir werden nicht zulassen, dass sie hier einen Krieg beginnen!«

Kaldhar lachte. »Reden sie von der lächerlichen Flotte, die ich gerade vernichtet habe? Glauben sie mir, niemand hier kann sich uns entgegenstellen. Zudem ist das nicht ihre Galaxis. Sie gehört uns – schon viel länger, als sie sich vorstellen können. Und wir werden uns zurückholen, was die Ek´Thal uns gestohlen haben. Wir werden unseren angestammten Platz wieder einnehmen und über dieses Sternensystem herrschen, wie es uns zusteht!«

Dann drehte er sich um, gab den vier Soldaten einen herrischen Wink und verließ den Raum durch eine Seitentür.

21.

»Zeitreise? Unmöglich!«, rief Elramuk Salkeder aus. »Daran haben sich alle die Zähne ausgebissen.«

»Oder die Kiemen verstaucht«, grinste Taraketian, ob der von seinem Freund gewählten Metapher, die er irgendwann auf Terra aufgeschnappt haben musste. Dann wurde er wieder ernst. »Theoretisch ist es möglich. Die Quantenmechanik lässt eine Zeitreise ebenso zu wie die Stringtheorie und die einheitlichen Feldquantengleichungen. Die praktische Durchführung und die dafür benötigte Energiemenge sind die tatsächlichen Hürden. Ich traue es den Ek´Thal zu, diese überwunden zu haben.«

»Unmöglich«, wiederholte Elramuk. »Das Zeitparadoxon verhindert Eingriffe in den Zeitvektor. Das Kausalitätsprinzip kann nicht verletzt werden. Selbst wenn es möglich wäre, in die Vergangenheit zu reisen, würde es niemals gelingen, durch Eingriffe in der Vergangenheit Änderungen im Heute zu verursachen. Das ist auch mathematisch längst nachgewiesen. Auch die Logik gebietet es. Denk an das Großvater-Paradoxon!«

Taraketian war klar, worauf Elramuk anspielte. Wenn jemand in die Vergangenheit reisen würde, um dort seinen Großvater umzubringen, bevor dieser einen Nachkommen zeugt, wäre er nie geboren worden. Dann hätte er nicht in die Vergangenheit reisen können, womit sein Großvater wieder leben würde und Nachkommen zeugen könnte.

Woraufhin er doch geboren würde, in die Vergangenheit reisen und seinen Großvater umbringen könnte – und so weiter. Das gleiche Prinzip galt für den Leviathan. Selbst wenn es gelang, diesen in der Vergangenheit zu vernichten, woraufhin er niemals in der Jetztzeit erscheinen würde, entfiel damit die Notwendigkeit in die Vergangenheit zu reisen, was dann zwangsläufig zur Folge hätte, dass er doch wieder erscheinen würde. Ein Zirkelschluss, aus dem es kein Entkommen gab.

Die heute allgemein akzeptierte Theorie ging davon aus und die Stringtheorie verlangte es sogar, dass es unzählige Paralleluniversen gab, die sich nur durch einen einzigen Quantenzustand voneinander unterschieden. Jeder rückwärtsgewandte Eingriff in den Zeitvektor führte demnach dazu, dass man zwangsläufig in ein Paralleluniversum überwechselte, in dem die neuen Bedingungen nicht gegen die Kausalität verstießen. Jede Zeitreise bildete eine Verzweigung der Zeit und somit ein alternatives Universum. Im Großvaterbeispiel bedeutete dies, dass die Ermordung nur einen neuen Zeitstrang schuf, in welchem man sich danach befand, während in dem Zeitstrang, aus dem man entstammte, der Großvater ungestört gelebt hatte. In das Universum, aus dem man gekommen war, konnte man nie mehr zurückkehren. Würde man also den Leviathan während einer Zeitreise in die Vergangenheit vernichten, so würde er doch in der ursprünglichen Zukunft erscheinen, in der Zukunft des neu erschaffenen Zeitstrahls jedoch nicht. Damit hätte man für das Universum, welches man retten wollte, rein gar nicht gewonnen. Taraketian sah keinen Ausweg aus diesem Dilemma und war gespannt, welchen Kunstgriff die Ek'Thal gefunden hatten, dies zu umgehen.

»Die Frage nach dem Kausalitätsprinzip ist eine Sache – ob wir mit den Ek'Thal überhaupt zusammenarbeiten wollen, ist angesichts ihrer Geschichte eine ganz andere«, gab er zu bedenken. »Eigentlich lautet die Hauptfrage: Können wir ihnen trauen?«

Elramuk sah in durchdringend an.

»Nein, die Frage lautet: Haben wir eine Wahl?«

Plötzlich durchzuckte Taraketian ein Gedanke. Er schlug verärgert mit der Hand auf dem Tisch.

»Wir haben uns von den Ereignissen und der Geschichte ablenken lassen«, entfuhr es ihm, »und die tatsächliche Frage nie gesehen! Wozu brauchen sie eigentlich uns? Warum haben sie sich überhaupt mit uns getroffen? Wenn sie Zeitreisen und das damit verbundene Paradoxon beherrschen – warum gehen sie nicht einfach zurück und vernichten den Leviathan? Problem gelöst! Er verschwindet, als habe es ihn nie gegeben. Niemand kommt zu Schaden und niemand erfährt von ihrer schändlichen Vergangenheit. Warum erzählen sie uns ihre schmutzigen Geheimnisse, wenn sie alles ganz elegant auch ohne uns erledigen können?«

Elramuk sah ihn entgeistert an. Dann dämmerte auch

ihm, dass ihnen dieses riesige Logikloch bisher entgangen war. Er klopfte Taraketian auf die Schulter.

»Jetzt weißt du, warum ich dich für diese Mission wollte. Ich kenne niemanden, der seine Verhandlungspartner so schnell durchschaut. Ich war derart gefangen in der unglaublichen Geschichte der Ek'Thal und der Eröffnung, dass Zeitreisen möglich sind, dass ich über das Naheliegende nicht mehr nachgedacht habe.«

»Der alte Trick von Bühnenzauberern, die mit ihrem Gerede und einer Hand davon ablenken, was die andere Hand tut«, lachte Taraketian grimmig. »Ältester«, rief er in den Raum. »Ich bin sicher, du hast mitgehört.«

Umgehend erschien der Projektionskörper des Ek'Thal in seinem Sessel. Er sah den beiden ohne Schuldbewusstsein in die Augen.

»Zunächst einmal ist es unhöflich, private Beratungen mitzuhören«, wetterte Taraketian. Er fand, es sei an der Zeit, nicht mehr als Bittsteller aufzutreten. Offensichtlich war das Treffen mindestens ebenso im Interesse ihrer Gastgeber wie in ihrem eigenen. »Zudem sind wir verärgert über deine Taktik. Es ist eindeutig, dass ihr etwas von uns wollt.«

»Ich bitte um Verzeihung, wenn ich den Eindruck erweckt habe, euch hintergehen zu wollen. Ich versichere, dass dies nicht in meiner Absicht lag«, beschwichtigte der Älteste. »Mir war lediglich daran gelegen, erst alle Karten auf den Tisch zu legen, was unsere Vergangenheit betrifft, um zu zeigen, dass wir ab heute nichts mehr vor euch verbergen. Mein Geständnis unserer unrühmlichen Herkunft sollte eine Geste des Vertrauens sein. Wenn dies anders von euch aufgefasst wurde, so bitte ich nochmals um Verzeihung. Die psychologische Auswertung eurer Spezies zeigte, dass Offenheit bei euch eine positiv besetzte Eigenschaft ist. Nichts anderes war meine Motivation.«

Taraketian schraubte seinen teilweise gespielten Ärger zurück. Bei diplomatischen Missionen und Verhandlungen waren übersteigert gezeigte Emotionen oftmals hilfreich, den Gesprächsverlauf zu den eigenen Gunsten zu beeinflussen. Auch bei den Ek´Thal schien dies zu wirken. Die Machtbalance in einer Unterredung konnte sich häufig dramatisch verschieben, wenn Emotionen zielgerichtet benutzt wurden, sein Gegenüber zu manipulieren. Taraketian hatte keinerlei Skrupel, solche Methoden auch jetzt einzusetzen. Die Ek´Thal würden auf ihre Art das Gleiche tun. Zumindest waren die Rollen des Bittstellers und des eine Gunst Gewährenden nicht mehr die gleichen, wie zu Beginn des Treffens. Jetzt fühlte er sich mehr auf Augenhöhe mit seinem Gesprächspartner.

»Wir akzeptieren die Entschuldigung und sind bereit, uns deine Vorschläge anzuhören.«

Wieder ein Trick in der Gesprächsführung. Mit dieser Aussage drängte er die Ek´Thal in die Rolle des Bittstellers, während er und Elramuk sich als huldvolle Gönner positionierten. Dabei war es ihm absolut gleichgültig, ob man dies auf der anderen Seite durchschaute. Es ging um die Machtbalance bei dem, was jetzt noch folgen würde. Solche Verhandlungen waren immer zum größten Teil psychologische Machtkämpfe. Er fühlte sich völlig in seinem Element.

»Ihr zweifelt an der Durchführbarkeit einer Zeitreise. Auch wir haben lange mit den theoretischen Aspekten gekämpft und ich gebe euch recht – es ist unmöglich, das Heute im Gestern zu verändern; zumindest in diesem Universum. Eure Theorie der Spaltung von Zeitpfeilen ist absolut korrekt. Jeder Eingriff in der eigenen Vergangenheit schafft nur eine neue, alternative Zukunft, in welcher der Zeitreisende gefangen bleibt. Die ihm bekannte, vorherige Zukunft lässt sich nicht verändern und er bleibt für immer von ihr getrennt. Der Zeitreisende wird dort seine Reise antreten und nie wieder auftauchen.

Wir haben lange gebraucht, um eine Zeitmaschine zu entwickeln. Unser Ziel war, die Vernichtung allen Lebens in der ersten Epoche zu verhindern. Leider mussten wir erkennen, dass dies nur für eine parallele Realität, nicht jedoch für diese möglich gewesen wäre und somit sinnlos war. Wir haben die Maschine nie benutzt. In diesem speziellen Fall haben wir jedoch eine Möglichkeit entdeckt, das Problem des Paradoxon ebenso zu umgehen wie die Schaffung einer neuen Realität. Wir kennen einen Weg, der es ermöglicht, sowohl den Leviathan zu zerstören als auch in die bekannte Zukunft zurückzukehren. Es ist eigentlich ganz einfach: Der Leviathan darf nicht in der Vergangenheit zerstört werden. Dort werden lediglich alle Vorkehrungen getroffen, um ihn zu einem Zeitpunkt *nach der Abreise in die Vergangenheit* in dieser Realität zerstören zu können. Damit bleiben Kontinuität und Kausalität gewahrt. Alle Ereignisse werden trotz der Zeitreise genauso ablaufen, wie sie bekannt sind. Ab der Sekunde des Beginns der Zeitreise in dieser Zeit ist die Zukunft nicht festgeschrieben. Was dann geschieht, hat keinerlei Einfluss auf den Zeitstrahl dieses Universums, selbst wenn die Vorkehrungen bereits in der Vergangenheit getroffen wurden. Konkret bedeutet dies: Wenn dieses Unternehmen gelingt, trägt der Leviathan bereits jetzt den Keim seiner eigenen Zerstörung in sich! Wir können es nur nicht wissen und es ist somit nicht relevant. Es wird keine neue Tatsache und somit keine neue Realität geschaffen. Ähnlich wie Schrödingers Katze. Wir wissen erst, ob sie lebt oder tot ist, wenn wir die Kiste öffnen. Zuvor ist sie beides mit gleicher Wahrscheinlichkeit.«

Zumindest hat er uralte terranische Physikbücher gelesen, dachte Taraketian. *Auch ein psychologisches Spielchen: Ich kenne deine Kultur gut und du kannst mir nichts vormachen.*

»Ein Punkt ist entscheidend«, fuhr der Ek'Thal fort. »Wer diesen Weg beschreiten will, muss sorgsam darauf achten, in der Vergangenheit absolut nichts zu verändern, was Auswirkungen bis heute haben kann. Wenn dies doch geschieht, wird sofort eine neue, alternative Realität entstehen. Alle Aktionen in der Vergangenheit müssen aus unserer Sicht bereits so und nicht anders geschehen sein. Nur dann funktioniert der Plan!«

Taraketian ließ die Worte auf sich wirken. Er hatte unter seinen vielen Studien vor langer Zeit auch eines in theoretischer Physik und Hyperphysik absolviert und fand keinen logischen Widerspruch. Was der Älteste sagte, machte Sinn, auch wenn er es für fast unmöglich hielt, sich in der Vergangenheit so zu bewegen, dass man keine Zeitparadoxa verursachte. Prinzipiell erschien ihm diese Vorgehensweise jedoch möglich. Trotzdem war der Ek'Thal der entscheidenden Frage nach wie vor ausgewichen: *Warum brauchte er ihre Hilfe?*

»Warum sind wir hier?«, fragte er mit ruhiger, aber fordernder Stimme.

»Kein Ek'Thal kann diesen Auftrag erfüllen. Wir würden sofort entdeckt. Der Plan besteht darin, das Bewusstsein des Zeitreisenden in den Klonkörper eines Prakesch zu übertragen und diesen in die Vergangenheit zu senden. Dort angekommen muss er sich Zugang zu dem noch im Bau befindlichen Leviathan verschaffen. Er wird Nanomaschinen im Körper tragen, die nicht auffindbar sind. Im Leviathan wird er sie freisetzen und sie werden sich vermehren und an wichtigen Stellen platzieren. Dort warten sie auf das Aktivierungssignal, welches wir in dieser

Zeitebene erst dann geben, wenn der Leviathan einen Zeitpunkt nach Beginn der Zeitreise erreicht hat. Die Zeitschleife bleibt in sich geschlossen und es gibt weder ein Paradoxon noch eine alternative Realität.«

»Ein Selbstmordkommando«, stellte Taraketian fest.

»Nicht unbedingt«, erwiderte der Älteste. »Wenn es dem Zeitreisenden gelingt, den Zeitsprung durch das Black Hole im Leviathan mitzumachen, kann er in seine Zeit zurückkehren und vielleicht hier von Bord entfliehen. Auf jeden Fall werden wir eine Kopie des Bewusstseins des Zeitreisenden zwischenspeichern und es nach der Vernichtung des Leviathan, falls der Zeitreisende nicht zurückkehren konnte, in den Originalkörper zurück spielen.«

Diese Vorstellung schockierte Taraketian ebenso wie Elramuk. Eine Bewusstseinsspeicherung gehörte zu den schlimmsten Verbrechen bei allen Mitgliedern des galaktischen Rates. Sie konnte jeden Begriff von Individualität zerstören, da mehrere Kopien derselben Person möglich gewesen wären, sie könnte Größenwahnsinnige dazu verführen, ganze Armeen ihrer selbst zu erschaffen, und sie könnte dem endgültigen Tod ein Schnippchen schlagen, da man sich jederzeit mittels einer alten Kopie wiederbeleben lassen konnte. Andererseits unterstanden die Ek'Thal nicht dem galaktischen Rat, und was sie auf ihrem eigenen Territorium taten, ging diesen nichts an.

»Wie kommen wir ins Spiel?«, fragte Taraketian erneut und hatte bereits eine düstere Vorahnung.

»Das Bewusstsein eines Ek'Thal besitzt in einer Frequenz eine charakteristische Wellenform, die uns ganz bewusst von unseren Erschaffern gegeben wurde, damit wir uns niemals als Prakesch ausgeben konnten. Die Augenfarbe ist leicht zu verändern – die Gehirnwellen kann man nicht beeinflussen. An allen sicherheitsrelevanten Punkten stehen Scanner, die jeden überprüfen. Es herrschte Krieg zwischen uns und den Prakesch und sie rechneten immer mit dem Versuch einer Infiltration. Auch der Leviathan wird sicherlich geschützt und jeder, der ihn betreten will, genauestens überprüft. Ein Ek'Thal-Bewusstsein würde sofort entdeckt. Es wird jedoch nur nach dieser charakteristischen Wellenform gescannt, nicht danach, ob das Wellenmuster insgesamt dem eines Prakesch entspricht. Dies wäre auch unpraktisch, da sie viele Hilfskräfte anderer Spezies beschäftigten. Solange ein Scan des Klonkörpers keinen Ek'Thal nachweist, ist alles in Ordnung. Wir lagern in einem Stasisfeld seit sehr langer Zeit zwei Prakesch-Klonkörper, die wir für eine eventuelle Mission in die Vergangenheit herangezüchtet haben. Würden wir ein Ek'Thal-Bewusstsein in sie übertragen, wäre eine Entdeckung unvermeidlich – nicht jedoch bei der Übertragung des Bewusstseins eines Solaners oder eines Greksork.«

22.

Je zwei der Fremden packten Kellira und Wuck zu beiden Seiten uns zerrten sie hoch. Sie wurden aus dem Raum und zu der nischenförmigen Transmitterstation geführt. Einer der Soldaten gab einen Code ein und Kellira verspürte erneut das seltsame Gefühl, für einen kurzen Moment körperlos zu sein. Diesmal kamen sie in einem verlassenen Gang an. Hier war es noch dunkler als in den Abschnitten des Schiffes, die sie bisher gesehen hatten. Vor ihnen lag ein verlassener Korridor, der unangenehm roch und wohl selten benutzt wurde. Man konnte einen leichten Anflug von feinem Staub in den Ecken erkennen und es war deutlich kühler als in den Räumen, die sie bisher kennengelernt hatten.

Ihr war klar, dass sie sterben würden, wenn sie nichts unternahmen. Ihre Wächter brachten sie zweifellos zur nächsten Luftschleuse und würden sie gnadenlos in den Weltraum befördern. Ein Blick zu Wuck aus dem Augenwinkel zeigte ihr, dass ihm der gleiche Gedanke durch den Kopf gehen musste. Sie kannte ihn gut genug, um aus der gefurchten Stirn und der angespannten Haltung ablesen zu können, was in ihm vorging. Wuck stammte von einem Volk ab, das aus Raubtieren hervorgegangen war. Seine scheinbar tollpatschige und ungelenkte Art des Gehens durfte nicht darüber hinwegtäuschen, dass er ungemein flink und behände war.

Ursprünglich liefen die Vorfahren der Okalesen auf allen vier Extremitäten und ihr Körperbau war für einen aufrechten Gang im Grunde nicht geschaffen. Dies erweckte leicht den falschen Eindruck, Okalesen seien schwerfällige Gesellen. Kellira wusste, dass nichts weiter von der Wahrheit entfernt sein konnte. Sie wusste zudem, dass Wuck sich nicht resignierend in das ihnen zugedachte Schicksal ergeben würde.

Sie konnte sehen, wie er sie ebenfalls aus dem Augenwinkel beobachtete. Kellira war beim Militär durch eine harte Schule gegangen, die auch verschiedene waffenlose Selbstverteidigungstechniken beinhaltete. Sie hatte dort immer zu den Besten gehört, schon, um sich in einer überwiegend männlich dominierten Umgebung behaupten zu können. Ein leichtes Nicken des Kopfes war alles, was er von ihr brauchte.

Er ließ sich nach vorn fallen, was die beiden Soldaten an seiner Seite ins Straucheln geraten ließ. Im gleichen Moment riss Kellira ihre beiden Arme nach oben und ihre Bewacher verloren den Zugriff. Aus der Bewegung drehte sie sich blitzschnell um die Achse und donnerte einem von ihnen die zu Fäusten geballten, immer noch durch die Energiefessel gebundenen Hände seitlich an den Kopf. Sie konnte nur hoffen, dass die Anatomie der Fremden der eines Menschen ähnlich genug war, um einen gleichartigen Effekt zu erzielen. Ihre Knöchel trafen mit voller Wucht dort, wo bei einem Menschen die Schläfe saß. Der Soldat ging bewusstlos zu Boden.

Wuck fing sich im selben Moment seinerseits mit nach vorn gestreckten, ebenfalls immer noch gefesselten Händen ab. Sein rechtes Bein, jetzt eher ein Hinterlauf, zuckte überraschend gelenkig weit nach oben und der Fuß krachte einem der Soldaten gegen die Brust. Der Aufprall war so hart, dass man das Knacken brechender Knochen hören konnte. Der Soldat wurde gegen eine Wand geschleudert, verdrehte die Augen und sank zu Boden. Blutiger Schaum trat aus seinem Mund.

All dies nahm Kellira nur in ihrer Peripherie wahr, da sie sich um den zweiten Bewacher kümmern musste. Dieser zögerte einen Moment zu lange. Sie trat ihm mit dem rechten Fuß hart zwischen die Beine und hoffte wiederum, dass die Anatomie auch hier menschenähnlich genug für die erwünschte Wirkung war. Kellira wurde nicht enttäuscht. Er stieß ein schmerzhaftes, gepresstes Stöhnen aus und sank auf die Knie. Seine Gesichtsfarbe nahm einen ungesunden rötlichen Ton an. Ein weiterer Fußtritt an den Kopf schickte auch ihn endgültig zu Boden.

Wuck hatte sich inzwischen um seinen zweiten Wächter gekümmert. Er hämmerte aus seiner kauernden Position das gleiche Bein, das den ersten Soldaten gegen die Wand geschleudert hatte, in einer fließenden Bewegung dem Mann gegen die Beine, woraufhin dieser ebenfalls zu Boden ging. Wuck warf sich auf ihn und umklammerte mit seinen gefesselten Händen den dürren Hals. Die Energiebänder um die Handgelenke konnten dies nicht verhindern. Unter dem enormen Gewicht des Okalesen war jede Gegenwehr zwecklos. Der Soldat wand sich verzweifelt hin und her und versuchte, den viel schwereren Gegner abzuschütteln. Es war zwecklos und nach ein paar Sekunden erlahmte die Gegenwehr. Er verdrehte die Augen und sank schlaff in sich zusammen.

Kellira hielt sich nicht lange auf. Fieberhaft durchsuchte sie die Taschen und Gürtel der Soldaten nach etwas, was wie ein Impulsgeber aussah. Wuck überprüfte inzwischen, ob alle vier tatsächlich bewusstlos waren. Der Mann, dessen Brustkorb er zerschmettert hatte, war tot, die drei anderen waren bewusstlos. Erbarmungslos brach Wuck jedem von ihnen den Hals. Kellira schauderte bei diesem brutalen Akt. Sie kannte ihren Freund jedoch gut genug, um zu wissen, dass in diesem Moment seine Raubtierinstinkte das Kommando übernommen hatten und jeder Einspruch sinnlos gewesen wäre.

Endlich fand sie das Gerät, mit dem man ihre Energiebänder aktiviert hatte. Es war denkbar einfach konstruiert, sodass kein Zweifel bestand, welchen Knopf sie zu drücken hatte. Es gab nur zwei. Bereits der erste war der richtige. Ihre Handfesseln lösten sich auf und sie waren frei. Wuck und sie schnappten sich die vier Handstrahler der Toten. Sie hatten keinen klaren Plan und mussten ab jetzt improvisieren. In dem gewaltigen Schiff konnten es

Dutzende von Kilometern bis zu dem Hangar sein, in dem ihr Frachter stand, und sie hatten zudem keine Ahnung, in welche Richtung sie sich wenden mussten. Außerdem bezweifelte sie, dass es ihnen gelingen konnte, mit ihm aus dem Leviathan zu flüchten. Wenn es eine Chance gab, lebend aus dem Schiff zu entkommen, dann vielleicht tatsächlich aus einer Luftschleuse. Allerdings im Gegensatz zu dem ihnen zugedachten Schicksal im Besitz eines Raumanzugs. Üblicherweise lagerte man Anzüge immer in einem Depot in der Nähe einer Schleuse. Kellira hoffte, dass dies bei den Aliens nicht anders war. Es dürfte schwierig werden, Wuck in ein Kleidungsstück der dürren Besatzungsmitglieder zu stecken, aber einige Stunden Enge und Unbequemlichkeit waren angesichts der Alternative auszuhalten. Einen passenden Anzug für sie zu finden, sollte kein Problem sein.

Die Schleuse musste sich ganz in der Nähe befinden. Die richtige Richtung war ihnen jedoch unbekannt. Links oder rechts? Der Gang verlief in einem leichten Bogen, sodass man nur wenige Meter weit sehen konnte. Was hinter der Krümmung lag, war ungewiss.

»Wohin?«, grollte der Okalese. Er sah Kellira aufgrund ihres höheren Ranges bei der Flotte nach wie vor als seinen kommandierenden Offizier an. Und er war ihr Freund und würde tun, was sie für richtig hielt.

»Links!«, entschied sie spontan und schickte ein stilles Gebet zu welchen Göttern auch immer, die sich für diesen

Bereich des Universums zuständig fühlten.

Das nächste Problem lag klar auf der Hand. *Besser gesagt, die nächsten Probleme,* dachte sie. Zunächst mussten sie darauf hoffen, dass man die vier toten Soldaten nicht zu schnell finden würde. Es gab keine Tür in der Nähe, hinter der man sie hätte verstecken können. Dann mussten sie die Schleuse finden, was nichts nutzte, solange dort keine Raumanzüge gelagert wurden. Natürlich durften sie keinem der Fremden in die Hände laufen und nicht von einer Überwachungsanlage entdeckt werden. Das allergrößte Problem folgte jedoch dann erst: Sie konnten den Leviathan nicht durch die Schleuse verlassen, solange sich dieser im Phasenflug befand. Die instabile, interdimensionale Zone würde ihre Körper auflösen oder was auch immer dort mit ihnen geschah. Jedenfalls würden sie es nicht überleben. Sie mussten also ein Versteck finden, in welchem sie bis zum Eintritt in den Normalraum ausharren konnten. Dann erst durften sie die Schleuse benutzen.

Dagegen schienen die dann folgenden Probleme geringerer Natur: Raumanzüge besaßen nur einen begrenzten Luftvorrat und Kellira hatte keine Ahnung, wohin der Leviathan flog. Sollte nach dem geglückten Verlassen des Schiffes kein bewohntes System in der Nähe sein, welches sie anfunken konnten, oder nicht zufällig ein freundlich gesonnenes Schiff vorbeikommen, würde ein langsamer und qualvoller Tod auf sie warten. Dann war es besser, gleich den Helm zu öffnen und das Vakuum den Rest erledigen zu lassen.

Sie rannten den Korridor entlang, die Waffen beidhändig im Anschlag, immer auf der Hut vor einer plötzlichen Begegnung. Dieser Teil des Schiffes schien wie ausgestorben. Kellira dankte erneut allen Göttern des Universums. Nach vielleicht zweihundert Metern kamen sie an eine weitere Gabelung. *Langsam nimmt dieses Glücksspiel immer unberechenbarere Formen an,* ärgerte sie sich. Erneut deutete sie nach links. Wuck folgte, ohne zu zögern.

Dann sahen sie eine Schleuse. Vorsichtig bewegten sie sich darauf zu. In der massiven Tür konnten sie ein dick verglastes Fenster ausmachen. Zumindest würden sie sehen können, ob sich im Schleusenvorraum Raumanzüge befanden. Immer noch waren sie alleine in dem Gang. Kellira schlich sich zur Schleusentür, um vorsichtig durch das Fenster zu spähen. Sie steckte die beiden Strahler in den Gürtel, schob langsam den Kopf über den Fensterrand und lugte hindurch. Was sie sah, verschlug ihr den Atem.

Die Schleuse führte nicht in den Weltraum, sondern trennte eine riesige Halle vom Rest des Schiffes ab. Der Raum war so gewaltig, dass sie weder die gegenüberliegende Wand noch Boden oder Decke ausmachen konnte. Ihr Blickwinkel gestattete es auch nicht, die Weite des Raumes abzuschätzen.

Er war gefüllt mit unzähligen Regalreihen, in denen

mannsgroße, sargähnliche Gebilde standen. Schläuche und Kabel verbanden jeden dieser *'Särge'* mit dem Regalboden darüber. Es mussten sich Abermillionen dieser Behälter in dem Raum befinden. Kellira erkannte sofort, womit sie es zu tun hatte, den jeder der *'Särge'* war mit einem transparenten Energieschirm verschlossen. Nur, dass es keine Särge waren. Was sie dort sah, waren unzählige der Fremden, eingelagert in Stasiskammern. Eingefroren in der Zeit, ohne zu altern, künstlich am Leben erhalten – aber auf Knopfdruck jederzeit wieder sehr lebendig! Eine riesige Invasionsarmee, die bereitstand, die Milchstraße zu unterjochen.

Kreidebleich wandte sie sich Wuck zu, um im selben Moment fünf der Aliens um die Krümmung des Ganges stürmen zu sehen. Auch Wuck hatte törichterweise seine Beutewaffen in den Bund seiner Hose gesteckt. Sie hatten keine Chance, sie herauszuziehen, ohne vorher erschossen zu werden. Die fünf Fremden riefen etwas in ihrer unverständlichen Sprache und hoben drohend ihre Strahler. Einer begnügte sich nicht mit einer Drohung, sondern legte an und schoss …

23.

Die beiden Körper unter dem bläulich schimmernden Stasisfeld hatten die Augen geschlossen. Wären sie offen gewesen, hätte man die im Gegensatz zu den Ek'Thal rötliche Iris sehen können, wie der Älteste versicherte.

Der gleiche Ek'Thal, der sie in das System gelotst hatte, hatte Taraketian und Elramuk mit einem Transmitter in einen Tausende von Kilometern entfernten Knoten in dem Gespinst gebracht, welches den Planeten umhüllte. Es war für die beiden ein Schock gewesen, mit welcher Selbstverständlichkeit die Ek'Thal Transmitter auch für den Personenverkehr nutzten. Taraketian konnte den Gedanken an den Transmitterunfall seiner Tochter nicht ganz verdrängen, als er sich dem Gerät anvertraute.

Elramuk und er hatten nach der Eröffnung des Ältesten, man hoffe darauf, sie von der Teilnahme an der Reise in die Vergangenheit überzeugen zu können, ungefähr eine Stunde diskutiert. Man hatte ihnen zugesichert, dass diesmal niemand ihr Gespräch belauschen würde. Ob die Ek'Thal sich an dieses Versprechen gehalten hatten, stand in den Sternen, doch es war Taraketian auch gleichgültig. Sollten sie ruhig alle Argumente für und wider mithören. Taraketian hatte darauf bestanden, vor einer Entscheidung über alle technischen Aspekte genauestens informiert zu werden. Man stimmte zu, ihnen alles zu zeigen und zu erklären. Neben ihnen materialisierte die

Projektion ihres Gastgebers.

»Die Zeit wird knapp. Der Leviathan hat eure Flotte besiegt und ist auf dem Weg hierher«, teilte er ihnen mit. »Er kann jeden Moment vor dem System eintreffen.«

Taraketian und Elramuk waren schockiert. Wenn ein einziges Schiff, und sei es noch so gigantisch, die gesamte Sanktionsflotte scheinbar mühelos bezwingen konnte, sah es für die Zukunft der galaktischen Völker düster aus.

»Kann er die Absperrung überwinden«, fragte Taraketian besorgt.

»Nicht sofort«, beruhigte sie der Ek'Thal. »Wir rechnen damit, ihn für schätzungsweise vier bis sechs Stunden aufhalten zu können. Er wird den Phasenschirm überwinden, es wird ihn jedoch mindestens diese Zeit kosten.«

»Das bedeutet, wir müssen bald aufbrechen, falls wir uns für die Mission entscheiden«, stellte Taraketian fest. »Wie lange dauert die Vorbereitungszeit?«

»Ihr müsst innerhalb der nächsten Stunde eine Entscheidung treffen. Falls ihr zusagt, benötigen wir drei Stunden bis zur Abreise.«

»Erkläre uns die Einzelheiten des Plans«, forderte Taraketian.

»Unsere Zeitmaschine basiert auf Strings, jedoch nicht auf den subatomaren Strings, die Materie und Energie bilden, sondern auf den kosmischen Strings, die unser Universum durchziehen. Es sind ebenfalls eindimensionale

Gebilde, die sowohl in geschlossenen Schleifen Lichtjahre umfassen können als auch fadenförmig über weite Strecken durch die Struktur von Raum und Zeit reichen. Bringt man zwei solche Strings in unmittelbare Nachbarschaft, krümmen sie nicht nur den Raum, sondern auch die Zeit. Umkreist man die beiden Strings mit hoher Geschwindigkeit, dreht sich der Zeitvektor um und eine Reise in die Vergangenheit ist möglich. Es handelt sich hier, nebenbei bemerkt, um die praktische Anwendung einer Theorie, die bereits vor Tausenden von Jahren in den Grundzügen von einem Mathematiker ihres Heimatplaneten formuliert wurde, Taraketian. Kurt Friedrich Gödel zeigte mathematisch auf, dass eine Lösung der allgemeinen Relativitätstheorie, bei der das Universum rotiert, das Zurückkehren eines Objekts in die Vergangenheit ermöglicht. Das Universum rotiert zwar nicht, aber die Rotation um zwei kosmische Strings führt zu dem gleichen Effekt.

Wir besitzen noch ein Schiff aus der Zeit vor unserer Flucht. Dieses Schiff werden wir zusammen mit drei Freiwilligen und euch in das Jahr vor dem Abflug des Leviathan senden. Wir wissen, wann wir unsere Zeit verlassen haben, und wir wissen ebenfalls, wann das *große Erlöschen* stattfand. Dazwischen lag ungefähr ein Jahr solarer Zeit. Während dieser Zeitspanne muss der Leviathan erbaut worden und auf seine Reise gegangen sein.

Euer Bewusstsein transferieren wir in die beiden Klonkörper der Prakesch. Leider werden die Gehirne eurer jetzigen Körper beim Auslesevorgang unwiderruflich zerstört. Allerdings können wir, wie versprochen, eine Kopie zwischenspeichern und gegebenenfalls in einen neu gezüchteten Klon der ursprünglichen Wirtskörper zurückspielen, falls es euch nicht gelingt, in unsere Zeit zurückzukehren. Solltet ihr den Zeitsprung des Leviathan mitmachen und hierher zurückkommen, werden wir die Gehirne der Prakesch-Körper auslesen und in die neu gezüchteten Klone der Originalkörper überspielen. Die gespeicherten Kopien würden in diesem Fall vernichtet. Ihr geht somit in keinem Fall ein Risiko für euer Leben ein.

In der Vergangenheit müsst ihr einen Weg finden, an Bord des Leviathan zu gelangen. In jedem Klonkörper wurde eine Nanomaschine unter einer kleinen Pigmentstörung der Haut des linken Handrückens versteckt. Sie ist nur so groß wie ein Molekül und inaktiv. Sie kann nicht aufgespürt werden. Sobald ihr an Bord seid, müsst ihr dort nur die Haut einritzen, um sie freizusetzen. Es genügt, wenn dies einem von euch gelingt. Der Kontakt mit dem Luftsauerstoff aktiviert die Nanomaschine. Sie wird sofort ausschwärmen, sich an die nächstgelegenen Energieleiter anheften und beginnen, sich mittels Materialien aus ihrer Umgebung zu reproduzieren. Danach werden sie sich weiter im gesamten Schiff verteilen und ständig vermehren. Jede der Maschinen hat einen eingebauten Zähler. Nach vierzig Teilungszyklen stoppt der Prozess. Zu diesem Zeitpunkt werden es mehr als eine Billion sein, wenn ihr beide Erfolg habt. Falls nur einer von euch durchkommt, sind es immer noch Fünfhundertfünfzigmilliarden. Dieser Vorgang benötigt nur eine Woche eurer Zeitrechnung. Im gesamten Schiff werden dann alle Energieleiter von den Nanomaschinen besiedelt sein. Sie liegen bereit und warten. Wenn wir von hier aus einen hochenergetischen Stringimpuls mit einer bestimmten Schwingungsfrequenz auslösen, werden sie endgültig aktiviert und zerstören jeden Energieleiter, an welchem sie angeheftet sind. Innerhalb von Minuten ist der Leviathan nur noch ein gigantischer Haufen unbeweglicher, hilflos im All treibender Schrott.«

In diesem Moment ertönte ein Alarmsignal. Taraketian sah Elramuk an. »Sie sind da. Wir müssen uns wohl jetzt entscheiden.«

Elramuk nickte. »Ich habe kein gutes Gefühl bei der Sache.«

»Was haben wir schon zu verlieren.« Taraketian zuckte resignierend mit den Schultern. »Bleiben wir hier, werden die Prakesch früher oder später dieses System vernichten – zusammen mit uns. Versuchen wir zu fliehen, zögern wir eine Entscheidung nur hinaus. Du hast gehört, was der Älteste gesagt hat. Glaubst du wirklich, wir hätten eine Chance gegen den Leviathan?«

»Trotzdem gefällt es mir nicht, auf eine

Selbstmordmission zu gehen – und das ist es.«

»Mag sein«, stimmte Taraketian zu. »Aber erstens wäre es nur ein temporärer Tod und zweitens sehe ich keine andere Möglichkeit, den Leviathan zu vernichten.«

»Warum lösen die Ek'Thal den Aktivierungsimpuls nicht schon jetzt aus. Dann wissen wir wenigstens, ob die Zeitreise Erfolg hatte?«, wollte Elramuk wissen.

»Das Kausalitätsprinzip kann und darf nicht verletzt werden«, erklärte der Älteste. »Wenn wir den Impuls senden, bevor ihr in die Vergangenheit gereist seid, steht die Wirkung vor der Ursache. Niemand kann abschätzen, welche Folgen dies für unsere Realität haben würde und wir könnten nicht einmal sicher sein, dass es funktioniert. Ja, es wäre möglich, dass wir damit erst die Ursache schaffen, die Mission scheitern zu lassen.«

»Er hat recht«, bestätigte Taraketian. »Wir müssen darauf achten, keine Paradoxa zu erschaffen, um die Realitätswahrscheinlichkeit dieser Zeitebene nicht zu gefährden.«

»Ich bin nicht mehr davon begeistert, dich hierher begleitet zu haben«, stöhnte Elramuk.

Taraketian grinste seinen Freund an. »Es wird sowieso Zeit, dass Du hinter Deinem Schreibtisch hervorkommst, bevor du alt und bequem wirst.« An den Ältesten gewandt fuhr er fort. »Schön, wir machen mit! Wie geht es jetzt weiter?«

»Bitte legt euch auf die beiden Liegen.«

Aus dem Nichts formten sich aus Strukturenergie zwei Liegen mitten im Raum. Taraketian und Elramuk zögerten nicht länger und strecken sich auf den weich gepolsterten Flächen aus. Zwei Ek'Thal betraten den Raum. Aus der Decke senkten sich zwei Hauben aus Metall herab. Die Ek'Thal stülpten sie vorsichtig über die Köpfe der beiden Freunde. Ein schimmerndes Energiefeld baute sich rings um die Hauben auf. Bisher verlief der Vorgang nicht wesentlich anders, als bei seinen vorherigen Transfers in einen neuen Körper. Taraketian verspürte einen kurzen Schwindel und schloss die Augen. Als er sie wieder öffnete, schien die Beleuchtung des Raumes deutlich heller geworden zu sein. Er konnte spüren, wie jemand die Haube von seinem Kopf entfernte, und wunderte sich, warum man die Prozedur abbrach. Taraketian hob eine Hand, um sich abzustützen, und zuckte zusammen. Sie besaß sechs Finger. Er blickte an sich herunter und stellte fest, dass er nicht nur nackt war, sondern unglaublich blass und dürr. Schlagartig wurde ihm klar, dass der Bewusstseinstransfer vollzogen sein musste. Er befand sich im Klonkörper eines Prakesch. Dies erklärte auch, weshalb ihm die Beleuchtung heller vorkam. Die Augen des Klonkörpers waren für das Licht einer schwachen Sonne gemacht. Er fühlte sich völlig normal. Neben ihm erhob sich ein zweiter Prakesch von seiner Liege. Elramuk war ebenfalls wach und sah entgeistert an sich hinunter. Von ihren Originalkörpern fehlte jede Spur.

Der Älteste materialisierte mitten im Raum.

»Willkommen zurück. Wie fühlen sie sich?«

»Danke, ich …«, begann Taraketian und brach den Satz erschrocken ab. Er hatte automatisch in einer Sprache geantwortet, die ihm völlig fremd war und die er doch perfekt beherrschte. Erst jetzt wurde ihm bewusst, dass auch die Frage in dieser Sprache formuliert gewesen war.

»Wir haben beim Transfer ihres Bewusstseins einige Datenpakete mit übertragen, die sie mit notwendigen Informationen versorgen. Sie beherrschen jetzt die Sprache der Prakesch, die auch unsere ist, kennen grundlegende kulturelle Sitten und Gebräuche und verfügen über das notwendige Wissen, um bei den Prakesch nicht aufzufallen.«

Taraketian wusste, dass es prinzipiell möglich war, bei einem Bewusstseinstransfer Daten neu einzuspeisen, diese Manipulation war jedoch nach den Regeln des galaktischen Rates strengstens verboten. Aber es kam wohl auf eine weitere Verletzung der Gesetze nicht mehr an.

»Danke«, begann er erneut. »Mir geht es gut. Wo sind unsere Originalkörper?«

»Wir haben sie entfernt und unsere Wissenschaftler sind bereits dabei, die Stammzellen für einen neuen Klon aus ihnen zu gewinnen.«

»Wie viel Zeit ist verstrichen?«, wollte Elramuk wissen. Auch er beherrschte die ungewohnte Sprache perfekt.

»Seit der Ankunft des Leviathan sind drei Sunden

solarer Zeit vergangen. Ich bedaure, ihnen mitteilen zu müssen, dass er ihr Schiff ohne Vorwarnung angegriffen und zerstört hat. Wir müssen uns beeilen. Die Prakesch stehen kurz davor, den Phasenschirm zum Einsturz zu bringen. Uns bleibt nicht mehr viel Zeit.«

Taraketian sah Elramuk bestürzt an. Oberwohl er die Besatzung des Greksork-Schiffes nicht wirklich gekannt hatte, fühlte er Trauer und Wut. Er konnte nur hoffen, dass keiner von ihnen ein enger Freund Elramuks gewesen war. Dieser schien noch eine Spur blasser geworden zu sein und seine roten Augen funkelten zornig; er verkniff sich jedoch jeden Kommentar. Sie zogen zwei dunkelblaue Uniformen über, die jemand neben ihren Liegen bereitgelegt hatte. Ein ihnen unbekannter Ek´Thal bat sie, ihm zu folgen. Über einen erneuten Transmittersprung ging es zu einem anderen Knoten. Dort sahen sie eine Schleuse, die offensichtlich zu einem Raumschiff führte. Wieder erschien die Projektion des Ältesten direkt neben ihnen.

»Das Schiff befand sich in einem Stasisfeld und ist in allerbestem Zustand. Allerdings beherrschten wir damals die Technik der Strukturenergie noch nicht. Diese haben wir erst nach unserem Zeitsprung entwickelt. Trotzdem ist es technologisch auf höherem Niveau als alles, was sie von den anderen Völkern kennen – einschließlich der Greksork.«

Taraketian konnte sehen, wie Elramuk zweifelnd das

Gesicht verzog. Die Mimik der Prakesch ähnelte der aller humanoiden Spezies und mithilfe der zusätzlichen Daten konnte er sie problemlos deuten.

»Bitte gehen sie an Bord; die Zeit drängt. Die Besatzung wartet bereits auf sie. Ich wünsche ihnen Stärke und Glück!«

Der Avatar löste sich auf und ließ sie alleine zurück. Durch einen kurzen Gang betraten sie das Schiff. Ein Ek'Thal erwartete sie gleich hinter der Schleuse, die er sofort verschloss.

»Mein Name ist An Ek'Wuquol«, stellte er sich vor. »Da sie Wert auf Eigennamen legen, haben wir uns dieser alten Sitte wieder bedient. Zudem war es in der Zeit, in die wir reisen werden, noch allgemein üblich, Eigennamen zu verwenden. Es ist mir eine Ehre, gemeinsam mit ihnen diese Mission durchzuführen. Bitte folgen sie mir in die Zentrale.«

Dort angekommen stellten sich die beiden anderen Ek'Thal als Gre Ek'Noxul und Rok Ek'Malzok vor. Beide waren damit beschäftigt, den Start vorzubereiten. Taraketian und Elramuk nahmen in zwei Sesseln Platz, die An Ek' ihnen zuwies. Nur fünf Minuten später legten sie von dem Gespinst ab.

Das Schiff entfernte sich nur wenige Hundert Meter von den Knoten, mit welchem es verbunden gewesen war. Dann trieb es bewegungslos im All.

»Auf der Station beginnt man damit, die temporale

Matrix aufzubauen«, informierte sie Gre Ek´. Rings um das Schiff begannen sich farbige Schlieren zu bilden. Taraketian hatte den Eindruck, als würde sich der auf einem Holodisplay zu sehende Planet verzerren. Noch bevor er genauer hinschauen konnte, erlosch das Display und die Außenmonitore zeigten nur noch einen chaotischen Farbwirbel.

»Wir sind unterwegs«, sagte Gre Ek´. »Die Reise durch die Zeit wurde auf siebzehn Subjektivminuten berechnet.«

Taraketian blickte zu Elramuk, der angespannt neben ihm saß, und fragte sich, ob sie nicht gerade einen schrecklichen Fehler begangen hatten.

- 4,568 Mrd. Jahre

Die Zukunft besser zu gestalten,
ist der Vergangenheit einziger Zweck.

Wilhelm Vogel (19./20. Jh.)
deutscher Aphoristiker

24.

Er hasste die Thalon. Obwohl seine Mutter ihm gesagt hatte, dass nicht alle Thalon böse seien, hasste er alle mit einer absoluten Inbrunst, wie nur Kinder sie aufbringen können. Für ihn gab es kein grau, nicht einmal schwarz/weiß, sondern nur schwarz. Alle Thalon waren böse! Schließlich hatten sie seinen Vater umgebracht. Er konnte sich noch gut an den Tag vor nicht einmal einem halben Jahr erinnern. Der Anruf über das Holonet kam, als er und seine Mutter gerade beim Frühstück saßen. Er hatte nicht viel von dem verstanden, was der Mann zu seiner Mutter gesagt hatte, aber er sah noch immer das Bild vor Augen, wie sie weinend am Frühstückstisch zusammenbrach. Seitdem hasste er alle Thalon.

Er wusste nicht genau, was Krieg war, aber er erfasste instinktiv, dass es nichts Gutes sein konnte. Mit seinen fast fünf Jahren war er zu jung, um wirklich zu verstehen, worum es ging. Er wusste nur, dass die Thalon böse waren, sein Volk bekämpften und sein Vater deshalb nicht mehr zurückkommen würde. Er hasste auch Mekina, sein Kindermädchen. Sie war eine Thalon und er verstand nicht, wie Mutter sie im Haus behalten konnte, obwohl sie doch zu denjenigen gehörte, die seinen Vater getötet hatten. Mutter sagte ihm, Mekina sei anders. Ihr Gehirn wäre so gemacht, dass sie nie einem Prakesch Schaden zufügen könnte. Schon seit vielen Tausend Jahren würde man die Diener so bauen, dass sie nicht mehr böse sein konnten. Sie wären jetzt mehr wie Roboter und nicht mehr so wie die Prakesch. Vor langer Zeit habe man den Fehler gemacht, sie so zu bauen wie das eigene Volk, hatte seine Mutter ihm erklärt. Dann hätten sie rebelliert wie ein Kind, das seinen Eltern nicht mehr gehorchen will. Trotzdem traute er Mekina nicht. Sie war eine Thalon und wer wusste schon, was in ihrem künstlichen Gehirn vorging.

»Komm rein – das Essen ist fertig!«

Mutter stand in der Tür zur großen Terrasse und lächelte ihn an. Er schaltete den kleinen Spielzeugroboter aus, den er gerade noch gegen eine andere KI-Puppe hatte kämpfen lassen. Die Puppe besaß zwar keine Ähnlichkeit mit einem Thalon, sie sah aus wie ein vierarmiges, grau geschupptes Monster mit zwei langen Hörnern, aber für ihn war es ein Thalon. Er hatte der primitiven KI des Roboters befohlen, keine Rücksicht darauf zu nehmen, ob die Puppe im Spiel kaputt ging. Die KIs der Puppe und des Roboters hatten zwar protestiert, aber sie konnten nicht gegen den Willen des Besitzers handeln. Auch ihr Hinweis auf die hohen Reparaturkosten im Fall einer Beschädigung war wirkungslos geblieben. Der Spielzeugroboter hatte der Puppe bereits einen der vier Arme ausgerissen. Wenn Mutter dies sehen würde, wäre sie bestimmt verärgert. Er versetzte der Puppe noch einen Tritt und ging zurück in die Wohnung.

Von der Terrasse in der einhundertsiebten Etage des Wohnblocks hatte man einen fantastischen Ausblick auf die Stadt. Ein transparentes, energetisches Prallfeld erlaubte einen ungehinderten Blick auf die Millionenmetropole mit den schneebedeckten Bergen im Hintergrund und verhinderte gleichzeitig, dass spielende Kinder in die Tiefe stürzen konnten. Er verstand zwar nicht genau, was ein Prallfeld war, wusste jedoch, dass ihm nichts passieren konnte, auch wenn er ganz dicht an die Kante der Terrasse herantrat. Manchmal stellte er sich vor, fliegen zu können und über der Stadt zu schweben. Er konnte stundenlang die startenden Schiffe beobachten, wenn sie vom Raumhafen am Fuß der Berge ins All abhoben. Dies wurde ihm nie langweilig und er wünschte sich, wie sein Vater eines Tages auch von dort loszufliegen und viele Abenteuer zu erleben. Seit der Nachricht vom Tod seines Vaters hatte der Wunsch nach Abenteuern im Weltraum noch zugenommen. Er wusste, dass sich dort die verhassten Thalon herumtrieben, und wollte sie finden und für das büßen lassen, was sie seiner Mutter und ihm angetan hatten.

Mekina stand in der Roboküche und beaufsichtigte die Zubereitung der Speisen. Mutter saß bereits am Tisch, den sie selbst gedeckt hatte. Er setzte sich ihr gegenüber. Mekina brachte eine Schale mit Früchten für jeden. Mutter achtete darauf, dass er sich gesund ernährte. Gerade, als er den ersten Löffel seiner Lieblingsfrucht in den Mund schob, ertönte der Summer des Holonets.

»Ein Anruf von Kanrakar Delranus«, meldete die Haus-KI. Er kannte Kanrakar. Sein Vater hatte den Freund ein paar Mal mit nach Hause gebracht und er mochte den klein gewachsenen Mann, den er schon bald Onkel Kanrakar nennen durfte. In den letzten Wochen war seine Mutter einige Male mit ihm ausgegangen und er fragte sich, ob Onkel Kanrakar wohl bald die Rolle seines Vaters in der kleinen Familie übernehmen würde. Er mochte ihn und konnte sich Schlimmeres vorstellen, auch wenn er bei dem Gedanken ein seltsames Gefühl des Ärgers verspürte, das er sich nicht erklären konnte.

»Annehmen«, befahl Mutter.

Neben dem Frühstückstisch baute sich ein lebensgroßes Hologramm auf. Onkel Kanrakar trug die gleiche Uniform wie sein Vater und machte ein ernstes Gesicht.

»Limerka, nimm den Jungen und verlasse sofort die Wohnung. Ein Kampfgeschwader der Ek'Thal ist hierher ins System unterwegs. Wir wissen nicht, ob die Systemflotte sie aufhalten kann, und die nächsten Einheiten unserer schweren Raumtruppen sind noch ein paar Stunden entfernt. Fall sie zum Planeten durchkommen und ihn bombardieren, müsst ihr in Sicherheit sein. Dies ist noch nicht offiziell bekannt. In wenigen Minuten wird eine Aufforderung zur Evakuierung ergehen. Seht zu, dass ihr zur nächsten Transmitterstation kommt, bevor eine Panik ausbricht. Lasst alles stehen und liegen und brecht sofort auf. Geht nach Minoram im Stuprak-System. Dort ist es sicher. Ich werde euch dort finden. Ich muss gehen. Viel Glück!«

Ohne eine Antwort abzuwarten, beendete Kanrakar das Gespräch. Der Junge sah, dass seine Mutter jegliche Gesichtsfarbe verloren hatte. Er verstand, dass sie jetzt sofort weg mussten, da die Ek`Thal, wie sich die bösen Thalon jetzt nannten, sein Zuhause angreifen wollten. Er warf Mekina einen hasserfüllten Blick zu.

»Komm mit«, befahl Mutter und sprang auf. Er sah, wie sie einige Sachen in eine kleine Tasche warf. Dann rannte er auf die Terrasse, bevor Mutter ihn stoppen konnte. Dort hob er seinen Kampfroboter auf, den er unbedingt mitnehmen wollte. Er machte einen Schritt zurück in die Wohnung, zögerte kurz, drehte sich um und stampfte mit dem rechten Fuß auf den Boden. Krachend zerbarst die nur noch dreiarmige Spielfigur. Dann rannte er zu seiner Mutter.

25.

Nach exakt siebzehn Minuten zerflossen die farbigen Schleier auf den Displays und es zeigt sich wieder das Schwarz des Weltraums. Taraketian hätte nicht sagen können, ob irgendetwas passiert war, geschweige denn, ob das Schiff tatsächlich mit allen Insassen rund viereinhalb Milliarden Jahre in der Zeit zurückgereist war. Der seltsame Planet der Ek'Thal war vom Holoschirm verschwunden – ebenso wie die rote Sonne des Systems. Das Schiff trieb bewegungslos im leeren Raum und nur in der Ferne leuchteten die Sonnen der Milchstraße. Das nächste Gestirn war fast zwei Lichtjahre entfernt.

»Wir werden nun eine genaue Zeitbestimmung vornehmen«, informierte sie Gre Ek'Noxul, der als Kapitän fungierte. »Die Galaxis rotiert einmal in zweihundertdreißig Millionen solaren Jahren um sich selbst. Außerdem haben alle Sonnensysteme noch eine relative Bewegung zueinander. Wir haben bei unserer Reise keine Ortsveränderung vorgenommen. Das Universum hat sich sozusagen an uns vorbeibewegt. Wir sind allerdings glücklicherweise an die Gravitationssenke der Galaxis gebunden. Ansonsten wären wir irgendwo in den Weiten des Universums gestrandet. Die Schiffs-KI muss nun alle Sonnen identifizieren und vermessen und aus deren Positionen zueinander die verstrichene Zeit berechnen. Einige uns bekannte Sonnen haben so weit in der

Vergangenheit noch nicht existiert – andere sind seitdem längst erloschen. Das erschwert die Aufgabe und deshalb wird es ein paar Stunden dauern.«

»Wie wollen sie dann vorgehen?«, erkundigte sich Taraketian.

»Vor dem Start unseres Fluchtschiffes ungefähr ein Jahr vor dem *großen Erlöschen* bildete sich eine ständig wachsende Gruppe, die sich gegen diese skrupellose Maßnahme stellte. Sie bestand naturgemäß vor allem aus denen, die keinen Platz an Bord fanden. Allerdings konnten sie sich nicht durchsetzen. Wir werden Kontakt zu ihnen aufnehmen, dürfen jedoch keinesfalls sagen, dass wir aus ihrer relativen Zukunft kommen. Dies würde mit Sicherheit ein Zeitparadoxon auslösen. Wir werden uns als Gleichgesinnte ausgeben, die zurückbleiben mussten. Aus unserer Geschichtsschreibung ist bekannt, dass es einige Überläufer der Prakesch gab, die unsere Freiheitsbewegung unterstützten, von denen aber keiner in die Zukunft mitgenommen wurde. Ihr werdet in dieser Rolle auftreten. Uns sind die Koordinaten eines Stützpunktes bekannt, der zum Zeitpunkt des Starts etwa ein Jahr vor dem Massaker aktiv war. Sobald unsere Navigations-KI ihre Datensätze auf die Konstellationen dieser Epoche umgerechnet hat, werden wir ihn anfliegen. Dort sehen wir dann weiter.«

»Unser Ziel ist der im Bau befindliche Leviathan«, stellte Elramuk fest.

»Natürlich«, bestätigte Gre Ek'Noxul. »Wir müssen

uns jedoch erst einmal einen Überblick verschaffen, wie die Lage in der Galaxis im Moment ist. Vielleicht haben unsere Freunde auf dem Stützpunkt ja bereits Gerüchte vom Bau eines Fluchtschiffes der Prakesch gehört. Wie dem auch sei: Wir müssen uns Schritt für Schritt und vor allem sehr vorsichtig bewegen. Zunächst müssen wir so viele Informationen sammeln wie möglich, und der Stützpunkt bietet hierfür den besten Einstieg.«

Was der Ek'Thal sagte, machte Sinn, wie Taraketian zugeben musste. Eine Orientierungsphase war angebracht, bevor man zu konkreten Planungen übergehen konnte. Sie bewegten sich in unbekanntem Gewässer und jeder Schritt musste sorgfältig durchdacht und geplant sein. Sie mussten auf alle Fälle vermeiden, durch ihre Handlungen deutliche Spuren im Zeitgefüge zu hinterlassen. Die Konsequenzen wären unüberschaubar und potenziell katastrophal. Ihm wurde zunehmend klarer, wie heikel und gefährlich die ganze Mission war. Ein falscher Schritt und die eigene Zukunft, so wie er sie kannte, konnte ausgelöscht werden, oder sie verursachten die Bildung einer alternativen Zeitlinie, in welcher sie gefangen blieben, und der Weg zurück in die vertraute Realität wäre ihnen für immer versperrt.

Die Wartezeit verschaffte Taraketian die Gelegenheit, sich das Schiff genauer anzusehen. Auch wenn es nicht aus Struktur- und Formenergie bestand, waren die technischen Systeme, soweit sie sichtbar waren, beeindruckend. Die

Ek'Thal bevorzugten kugelförmige Raumschiffe, da diese das größte Raumvolumen bei minimalstem Materialaufwand versprachen. Die Kommando-zentrale befand sich in der oberen Polkuppel des etwa dreißig Meter durchmessenden Schiffes, während die technischen Gerätschaften und Apparaturen das untere Drittel der Kugelschale ausfüllten. Dazwischen lagen die Decks mit den Mannschaftsunterkünften und allen anderen für die Besatzung notwendigen Einrichtungen. Taraketian und Elramuk hatten jeweils eine Kabine für sich, da das Schiff für bis zu zehn Personen ausgelegt war, obwohl es von drei Mann geflogen werden konnte. Über die Antriebsleistung, Reichweite und vor allem die Bewaffnung würde er sich später informieren. Er hoffte, dass die Ek'Thal aus ihren technischen Möglichkeiten nicht ebenso ein Geheimnis machten, wie er es von den Greksork gewohnt war. Er beendete den Rundgang mit einer ausgiebigen Dusche in seiner Kabine. Kopfschüttelnd betrachtete er seinen neuen Körper in einem Spiegelfeld. Die dürre Gestalt mit der vollkommen haarlosen hellgrauen Haut, die Hände und Füße mit sechs Fingern und Zehen und der fast menschliche Kopf mit den übergroßen rötlichen Augen wirkten einerseits absolut fremdartig, fühlten sich subjektiv jedoch völlig normal an. Er hätte größere Schwierigkeiten erwartet, sein Bewusstsein an diesen Körper zu adaptieren. Er zog einen frischen Bordoverall an und begab sich zurück in die Zentrale.

Zwei Stunden später meldete sich die Schiffs-KI.

»Die Berechnungen sind abgeschlossen. Es wurden mehrere Tausend Sonnen identifiziert und aus den bekannten Parametern ihrer Eigenbewegung konnte ein Datum ermittelt werden. Das heutige Datum lautet: 47.2.1398.508 – 47. Tag des zweiten Quartals im 1398. Umlauf des 508. Zyklus.«

Taraketian sah Elramuk achselzuckend an. Die Datumsberechnung der Ek'Thal war ihm zwar dank der zusätzlich in sein Gehirn übertragenen Daten geläufig, aber er konnte mit der Angabe im Bezug auf die Zielzeit nichts anfangen. Wie viele Monate solarer Zeit lagen wohl noch vor dem *großen Erlöschen* und würde diese Zeit ausreichen, einen Zugang zum Leviathan zu erlangen? Ein Blick in die verblüfften Gesichter der drei Ek'Thal ließ ihn nichts Gutes erahnen.

»Sind wir zu knapp angekommen?«, fragte er. »Wird die Zeit noch ausreichen, den Leviathan zu infiltrieren?«

Gre Ek'Noxul blickte ihn durchdringend an.

»Sie haben die Tragweite des Datums nicht erkannt«, sagte er leise. »Es stellt sich nicht die Frage, ob die Zeit ausreicht – vielmehr ist ungewiss, ob wir den Bau des Leviathan überhaupt erleben werden. Es gibt zu diesem Zeitpunkt weder einen Plan, alles Leben in der Galaxis auszulöschen, geschweige denn einen Leviathan. Wir sind mehr als fünfzig Jahre ihrer Zeit zu früh angekommen.«

26.

»Wir werden den Krieg verlieren!«

Kar Ek'Takul hieb mit der flachen Hand auf den Tisch, um den sich noch neun weitere Ek'Thal versammelt hatten. Vor ihnen drehte sich eine Holoprojektion der Galaxis. Weite Bereiche waren blau eingefärbt, während ein deutlich kleinerer Teil aus unzusammenhängenden roten Flecken bestand.

»Wir verlieren ständig weitere Sektoren, und nachdem die Okruner sich auf die Seite der Prakesch gestellt haben, verbleibt uns nur noch ein einziges Hilfsvolk.«

»Das schwächste der anderen Völker«, brummte ein Ek'Thal, dessen faltige Haut am dürren Hals auf sein hohes Alter hinwies.

»Mehrere Tausend Jahre haben wir standhalten können – teilweise sogar Gebietsgewinne erzielt. Seitdem die Prakesch jedoch diese neue Waffe entwickelt haben, sind wir in jeder Schlacht unterlegen«, fuhr Kar Ek'Takul fort. »Unsere Verbündeten lassen uns im Stich, da sie unsere Niederlage wittern und die Rache der Prakesch fürchten. Wenn wir nicht schnellstens ein Defensivsystem gegen die Gravitonenwaffe oder eine gleichwertige Waffe entwickeln, sind wir chancenlos und sehen der endgültigen Niederlage – unserer Vernichtung – entgegen.«

»Ich denke nach wie vor, dass ein Angriff auf den Hauptplaneten der Prakesch nun unausweichlich ist«, beharrte der ältere Ek'Thal auf seiner schon mehrfach vorgetragenen Ansicht. »Wie lange wollen wir damit noch warten? Je schwächer wir werden, umso aussichtsloser wäre ein solches Unterfangen. Wenn wir überhaupt noch eine Chance auf einen Erfolg haben wollen, müssen wir jetzt entschlossen handeln. Bald ist es dafür zu spät!«

Es war spürbar, dass die Meinungen hierzu im Raum auseinandergingen. Während einige der Anwesenden bestätigend nickten, konnte man andere beobachten, die zweifelnde oder ablehnende Gesten machten.

»Selbst als wir noch in einer stärkeren Position waren, haben wir solch einen Angriff nicht gewagt«, erinnerte Kar Ek'Takul, der anscheinend der Wortführer am Tisch war. »Das Prak-System ist das am stärksten gesicherte System in der gesamten Galaxis. Gerade jetzt, wo wir uns einer neuen, verheerenden Waffe gegenübersehen, wäre es Wahnsinn, ausgerechnet dort zuschlagen zu wollen.«

»Nur dann, wenn die Flotte damit rechnet, heimkehren zu können«, lächelte der Alte.

Für einen Moment herrschte erstauntes Schweigen am Tisch.

»Du schlägst eine Selbstmordmission vor? Die gleichzeitig enorme Verluste an Ek'Thal und an unersetzlichen Schiffen mit sich bringen würde? Das ist verrückt!«, protestierte Kar Ek'Takul.

»Es ist verrückt«, bestätigte Gar Ek'Hakot, wie der Alte hieß. »So verrückt, dass die Prakesch niemals damit rechnen. Gerade jetzt, wo sie annehmen, uns am Rand einer Niederlage zu haben, werden sie niemals erwarten, dass wir ausgerechnet jetzt wagen, was wir bisher für unmöglich hielten. Sie werden sich in Sicherheit wiegen und weniger aufmerksam sein.«

»Wir brauchen jedes Schiff, um die uns noch verbliebenen Systeme zu schützen.«

»Die wir nicht schützen können – machen wir uns nichts vor!«, entgegnete der Alte. »Was wir jetzt brauchen, ist ein Befreiungsschlag, ein Erfolg, der die Prakesch moralisch erschüttert und uns Zeit gibt, unsere Waffensysteme ebenfalls zu entwickeln. Wenn wir uns weiter darauf beschränken, System um System zu verteidigen, werden wir diesen Abnutzungskampf auf Dauer verlieren. Wir müssen den Feind im Herz treffen, ihn demoralisieren, ihn dazu zwingen, seine Strategie zu überdenken. Er darf sich nicht sicher sein, uns Stück für Stück erledigen zu können.« Gar Ek'Hakot argumentierte mit einem Feuer, das keiner der Anwesenden dem Greis zugetraut hätte. »Er muss sich fragen, wo wir als nächstes erbarmungslos zuschlagen werden – selbst unter größten eigenen Opfern. Dann muss er seine wichtigsten Systeme besser schützen, um auf alles vorbereitet zu sein, was seine Truppen bindet und uns eine Atempause verschafft, die wir dringend benötigen.«

Von der langen, emotionalen Rede erschöpft, sank der Alte auf seinen Stuhl zurück. Für einen Moment blieb es still in dem Raum. Was er gerade vehement vorgetragen hatte, klang durchaus logisch.

»Nun gut!« Kar Ek'Takul nickte dem älteren Ek'Thal zu. »Wir werden über deinen Vorschlag nachdenken müssen. Es könnte tatsächlich eine Option darstellen, die Prakesch durch eine tollkühne Aktion zu überraschen und zu erschüttern. Vielleicht können wir damit wirklich die dringend benötigte Zeit gewinnen. Hal Ek'Loran, wie weit sind die Arbeiten unserer Waffentechniker?«

Der Angesprochene war der jüngste Ek'Thal am Tisch. Er galt als Genie auf dem Gebiet der Hyperphysik und war für viele bahnbrechende Erfindungen der letzten Jahre verantwortlich. Seine Grundlagenforschungen der String- und Branentheorie hatten bereits Eingang in die Waffentechnologie gefunden. Derzeit arbeitete er daran, die Funktionsweise der neuesten Waffe der Prakesch zu enträtseln und sie nachzubauen oder schnellstmöglich ein Defensivsystem dagegen zu entwickeln.

»Das Wirkungsprinzip der Gravitonenwaffe ist nunmehr bekannt. Wir wissen noch nicht, auf welcher multidimensionalen Frequenz die Schwingungsanregung der Strings erfolgt und wie die Prakesch die benötigten Energiemengen aufbringen. Da nur die größten ihrer Schiffe mit der Waffe ausgerüstet sind, wissen wir, dass der Energiebedarf extrem hoch sein muss. Zudem bereitet es uns Schwierigkeiten, eine ortsgenaue Fokussierung der Schwingungsaktivierung und somit der Waffenwirkung vorzunehmen. Wir wissen einfach nicht, wie sie das machen.«

»Mit anderen Worten – eine einsatzfähige Waffe ist nicht in Sicht.«

»Wir benötigen sicherlich noch mehrere Monate, um einen Prototyp testen zu könne«, gab Hal Ek´Loran zu.

»Wie sieht es mit einem Abwehrschirm aus?«, fragte einer der anderen Teilnehmer der Runde.

»Im Moment können wir uns nicht einmal einen prinzipiellen Abwehrmechanismus vorstellen«, musste der Hyperphysiker einräumen. »Da die Waffe nicht auf den Gegner zielt, sondern auf das ihn umgebende Raum-Zeit-Gefüge, sind Schutzschirme nicht wirksam. Eine Gegenmaßnahme müsste ebenfalls auf das Raum-Zeit-Gefüge einwirken, um die Stringmanipulation zu verhindern oder wenigstens abzuschwächen. Dies ist mindestens ebenso energieintensiv wie die Waffe selbst, und auch wenn es uns gelingen sollte, den Mechanismus vollständig zu verstehen, könnten kleiner Schiffe niemals geschützt werden. Sie verfügen einfach nicht über die Möglichkeit, genügend Energie an Bord bereitzustellen.«

»Das klingt nicht vielversprechend«, brummte der Alte, der immer noch schwer atmend zusammengesunken auf seinem Stuhl saß.

»Ich habe eine alternative Theorie entwickelt, der ich nachgehen möchte,« überraschte Hal Ek´Loran die Runde. »Anstatt die Waffe zu kopieren oder ihre Wirkung auf die

Strings zu unterbinden, halte ich es für möglich, noch grundlegender anzusetzen. Wir könnten versuchen, im Umfeld der Schiffe ein Feld zu erzeugen, welches vorübergehend bestimmte Naturkonstanten verändert. Dies ist möglicherweise weniger energieaufwendig und würde die Wirkung der Gravitonenwaffe zumindest behindern, da sie natürlich auf den bekannten Naturkonstanten aufbaut.«

»Wie lange brauchen sie für die Forschungen?«, wollte ein anderer Ek'Thal wissen.

»Mindestens einen Zyklus – wenn nicht länger. Bis zur Einsatzreife …«, er beendete den Satz nicht und schüttelte den Kopf.

»Ich schlage vor, wir arbeiten in beide Richtungen weiter. Hal Ek'Loran intensiviert seine wissenschaftlichen Bemühungen, während wir einen Handlungsplan entwerfen, der auf dem Vorschlag von Gar Ek'Hakot beruht«, fasste Kar Ek'Takul die Diskussion zusammen. »Es scheint tatsächlich angebracht, zunächst Zeit zu gewinnen. Wie es derzeit aussieht, gewinnen die Prakesch zunehmend die Oberhand und unsere Position wird unhaltbar. Zum ersten Mal in diesem Krieg, in unserem Freiheitskampf, müssen wir einer Niederlage und damit unserer endgültigen Vernichtung ins Auge sehen. Dies darf nicht geschehen! Die Opfer der Vergangenheit dürfen nicht umsonst gewesen sein. Wenn es unsere einzige Option ist, einige von uns bei einem Angriff auf das Prak-

System zu opfern, ist dieser Preis angesichts der Alternative nicht zu hoch. Wir werden allerdings dafür sorgen, dass der Preis für die Prakesch noch viel höher sein wird!«

»Ein Angriff auf das Prak-System wird Milliarden von zivilen Opfern zur Folge haben«, warf einer der anderen ein.

»Wenn unsere Existenz auf dem Spiel steht, wenn die Prakesch uns ausradieren wollen, werde ich dafür sorgen, dass wir so viele wie möglich von ihnen mitnehmen!«, Kar Ek'Takul schlug wiederum mit der Hand auf den Tisch. »Die Zeit des Zögerns und der Rücksichtnahme ist vorbei. Wenn es sein muss, werde ich vor nichts zurückschrecken, um unser Überleben zu sichern. Egal, wie viele Opfer dies auf beiden Seiten kostet, und mir ist dabei völlig gleichgültig, ob es sich um Soldaten oder Zivilisten handelt!«

27.

Prakos war nicht der Geburtsplanet der Prakesch. Obwohl er genauso hieß, war er erst viel später besiedelt und das neue Prak-System zum Heimatsystem aller Prakesch ernannt worden. Auf dem eigentlichen Planeten dieses Namens im ursprünglichen Prak-System lebten nur noch ein paar Tausend Prakesch in einer Station unter einer gewaltigen Kuppel. Die Oberfläche war nicht mehr bewohnbar. Über Jahrzehntausende hatten die Prakesch Raubbau an der Umwelt betrieben, den Planeten ausgelaugt, die Flüsse und Meere vergiftet und letztlich auch die Atmosphäre verpestet. Hier existierten nur noch Monumente und Denkmäler der Ära, bevor die Prakesch das All erobert hatten. Gerade noch rechtzeitig. Hätten sie den Überlichtantrieb auch nur ein oder zwei Jahrhunderte später entwickelt, wären sie zusammen mit dem gesamten Ökosystem ihres Planeten untergegangen. So gelang allen die Flucht und die Geburtswelt der Prakesch wurde zu einem Museumsplaneten, den allerdings kaum jemand je aufsuchte. Nur die wenigen Prakesch unter der Kuppel bemühten sich, das Erbe für kommende Generationen zu erhalten.

Das neue Prakos hingegen war ein Paradies. Die alten Fehler waren nicht wiederholt worden und es lebten nur etwa zwei Milliarden Bewohner auf dem Planeten. Große Städte gab es nicht. Man hatte sich bemüht, die kleinen

Ansiedlungen möglichst gleichmäßig zu verteilen und so gut es ging in das bestehende Ökosystem zu integrieren. Die Atmosphäre war sauber wie am ersten Tag, die Meere kristallklar und rein und die Wälder gesund und kräftig. Es gab keine Industrieansiedlungen auf Prakos, keine Verbrennung fossiler Energieträger und keine Landwirtschaft auf chemischer Basis. Jedes Handwerk, jede Arbeit, jeder Anbau und überhaupt jegliche Tätigkeit musste im Einklang mit den strengen Gesetzen zum Schutz des Planeten durchgeführt werden. Sämtliche Güter, deren Produktion potenziell umweltbelastend war, mussten importiert werden. Dies machte das Leben auf Prakos überaus teuer, und so war es nicht verwunderlich, dass nur die Reichsten der Reichen mit ihren Bediensteten sowie gewöhnliche, aber hoch bezahlte Arbeiter, deren Aufgabe es war, die Infrastruktur am Laufen zu halten, hier zu Hause waren. Selbst einfache Arbeitsplätze auf dem Zentralplaneten waren hoch begehrt. Wer auf Prakos lebte, gehörte zur Spitze der prakerischen Gesellschaft.

Das riesige Imperium der Prakesch wurde von den administrativen Einrichtungen auf dem einzigen Mond des Planeten verwaltet. Die Führungsspitze der Prakesch lebte auf dem Planeten in Luxus, und es war nur ein kleiner Schritt durch den Transmitter zum Arbeitsplatz auf dem Mond. Alleine der Raumhafen nahm fast ein Viertel der Mondoberfläche ein – der Rest bestand aus unzähligen Anlagen und Gebäuden, die unter Energieschilden von der luftleeren Oberfläche abgeschirmt waren. Gravitationsgeneratoren schufen gewohnte Bedingungen und Kurzstreckentransmitter ließen die Entfernung von einem Büro zu einem anderen auf der gegenüberliegenden Seite des Mondes auf einen Schritt zusammenschrumpfen.

In einem dieser Büros hatten sich vier Prakesch versammelt.

»Der Krieg könnte nach Tausenden von Zyklen tatsächlich enden«, stellte Gramkar Tellok fest. Er war der Administrator des Prak-Systems und somit einer der führenden Köpfe seines Volkes. Ihm gegenüber saßen Hankor Berak, der Kriegsminister der Prakesch und Selvina Delor, Beraterin des Ersten Ministers und die graue Eminenz hinter dem Höchsten der Prakesch. An seiner Seite lehnte sich Wisera Konet in ihrem Sessel zurück. Sie war nicht nur die Chefin des prakerischen Geheimdienstes, sondern, wenn man den Gerüchten Glauben schenken durfte, auch die Geliebte des Administrators.

»Alle Hochrechnungen unserer KIs deuten darauf hin, dass sich die Ek'Thal nicht mehr aus der Defensivposition befreien können. Es wird keine erneute Wendung der Lage mehr geben«, stimmte der Kriegsminister zu.

»Ich bevorzuge nach wie vor den Namen *Thalon* für die Verräter«, warf Selvina Delor ein. »Warum sollten wir den Namen benutzen, den sie sich zum Zeichen ihrer Rebellion gegen uns gegeben haben?«

»Thalon oder Ek'Thal – das ist mir völlig

gleichgültig«, sagte Wisera Konet. Wie es ihre Angewohnheit war, sprach sie extrem leise, sodass sich jeder Anwesende auf ihre Worte konzentrieren musste. Es war ihre Art, die volle Aufmerksamkeit einer Gruppe auf sich zu ziehen. »Ich wäre sehr vorsichtig, bereits jetzt in einen Siegestaumel auszubrechen«, fuhr sie fort. »Es mag sein, dass der Feind unseren technologischen Vorsprung nicht mehr aufholen kann, um dem Kriegsverlauf nochmals eine Wendung zu geben, aber alleine, dass sie völlig dezentral organisiert sind, kein Hauptsystem haben und äußerst flexibel agieren, macht es extrem schwierig, jedes Widerstandsnest auszulöschen. Selbst bei einem Sieg wird es noch viele Zyklen benötigen, auch den letzten Widerstand auszumerzen. Viele ihrer Systeme haben wir bis heute nicht entdeckt und wir werden nie ganz sicher sein können, ob wir sie völlig eliminiert haben. Niemand soll glauben, der Krieg sei morgen zu Ende!«

»Wir haben sie zu diesem Treffen gebeten, Wisera, weil wir nunmehr unser Hauptaugenmerk darauf richten sollten, unsere Offensivbemühungen zu verstärken,« brachte Selvina Delor das Gespräch auf den Grund der Zusammenkunft. »Der Erste Minister will angesichts unserer Überlegenheit schnellere Erfolge. Jetzt, da wir uns weniger Sorgen um die Offensivkapazitäten des Feindes machen müssen, können wir unsere Ressourcen verstärkt auf eigene Angriffe konzentrieren. Er schlägt vor, ein Drittel der zum Schutz unserer Systeme gebundenen

Schiffe abzuziehen und direkt gegen den Feind einsetzen. Wir müssen jetzt an allen Fronten erbarmungslos zuschlagen, erst dann ist unser Sieg wirklich sichergestellt. Je länger wir zögern, alles, was uns zur Verfügung steht, in die Schlacht zu werfen, umso länger wird sich der Krieg noch hinziehen und noch mehr Opfer fordern. Die Zeit ist gekommen, mutiger vorzugehen.«

Beifällig nickten die Anwesenden. Nur Wisera Konet blickte skeptisch. Selvina, die den Blick bemerkt hatte, wandte sich direkt an die Geheimdienstchefin.

»Sind sie in ihren Bemühungen, den Forschungsplaneten der Ek'Thal zu finden, den es angeblich geben soll, weiter gekommen?«

Die Geheimdienstchefin ließ sich mit der Antwort Zeit. Sie blickte der Reihe nach zu den Anwesenden und schüttelte den Kopf.

»Ich warne davor, den Feind zu unterschätzen. Selbst wenn alle KIs darin übereinstimmen, dass der Krieg für uns gewonnen ist, bedeutet dies nicht, dass die Thalon nicht jederzeit irgendwo mit aller Macht zuschlagen können. Noch verfügen sie über eine schlagkräftige Flotte, auch wenn wir ihnen in letzter Zeit eine Niederlage nach der anderen beigebracht haben. Die Tatsache, dass die von ihnen kontrollierten Raumsektoren mehr und mehr schrumpfen, bedeutet keinesfalls, dass sie schon geschlagen sind. Zu diesem Zeitpunkt Flotteneinheiten abzuziehen, halte ich für unverantwortlich.«

»Sie weichen aus«, stellte Hankor Berka fest. »Sind sie mit ihren Nachforschungen weitergekommen oder nicht?«

»Es liegen keine neuen Erkenntnisse vor«, musste Wisera Konet eingestehen. »Ich habe jedoch keine Zweifel, dass es diesen geheimnisvollen Forschungsstützpunkt gibt.«

Verärgert schlug der Kriegsminister mit der Hand auf den Tisch. »Die Befragung von Gefangenen hat keine verwertbaren Hinweise darauf ergeben. Nur Latrinen- und Durchhalteparolen – nichts weiter! Warum sollten die Thalon, die ansonsten aus Sicherheitsgründen immer dezentral agiert haben, ausgerechnet bei einem derart wichtigen Punkt von ihrer Strategie abweichen? Das ergibt keinen Sinn! Ich bleibe dabei: Ein solches System, in welchem die besten Wissenschaftler der Ek`Thal gemeinsam an neuen Waffentechnologien arbeiten, gibt es nicht.«

»Meine Spione haben zwar bisher nichts gefunden«, widersprach Wisera, »und die galaxisweiten Scans haben ebenfalls keine Hinweise auf außergewöhnliche, punktuelle Hyperemissionen gebracht, das beweist jedoch nicht, dass es diesen Planeten nicht gibt. Es lässt jedoch vermuten, dass er sorgsam abgeschirmt wird. Weitere Anstrengungen sind nötig, um wirklich sicher zu sein.«

»Der Erste Minister sieht das anders«, erklärte Selvina Delor knapp. »Er will, dass wir die Anstrengungen, den Feind schnellstmöglich zu besiegen, intensivieren. Dies hat oberste Priorität. Der Feind ist auf dem Schlachtfeld fast geschlagen und kann die endgültige Niederlage nur noch hinauszögern. Falls wir den momentanen Vorteil nicht nutzen, kann sich die Situation für uns erneut verschlechtern. Auch dann würden wir den Krieg zwar nicht mehr verlieren, er könnte sich jedoch noch um viele Zyklen verlängern. Mit unnötigen Opfern, wenn ich das bemerken darf. Deshalb befiehlt er, ab sofort unsere Offensivbemühungen zu verstärken. Hierfür wird aus den Systemen mit dem größten Flottenaufgebot ein Drittel der Schiffe abgezogen und mit ihnen eine Flotteneinheit gebildet, welche direkt dem Kriegsministerium unterstellt ist. Dies hat ab sofort oberste Priorität!« Sie machte eine kurze Pause, sah die Geheimdienstchefin scharf an und fuhr fort. »Der Erste Minister hat mich ermächtigt, sie daran zu erinnern, dass er sie jederzeit ablösen und durch jemanden ersetzen kann, der die Notwendigkeiten der momentanen Situation besser versteht. Es liegt an ihnen, ob es so weit kommen muss.«

Wisera Konet schüttelte resignierend den Kopf und sank in ihren Sessel zurück.

»Wenn der Erste Minister dies so wünscht, werde ich mich dem nicht entgegenstellen. Ich werde die Maßnahme mit der vollen Kraft des Nachrichtendienstes unterstützen, auch wenn ich sie nach wie vor für falsch halte.«

»Mehr haben wir nicht erwartet«, beendete der Kriegsminister das Gespräch und erhob sich. Wisera Konet durchzuckte in diesem Moment der Gedanke, dass heute vielleicht eine Entscheidung getroffen worden war, die ihr Volk noch bedauern würde. Der Gedanke, die Schutzflotten der wichtigsten Systeme der Prakesch auszudünnen, behagte ihr nicht. Sie konnte nur hoffen, dass keiner der hier Versammelten diese Entscheidung würde bereuen müssen.

28.

Mutter und er betraten den Transmitter im Erdgeschoss ihres Wohngebäudes. Er hielt immer noch seinen Kampfroboter fest an sich gedrückt. Sie wurden ins Stadtzentrum abgestrahlt, wo sich die Station für interstellare Transporte befand. Als sie dort aus der Empfangsstation traten, umfing sie ein ausbrechendes Chaos. Tausende von Prakesch drängten in Richtung der zentralen Transmitterstation, um von dem Planeten zu entkommen. Die Nachricht vom Angriff der Thalon schien sich bereits herumgesprochen zu haben. Die elegant in den roten Himmel strebenden Wolkenkratzer spuckten eine unfassbare Zahl von Flüchtenden auf die Straßen und Plätze der Stadt. Gleiter versuchten, in der Nähe der Station eine freie Landefläche zu finden, und aus den planetaren Kleintransmittern quollen die Ankömmlinge so schnell, dass sie beinahe übereinander stürzten. Der Junge umschlang ein Bein seiner Mutter und verbarg sein Gesicht in ihrem Kleid.

Auf großen Holoschirmen an allen öffentlichen Plätzen war das Gesicht des Systemadministrators zu sehen.

»*… sie Ruhe und begeben sie sich in ihre Wohnungen. Es besteht kein Grund zur Sorge. Unsere Systemflotte ist in Stellung und zusätzliche Hilfskräfte sind unterwegs. Ich wiederhole: Am Systemrand ist eine Flotte der Thalon* *aufmarschiert. Der Raumhafen wird für den zivilen Verkehr vorübergehend geschlossen. Die Transmitterstationen sind überlastet. Bitte bewahren sie Ruhe und begeben …«*

Er krallte sich fester an seine Mutter. Um sie herum versuchte eine unüberschaubare Menge, sich Zugang zu einem der Terminals zu verschaffen. Sie wurden geschubst und gestoßen und sein kleiner Körper schien von einer sich immer enger zusammenziehenden Wand feindseliger Gestalten umringt. Er hatte Angst. Die Menge rückte bei dem Versuch, zu einem der interstellaren Transmitter durchzudringen, immer dichter zusammen und es kam ihm so vor, als würden die hoch über ihn aufragenden Gestalten der Erwachsenen das Licht der roten Sonne verdunkeln. Er sah nur noch drängende Körper und stoßende Arme und hörte aufgeregte Schreie. Mit seiner kleinen Hand klammerte er sich weiter an seine Mutter, während er gleichzeitig krampfhaft seinen Spielzeugroboter festhielt. Dann leuchtete über ihren Köpfen eine zweite Sonne auf.

Hoch in der Atmosphäre explodierte ein Raumschiff. Niemand konnte sagen, ob es sich um dabei um einen Angreifer oder einen Verteidiger handelte, aber der Effekt auf die Menge am Boden war verheerend. Angsterfüllte Schreie und Schmerzenslaute, als die Ersten von der immer panischer werdenden Masse umgestoßen und zertrampelt wurden, schrillten in den Ohren des Jungen, während seine

Mutter versuchte, ihn mit ihrem Körper vor den rücksichtslosesten Dränglern zu schützen.

Hoch oben am Himmel erfolgte eine zweite Explosion. Trümmerstücke begannen, auf die Menge herabzuregnen, und der Junge sah, wie einem Mann direkt neben ihm von einem scharfkantigen Metallstück der Schädel gespalten wurde. Blut und Hirnmasse spritzten ihm ins Gesicht. Dann begann die Bombardierung. Die Transmitterstation wurde von einem kinetischen Geschoss getroffen, das einer der Angreifer aus einem niedrigen Orbit mittels einer elektromagnetischen Kanone abgefeuert hatte. Das tonnenschwere Geschoss schlug mit enormer Wucht ein und zerstörte einen Energiemeiler. Die folgende Explosion riss das Gebäude in Stücke. Steine und umherfliegende Metallteile mähten durch die Menge und streckten Hunderte nieder. Ein zweites Geschoss raste in einen der Wolkenkratzer auf der anderen Seite des Platzes. Der Hunderte Meter hohe Wohnturm zerplatzte wie eine reife Frucht. Leichenteile und Trümmer flogen durch die Gegend. Angstschreie erfüllten die Menge wie das schrille Surren eines Insektenschwarms. Mutter versuchte, ihn an den Rand der panischen Menge in die Deckung einer kleinen Mauer zu ziehen. Er stolperte über den kopflosen Torso eines Mannes und kam in einer glitschigen Blutlache ins Straucheln. Im gleichen Moment rempelte eine Frau seine Mutter an. Er fiel zur Seite, versuchte das Gleichgewicht zu halten, während Mutter in die andere

Richtung gestoßen wurde. Seine kleine Hand entglitt ihren Fingern. Noch immer hielt er krampfhaft seinen Spielzeugroboter fest. Sie versuchte, sich zu ihm zu beugen und streckte die Hand nach ihm aus, doch die jetzt in alle Richtungen drängende Menge trieb sie weiter auseinander. Er konnte sehen, wie sie verzweifelt nach ihm rief, doch im Chaos explodierender Gebäude, einschlagender Trümmer und schreiender Prakesch ging ihre Stimme unter. Er sah nur, wie sich ihr Mund öffnete und sich ihre weit aufgerissenen Augen verzweifelt auf ihn fixierten. Den Arm immer noch nach ihm ausgestreckt, wurde sie mitgezogen und verschwand in der Menge. Er stand still auf einem Fleck, während rings um ihn Körper zu Boden sanken, blutende Männer und Frauen versuchten, dem Chaos zu entkommen, und vereinzelt Kämpfe um den besten Fluchtweg ausbrachen. Er stand vollkommen still und wie durch ein Wunder schien sich Menge, die sich wie tosendes Wasser bewegte, um ihn zu teilen – als stünde er in einer isolierten Blase der Ruhe. Sein Kopf war leer. Er verspürte keine Angst mehr. Nur noch ein Gefühl der Leere und Einsamkeit. Ohne, dass es ihm bewusst war, rannen Tränen über seine Wangen. Das einzige Gefühl, das ihn in diesem Moment erfüllte, war abgrundtiefer Hass – Hass auf diejenigen, die ihm zuerst seinen Vater und nun auch die Mutter genommen hatten. Tief im Innern spürte er, dass er sie nie wieder sehen würde.

Er bekam einen Stoß in den Rücken und fiel nach

vorn. Noch ehe er zu Boden gehen konnte, griff eine Hand nach dem Kragen seiner Jacke und zog ihn auf die Füße. Neben ihm stand ein Prakesch in Uniform. In der freien Hand hielt einen Pulser. Ein Blutfleck breitete sich langsam auf seinem linken Oberschenkel aus. Der Junge konnte das Ende eines Metallsplitters aus dem Bein ragen sehen.

»Komm mit«, schrie er über den Lärm der Menge und der immer stärker werdenden Explosionen. Er zog ihn am Kragen mit in Richtung eines knapp über der Menge schwebenden Gleiters. Mehrere Prakesch versuchten, nach dem Gleiter zu greifen, indem sie sich auf die Körper der Toten stellten. Ein Soldat feuerte aus der offenen Tür mit seinem Pulser nach unten. Zwei Prakesch brachen tödlich getroffen zusammen. Die Menge schien wie ein undurchdringlicher Wall und der Retter des Jungen musste mehr als einmal von seinem Pulser Gebrauch machen, um sich zu dem Gleiter vorzuarbeiten. Als sie das schwebende Fahrzeug erreicht hatten, sank dieses eine Körperlänge tiefer, sodass die Kante der Tür auf Kopfhöhe war. Der Mann hob den Jungen hoch und warf ihn mehr in den Gleiter, als dass er ihn hineinreichte. Dann zog er sich selbst in das Gefährt, während der andere Soldat die Menge mit gezielten Schüssen auf Distanz hielt. Die Tür schloss sich und der Gleiter hob ab.

Durch die Fenster konnte der Junge zum ersten Mal einen Blick auf die Stadt werfen. Dutzende Rauchsäulen stiegen in den Himmel und mehr als die Hälfte der Gebäude lag in Trümmern oder brannte lichterloh. Die Straßen waren übersät mit Toten. Am Himmel sah man immer noch neue Explosionen aufblitzen, jedoch weiter entfernt als zuvor. Der Angriff schien zurückgeschlagen, auch wenn er unzähligen Prakesch das Leben gekostet hatte.

»Du hattest Glück, Kleiner«, sagte der Mann zu dem Jungen. »Als meine Kameraden kamen, um mich aus dem Chaos herauszuholen, stand ich genau neben dir. Du erinnerst mich an meinen Sohn, Kleiner, und da konnte ich dich nicht einfach dort lassen. Zum Raumhafen«, befahl er an den Piloten gewandt.

»Zu Befehl, General«, bestätigte dieser den Befehl.

»Danke, Jungs, dass ihr mich da rausgeholt habt!«

»Wir wollten nicht, dass sie ihren Urlaub unter den Füßen eines wild gewordenen Mob beenden«, grinst der zweite Soldat. »Wer weiß, wen man uns dann als Flottenchef vor die Nase gesetzt hätte. Also sind wir lieber zur Transmitterstation geflogen, um sie in Empfang zu nehmen.«

Der Mann lachte und schlug dem Soldaten auf die Schulter. »Ich bin so schnell wie möglich zurückgekommen, als ich von dem bevorstehenden Angriff auf das System Mitteilung bekam. Leider war ich etwas spät dran.«

»Wir haben die Thalon zurückdrängen können, aber

die Verluste sind erheblich. Wir hatten Glück, dass ein Schiff mit der neuen Gravitonenwaffe schnell genug zu Hilfe kommen konnte. Sonst wäre es mehr als knapp geworden.«

»Wir brauchen mehr von diesen Schiffen. Die Thalon haben ihnen nichts entgegenzusetzen«, stellte der General fest.

Der Gleiter überflog den Absperrschirm des Raumhafens und schleuste in ein dort stehendes Kampfschiff ein. Der Pilot landete sanft, schaltete die Triebwerke aus und drehte sich um.

»Willkommen zu Hause, General!«

»Danke, Hilmork, gut, wieder hier zu sein.«

Dann drehte er sich zu dem Jungen um und legte ihm die Hand auf die Schulter.

»Was mache ich jetzt mit dir, Kleiner? Wie heißt du überhaupt?«

Der Junge hielt seinen kleinen Kampfroboter immer noch an die Brust gedrückt. Er sah zu dem Fremden auf.

»Mein Name ist Valkodur. Valkodur Kaldhar.«

29.

Über fünfzig Jahre zu früh! Taraketian fühlte sich, als habe er einen Hieb in den Magen erhalten. Elramuk blickte ihn mit offenem Mund an und war ebenso geschockt wie er. Er hatte bis zu diesem Moment geglaubt, die Ek'Thal würden Zeitreisen perfekt beherrschen – zumindest hatte der Älteste diesen Eindruck erweckt. Jetzt schien es so, als wäre der ganze Plan zu einem noch größeren Anteil auf Zufall und Hoffnung aufgebaut, als er ohnehin schon angenommen hatte.

»Wenn wir es positiv sehen wollen, dann sind fünfzig Jahre zu früh immer noch besser als fünf Minuten zu spät«, sagte er mit einer gehörigen Portion Galgenhumor zu Elramuk. »Können wir eventuell einen Dilatationsflug durchführen?«, fuhr er an Gre Ek'Noxul gewandt fort.

Wenn es gelang, das Schiff bis dicht an die Lichtgeschwindigkeit zu beschleunigen, würden die Uhren an Bord langsamer laufen als im Bezugsuniversum. Sie konnten einige Wochen beschleunigen, dann wieder abbremsen, und in der Galaxis wären mehrere Jahre verstrichen.

»Leider ist dies nicht möglich«, nahm Gre Ek'Noxul ihm diese Hoffnung. »Unsere Schiffe können nur auf maximal halbe Lichtgeschwindigkeit beschleunigen. Hierbei ist der Zeitdilatationseffekt für unsere Zwecke viel zu gering.« Er stellte einige schnelle Berechnungen an. »Ein

Jahr Bordzeit entspräche nur 1,15 Jahre im restlichen Universum. Auch bei neunzig Prozent der Lichtgeschwindigkeit wären es erst 2,3 Jahre, und selbst bei neunundneunzig Prozent müssten wir immer noch etwas mehr als sieben Jahre im Dilatationsflug verbringen, damit außerhalb fünfzig Jahre vergehen. Wir haben es nie für nötig gehalten, höhere Geschwindigkeiten zu erreichen. Es würde durch den relativistischen Massenzuwachs zu viel Energie kosten und gerade die Zeitdilatation wollten wir vermeiden. Für den energetisch günstigsten Übergang in den Phasenflug liegt die optimale Geschwindigkeit außerdem wesentlich niedriger.«

»Haben wir Stasiskammern oder Stasisfeldgeneratoren an Bord?«, stellte Taraketian die nächste Frage.

»Auch hier muss ich leider verneinen. Es bestand nie die Notwendigkeit, eine Schiffsbesatzung in Stasis zu schicken.«

»Dann haben wir ein ernsthaftes Problem«, konstatierte Taraketian lakonisch, was unwidersprochen blieb. »Wir müssen fünfzig Jahre irgendwie und irgendwo überleben, ohne aufzufallen. Das dürfte recht schwierig werden. Wenn wir überhaupt so lange überleben. Es gibt schließlich Unfälle, Krankheiten oder andere unvorhergesehene Ereignisse.«

»Wie ist der Kriegsverlauf in dieser Zeit?«, wollte Elramuk wissen.

»Ungefähr zu diesem Zeitpunkt begann sich unsere

unausweichliche Niederlage abzuzeichnen. Noch nicht alle wollten es wahrhaben, aber wir gerieten zunehmend in die Defensive. Die Prakesch hatten die Gravitonenwaffe entwickelt, der wir nichts entgegenzusetzen hatten. Damit war das bisherige technologische Gleichgewicht unwiederbringlich verloren. Nur die Tatsache, dass diese Waffe ausschließlich in die größten Schiffe eingebaut werden konnte, von denen es nur eine begrenzte Zahl gab, verhinderte unseren sofortigen Untergang. Wir setzten unsere ganze Hoffnung auf den geheimen Forschungsstützpunkt, nach dem der Feind verzweifelt suchte. Er wurde nie gefunden, was das Ende allerdings nur hinauszögerte. Es gelang uns nie, die Waffe zu kopieren oder einen Schutz dagegen zu entwickeln. Die Jahre von heute bis zur endgültigen Niederlage waren ein verzweifelter Abwehrkampf, der in dem euch bekannten Massaker des *großen Erlöschens* endete.«

Für einen Moment herrschte Stille auf der Brücke. Taraketian blickte auf den großen Holoschirm, auf dem die Sterne der Milchstraße funkelten. Sterne, die fast fünf Milliarden Jahre jünger waren als alle, die er bisher gesehen hatte. Es erschien ihm beinahe unwirklich, dass er sich so unvorstellbar weit in der Vergangenheit befand. In einem Körper, der nicht sein eigener war. Andererseits waren alle Körper, die sein Bewusstsein in den letzten tausend Jahren bewohnt hatte, nicht sein eigener gewesen. Der Originalkörper, in dem er geboren worden war, war längst zu Staub zerfallen. Der einzige Unterschied zu seinen bisherigen Klonkörpern bestand darin, dass dieser nicht menschlich war. Trotzdem fühlte er sich nicht fremd an. Auch die Benutzung einer Hand mit sechs Fingern bereitete ihm keine Probleme – als sei er damit geboren worden. Es war erstaunlich, zu welchen Leistungen der menschliche Verstand in der Lage war und wie reibungslos er an einen fremden Körper adaptieren konnte. Seufzend blickte er in die Runde.

»Na schön! Wir müssen zunächst irgendwo einen Unterschlupf finden und die nächsten Schritte planen. Gre Ek´Noxul, hast du einen Vorschlag, wohin wir uns wenden könnten?«

Der Ek´Thal überprüfte einige Datensätze auf seinem Kommandantenterminal. Dann nahm er eine Schaltung vor und auf dem Hauptdisplay erschien die Darstellung der Milchstraße.

»Dies ist die Galaxis, so wie sie zu unserer Zeit aussehen wird – und so sieht sie jetzt aus.«

Das Hologramm der flachen, mehr als einhunderttausend Lichtjahre durchmessenden Scheibe setzte sich in Bewegung. Die Milchstraße rotierte schnell um ihren Mittelpunkt, wobei sich die Spiralarme allmählich verformten. Eine Umdrehung entsprach etwa zweihundertdreißig Millionen Jahre. Es war eine holografische Zeitreise zurück in die Vergangenheit. Einer der Spiralarme war farblich hervorgehoben.

»Dies ist der relativ kurze Spiralarm, der euch als Orion-Spiralarm bekannt ist. Dort liegt ein geheimer Stützpunkt, der allen Unterlagen zufolge von den Prakesch erst in etwa fünfzig Jahren, kurz vor dem *großen Erlöschen* entdeckt und zerstört werden wird. Es handelt sich um einen kleinen Versorgungsstützpunkt, der keine große strategische Bedeutung besitzt. Er befindet sich auf dem siebten Mond eines Gasgiganten. Der Großteil der Anlage ist unter der Oberfläche versteckt. Aus der Atmosphäre des Gasriesen werden He_3 sowie andere Rohstoffe, die unsere Schiffe benötigen, gewonnen. Dort sind nur ein paar Hundert Ek'Thal stationiert und die Kommunikation mit unserer Führungsebene ist mehr als spärlich. Eine Versetzung dorthin gilt als Strafposten, was es uns einfacher machen sollte, mit einer erfundenen Geschichte aufzukreuzen. Wir können dort zumindest das Schiff neu ausrüsten. Die Anwesenheit von zwei Prakesch an Bord können wir damit erklären, dass es sich bei euch um zwei neue Überläufer handelt, die zunächst abseits der wichtigen Ek'Thal-Welten eingehend auf ihre Zuverlässigkeit überprüft werden müssen. Es kam schließlich mehr als einmal vor, dass die Prakesch versuchten, uns Spione als angebliche Überläufer unterzuschieben.«

Taraketian nickte zustimmend. Dann fiel ihm etwas ein.

»Könntest du den Standort des Sol-Systems in dieser

Zeit einblenden?«, fragte er.

»In dieser Zeit existiert das Sol-System noch nicht«, wunderte sich Gre Ek´Noxul. »Nach meinem Kenntnistand müsste es sich derzeit im Zustand eines flachen Gas- und Staubnebels befinden, einer protoplanetaren Scheibe, in welcher eine Protosonne scheint und sich die ersten Planetesimale bilden.»

»Bitte tue es einfach«, bat Taraketian.

Wortlos strich Gre Ek´Noxul mit seinen Fingern über die Berührungssteuerung an seinem Pult. Nahe bei dem Punkt, den er als Standort des Stützpunktmondes eingeblendet hatte, leuchtete eine zweite Markierung auf.

»Wie weit liegen diese beiden Punkte auseinander«, wollte Taraketian wissen.

»Nicht ganz dreitausend eurer Lichtjahre.«

Das war in galaktischem Maßstab in direkter Nachbarschaft. Taraketian verspürte plötzlich einen fast unstillbaren Drang, sich seine Heimat im Zustand der Entstehung anzusehen.

»Ich möchte dort einen Zwischenstopp einlegen«, verlangte er. »Nicht zu nahe, damit wir nicht ein einziges, kleines Staubteilchen beeinflussen. Wer weiß, welchen Einfluss dies auf die Stabilität des Zeitkontinuums hätte. Eineinhalb Lichtjahre Entfernung, also knapp außerhalb der späteren Oortschen Wolke, sollten ausreichen.«

Missbilligend sah Gre Ek´Noxul ihn an. Die Ek´Thal hatten, wie es schien, keinen Sinn für Sentimentalitäten.

»Ich halte das für Zeitverschwendung«, gab er zu bedenken.

»Zeit ist unser geringstes Problem – oder unser Größtes. Je nachdem, wie man es betrachtet«, lachte Taraketian. Hinter sich hörte er Elramuk ebenfalls leise kichern.

»Na schön«, gab Gre Ek´Noxul nach. »Ein kleiner Abstecher dürfte unserer Mission nicht schaden. Und wie du richtig sagtest – leider haben wir sowieso viel zu viel Zeit zu überbrücken.«

Der Kommandant wischte mit den Händen über das Steuerpult, führte einige für Taraketian unverständliche Handbewegungen aus und die Gestensteuerung übersetzte die Befehle in die gewünschte Aktion. Das Schiff beschleunigte und ging kurze Zeit später in den Phasenflug.

30.

Es war die größte Flotte der letzten Tausend Zyklen. Überwiegend ältere Schiffe, weniger modern, hauptsächlich mit Freiwilligen bemannt. Die meisten von ihnen waren sich sicher, dass es von dieser Mission keine Heimkehr geben würde. Sie waren bereit, ihr Leben für die Zukunft ihres Volkes zu opfern. Ein Volk, das nicht von der Natur hervorgebracht worden war, sondern künstlich erschaffen von denjenigen, gegen die sie nun zu Felde zogen. Die ihre Geschöpfe – ihre Kinder – zuerst versklavt hatten und sie nun ausradieren wollten. Sie kämpften gegen diejenigen, die Leben erschaffen hatten und nicht bereit waren, diesem Leben eine eigene Zukunft zuzugestehen. Die Prakesch hatten sich zu Göttern erhoben und nun mussten die Götter gestürzt werden. Und wenn man sie nicht stürzen konnte, so wollte man doch so viele wie möglich mit in den Untergang reißen, der für die Ek'Thal von ihren Erschaffern vorgesehen war.

Gar Ek'Hakot hatte darauf bestanden, die Flotte zu kommandieren. Der Angriff auf Prakos war seine Idee gewesen und er sah es als seine Pflicht an, mit dabei zu sein, wenn er Zehntausende seines Volkes in den sicheren Tod schickte. Zudem war er alt und müde – und er sah die Zeichen am Horizont. Die Ek'Thal konnten nicht mehr siegen. Die Niederlage, die endgültige Vernichtung konnte nur noch hinausgezögert werden. Es blieb ihnen nur noch, sich zu rächen und so viele Prakesch wie möglich in den unvermeidlichen Untergang mitzunehmen.

Gar Ek´Hakot hatte im Laufe seines Lebens viele Schlachten geschlagen. Die meisten hatte er gewonnen. Er galt unter den Ek´Thal als strategisches Genie, als Kriegsheld und sogar als Glücksbringer. Es hieß, wer an seiner Seite kämpft, kehrt nach Hause zurück. Dies würde diesmal anders sein. Dessen war er sich sicher.

»Alle Schiffe haben Startbereitschaft gemeldet.«

Er hatte seinen Adjutanten nicht kommen sehen und zuckte überrascht zusammen.

»Ist alles in Ordnung, Kommandant?«, fragte der Adjutant besorgt.

»Natürlich. Ich war in Gedanken weit weg. Ein Vorrecht des Alters, das ich zu entschuldigen bitte, Kliror. Ich gebe ihnen nochmals die Gelegenheit, von Bord zu gehen. Sie haben mir viele Jahre gut gedient und ein Mann mit ihren Fähigkeiten sollte sein Leben nicht wegwerfen. Sie werden noch gebraucht, Kliror.«

»Kommandant, wohin sie gehen, gehe ich ebenfalls. Und bei ihrem sprichwörtlichen Glück würde es mich nicht wundern, wenn wir beide als Einzige lebend aus der Schlacht heimkehren. An ihrer Seite war immer der sicherste Platz«, erwiderte der junge Offizier lächelnd.

»Sie sind ein Narr. Ein liebenswerter Narr zwar, aber doch ein Narr. Bevor ich dafür keine Gelegenheit mehr habe, möchte ich mich bei ihnen für all die Jahre bedanken, die sie an meiner Seite ausharren mussten.«

»Die besten Jahre meines Lebens, Kommandant«, erwiderte Kliror und verbeugte sich leicht.

»Genug der Sentimentalitäten«, entschied Gar Ek´Hakot, ebenfalls lächelnd. »Geben sie den Befehl zum Aufbruch. Die Schiffe sollen die berechnete Formation einnehmen. Hoffen wir, dass unser verwegener Plan aufgeht.«

Kurz darauf gingen die Kampfschiffe in den Phasenflug. An Bord der Schiffe herrschte überwiegend gespenstische Stille. Allen war klar, dass die meisten von ihnen sterben würden. Das Prak-System galt als das am besten gesicherte Sonnensystem im Reich der Prakesch. Die dort stationierte Heimatschutzflotte bestand aus zwanzigtausend der modernsten Kampfeinheiten. Auch wenn Spione und Langstreckenscans Hinweise gaben, dass kürzlich etwa ein Drittel dieser Flotte abgezogen worden war, so stand man doch einer moderneren und besser bewaffneten Übermacht entgegen. Der Plan war sehr einfach: ungeachtet der Verluste genug Schiffe durch den Verteidigungsgürtel zu bringen, um maximalen Schaden anrichten zu können und im besten Fall das Heimatsystem der Prakesch vollkommen zu zerstören.

Fast zehntausend Schiffe der Ek´Thal fielen auf Höhe des vierten Planeten des Prak-Systems zurück in den Normalraum. Tiefer in das System einzudringen, war ausgeschlossen, da ein äußerst wirksamer

Verteidigungsmechanismus auf dem inneren Planeten erbaut worden war. Die gewaltige Anlage zapfte die Energie der roten Sonne an und legte ein Stringmodulationsfeld über das Innere des Systems, welches die Feinabstimmung der Phasenflugtriebwerke störte und Vektoränderungen zur Folge hatte, die einen Zielanflug unmöglich machten. Bei einem Flug mit Überlichtgeschwindigkeit genügten wenige Nanosekunden Einwirkung, um aus dem System herausgeschleudert zu werden. Innerhalb der Umlaufbahnen der inneren vier Himmelskörper war ein Phasenflug schlichtweg nicht möglich. Die fast zehntausend Angreifer hatten den Auftrag, dieses Verteidigungsbollwerk auszuschalten, um den Weg für den Rest der Flotte freizumachen, der eine Stunde später folgen sollte. Natürlich war die anfliegende Flotte der Ek'Thal von den Prakesch lange vor ihrer Ankunft angemessen worden. Sie wurden in der Umlaufbahn des vierten von acht Planeten von mehr als dreizehntausend Verteidigern erwartet.

Mit maximaler Geschwindigkeit stürzten die ersten Schiffe zurück in den Normalraum und trafen sofort auf heftiges Abwehrfeuer. Innerhalb der ersten zwei Minuten verloren die Ek'Thal mehr als einhundert Schiffe. Lautlose Explosionen ließen Dutzende kleiner Sonnen aufflammen. Die Ek'Thal flogen mit halber Lichtgeschwindigkeit weiter in das Prak-System ein. Bis zur Schussweite auf den inneren Planeten lag fast eine Stunde vor ihnen. Eine

Stunde gegen einen vielfach überlegenen Feind.

Gar Ek´Hakot hatte darauf verzichtet, einen Schutzanzug zu tragen. Bei einem Volltreffer nutzte dieser sowieso nichts, und sollte er die Vernichtung seines Schiffes überleben, wollte er nicht stundenlang im Raum treiben – ohne Hoffnung auf Rettung. Und erst recht wollte er den Prakesch nicht lebend in die Hände fallen.

»Verlustmeldung?«, fragte er mit ruhiger Stimme, die seine innere Anspannung verbarg.

»Bisher dreihundertsechzig Schiffe«, kam die unerfreuliche Antwort des taktischen Offiziers. Nach nur drei Minuten im Kampfgetümmel lag dies deutlich über den Berechnungen der taktischen KI. Die Chance, den inneren Planeten zu erreichen, sank nahe an die kritische Schwelle. Wenn sie zu viele Schiffe zu früh verloren, würden die Verluste im Lauf der Schlacht weiter ansteigen und die Übermacht der Prakesch würde immer stärker ins Gewicht fallen.

Gar Ek´Hakot warf einen Blick auf das Taktikhologramm und traf eine Entscheidung.

»Das dritte Geschwader soll sich umformieren und auf die linke Flanke durchbrechen. Scheinbarer Zielvektor der dritte Planet – Prakos. Vielleicht können wir dadurch einige Feindeinheiten von uns ablenken«, befahl er.

»Kommandant!« Entsetzt wandte sich der Taktikoffizier zu ihm um. »Damit entblößen wir unsere eigene Position.«

»Das ist mir bewusst, aber wir müssen den Anschein erwecken, nach Prakos vorstoßen zu wollen. Leiten sie den Befehl weiter!« Er zögerte kurz und fuhr mit schärferer Stimme fort. »In Zukunft wünsche ich, dass sie meine Befehle nicht infrage stellen!«

Noch bevor der Offizier antworten konnte, dröhnte die Schiffszelle und eine heftige Vibration durchlief das Schiff.

»FTL-Torpedotreffer im Antriebsbereich. Schutzschirme halten, sind jedoch bei nur noch zwanzig Prozent!«, rief der zweite Offizier aus.

»Versetzen sie uns in Rotation«, ordnete Gar Ek´Hakot an. Der Befehl erfolgte gerade noch rechtzeitig. Erneut vibrierte das gesamte Schiff.

»Zweiter Treffer aus dem gleichen Vektor. Diesmal im Bugbereich. Die vorderen Schutzschirme halten, sind jedoch ebenfalls geschwächt.«

»Sämtliche Notenergie auf die Schirme. Alles abschalten, was nicht notwendig ist, und alle Energie in die Defensivsysteme«, rief Gar Ek´Hakot aus.

»Zwei Zerstörer schieben sich zwischen uns und den Angreifer«, berichtete der Taktikoffizier. Das Kommandoschiff befand sich im Zentrum einer mehrfach gestaffelten Kugelschale eigener Einheiten. Die beiden Treffer mussten Zufall gewesen sein. Einer der Zerstörer explodierte beim Einschlag eines weiteren überlichtschnellen Torpedos. FTL-Torpedos arbeiteten auf einem anderen Prinzip eines überlichtschnellen Fluges, der von dem Modulationsfeld unbeeinflusst blieb. Leider war dieser für Raumschiffe ungeeignet, da die hiermit überbrückbaren Distanzen stark begrenzt waren. Dann wurde das feindliche Schiff endlich im konzentrierten Abwehrfeuer mehrerer Geschütze aus Gar Ek'Hakots Verband vernichtet.

Die gesamte Formation raste mit Höchstgeschwindigkeit weiter in das System, scheinbar in Richtung des zweiten Planeten Hokunda, der wichtigste Produktionsstätten der Prakesch beherbergte. Erst kurz vor Erreichen des Planeten würde man zum tatsächlichen Ziel umschwenken.

Die Prakesch schossen Schiff um Schiff ab. Zum Glück befand sich bei der Heimatflotte keines der überschweren Schiffe, die eine Gravitonenwaffe mit sich führten. Gar Ek'Hakot hatte in den Tagen vor dem Angriff dafür gesorgt, dass Doppelagenten dem Feind die Nachricht eines bevorstehenden Angriffs einer großen Flotte auf ein wichtiges Agrarsystem der Prakesch zugespielt hatten. Er setzte seine Hoffnung darauf, dass die schlagkräftigsten Schiffe dorthin verlegt worden wären und auf die Flotte der Ek'Thal lauern würden – eine Flotte, die nie erscheinen würde. Bisher schien sich diese Hoffnung zu bestätigen.

Nach fünfzehn Minuten hatten die Ek'Thal fast ein Drittel ihrer Schiffe verloren. Gar Ek'Hakots Verband musste geringere Verluste hinnehmen, da sich viele der anderen Kampfeinheiten zu seinem Schutz geopfert hatten. Jeder Verlust versetzte ihm einen Stich ins Herz. Trotzdem war die äußere Verteidigungsschale um sein Schiff fast vollständig aufgerieben worden.

Die Prakesch mussten aus dem bisherigen Verhalten der Ek'Thal zwangsläufig den Schluss ziehen, dass der Angriff nicht dem dritten Planeten Prakos galt, sondern dem Produktionsplaneten Hokunda. Prakos selbst war nochmals von einem dichten Ring schwer bewaffneter Orbitalplattformen umgeben, der einen Angriff unmöglich zu machen schien. Hokunda hingegen war ein leichter zu zerstörendes und ebenso erstrebenswertes Ziel.

Dann kam die inzwischen auf nur noch etwas mehr als zweitausend Schiffe zusammen-geschrumpfte Angriffsflotte in die Nähe von Hokunda. Die Prakesch hatten zwar auch über eintausend Schiffe verloren, waren jetzt jedoch sechs zu eins überlegen. Gar Ek'Hakot verlor Schiffe im Sekundentakt. Die Prakesch gruppierten den größten Teil ihrer Flotte um und bezogen Abfangstellungen um den wichtigen Produktionsplaneten. Es war inzwischen klar, dass Prakos nicht das Ziel dieses Angriffes sein konnte, und auch die vorsorglich dort verbliebenen Kampfeinheiten eilten herbei, um ihren Anteil am sicheren Sieg über die Ek'Thal zu beanspruchen. Es schien für die noch vorhandenen Schiffe der Angreifer unmöglich, dem Planeten nahezukommen. Dann befahl Gar Ek'Hakot den Kurswechsel.

Der Angriffszeitpunkt war so gewählt worden, dass sich der erste und der zweite Planet bei ihrem jeweiligen Umlauf um die Sonne am nächsten kamen. Das verwegene Manöver hätte keinen Sinn gemacht, solange beide Planeten auf der gegenüberliegenden Seite der Sonne standen. So betrug der Abstand nur wenige Millionen Kilometer, die in kürzester Zeit zu überbrücken waren. Die Ek'Thal mussten nur auf fünf Millionen Kilometer herankommen, um die Oberfläche unter Beschuss nehmen zu können.

Blitzartig zogen sich Gar Ek'Hakots restliche Schiffe zusammen, schwenkten um zwanzig Grad ab und scharten sich noch enger um das Kommandoschiff. Es dauerte nur wenige Augenblicke, bis die taktischen KIs der Prakesch die veränderte Situation analysierten und das wahre Ziel des Angriffs erkannten. Doch es war zu spät, die überwiegend um Hokunda versammelten Verteidiger jetzt noch zwischen die Angreifer und den inneren Planeten zu werfen. Einige versprengte Einheiten versuchten, die Ek'Thal aufzuhalten, während die Abfangflotte sich aus ihrer Position vor Hokunda löste und hinter dem Feind herjagte.

In den nächsten Minuten entbrannte ein verzweifelter Kampf, der alles Bisherige weit übertraf. Einige Schiffe der Prakesch versuchten kurze Phasenflüge, in der Hoffnung, sich zwischen die Ek'Thal und das Ziel setzen zu können. Sie strandeten allesamt irgendwo am Rand des Systems.

Todesmutige Kommandanten riskierten die völlige Überlastung ihrer Triebwerke bei dem Versuch aufzuholen. Mehrere Schiffe der Prakesch explodierten daraufhin mit durchgehenden Energiemeilern. Trotzdem verfügten sie nach wie vor über die moderneren Schiffe und kamen allmählich immer näher. Es war ein Wettlauf darum, wer zuerst in Schussweite kommen würde. Die Prakesch auf die Ek'Thal – oder die Ek'Thal auf den Planeten.

Gar Ek'Hakot saß in seinem Kommandosessel, die Arme entspannt auf den Lehnen. Er war jetzt auch innerlich ganz ruhig. So oder so – es gab kein Zurück mehr. Sie mussten ihre Mission erfolgreich erfüllen oder die wenigen Hundert Schiffe, die in den nächsten Minuten als Nachhut in das Prak-System einfliegen würden, konnten Prakos nie erreichen. Oder er würde zuvor sterben und nie erfahren, ob der Angriff auf den Heimatplaneten der Prakesch gelungen war.

»Gebt das Startsignal an den Rest der Flotte«, gab er den Befehl. Ein Phasensignal ging an die in einem nahen, unbewohnten Sonnensystem versteckt liegenden Einheiten. Sie hatten sich über viele Tage einzeln und vorsichtig dort versammelt, um nicht die Aufmerksamkeit der Prakesch zu erregen. Sie waren die eigentliche Angriffseinheit – die zehntausend geopferten Schiffe mit ihren Besatzungen hatten nur die Aufgabe gehabt, ihnen den Weg zum Ziel zu bereiten.

Um das Kommandoschiff herum explodierten die

ersten Raumer im Feuer der FTL-Torpedos, Quantenimpulse und Hyperkanonen. Nur noch eine Abwehrschale schützte das Flaggschiff vor dem Feind. Gar Ek'Hakots Flotte war auf weniger als eintausend Einheiten zusammengeschrumpft.

»Wie lange noch?«, fragte er.

»Nur noch wenige Mikrozyklen«, kam die Antwort.

Eine schwere Erschütterung durchlief das Schiff.

»Treffer im Heckbereich. Der Schirm wurde durchschlagen. Sektionen acht bis zehn sind verloren«, meldete eine Stimme, die Gar Ek'Hakot keinem Gesicht zuordnen konnte. Er schloss die Augen. Es gab nichts, was er jetzt noch tun konnte.

»Noch fünf – vier – drei – zwei – eins – Feuerreichweite erreicht!«, kam der triumphierende Ruf des Waffenleitoffiziers.

Gar Ek'Hakot brauchte keinen Feuerbefehl zu erteilen. Alles war bereits besprochen und lief automatisch ab. Sofort schossen die verbliebenen Schiffe der Ek'Thal mit allem, was sie noch besaßen, auf die Oberfläche des Planeten. Der nahe an der Sonne kreisende, atmosphärenlose Planet erzitterte unter den Einschlägen der verschiedenen Waffensysteme. Verflüssigtes Gestein wurde bis ins All geschleudert, als hoch energetische Quantenenergiestrahlen den Fels verdampften. FTL-Torpedos rissen riesige Stücke aus dem Gesteinsmantel und die Hyperkanonen schufen kilometergroße Krater auf der

Oberfläche. Der genaue Standort der Anlage war nicht bekannt, aber die ungefähre Position hatten Spione der Ek'Thal ermitteln können. Dort brach nun die Hölle los. Nichts konnte den entfesselten Gewalten trotzen. Ein Viertel des kleinen Trabanten ging im Feuer der Ek'Thal unter, während gleichzeitig Gar Ek'Hakots Flotte weiter schrumpfte. Die heranjagenden Prakesch wüteten mit verbissenem Hass unter den Schiffen der Ek'Thal, die kaum noch Widerstand leisteten, sondern sich nur auf das vor ihnen liegende Ziel konzentrierten. Die Anlage musste ausgeschaltet werden, um den jeden Moment eintreffenden Kampfeinheiten eine Chance zu geben.

Dann war es so weit. Fast im gleichen Moment, als die Scanner und Sensoren den Zusammenbruch des Abwehrfeldes meldeten, kam die erlösende Nachricht von der taktischen KI.

»Unsere Einheiten fliegen soeben ins System ein. Sie fallen kurz vor Prakos aus dem Phasenflug.«

Es war gelungen. Der Abwehrriegel war durchbrochen.

»Angriff abbrechen. Alle noch flugfähigen Schiffe beidrehen und Fluchtkurs berechnen«, ordnete Gar Ek'Hakot an. Ab jetzt ging es nur noch ums eigene Überleben.

Auch die Prakesch hatten den selbst-mörderischen Plan inzwischen durchschaut. Das Feuer auf die verbliebenen zwei oder drei Dutzend Schiffe der noch vor kurzer Zeit zehntausend Schiffe umfassenden Vorhut wurde merklich weniger, als immer mehr Prakesch abdrehten, um dem bedrohten Heimatplaneten beizustehen.

Ein erneuter Einschlag erschütterte das Flaggschiff.

»Kommandant, wir haben das Phasentriebwerk verloren«, meldete sein Adjutant. »Wir müssen sofort in eines der Beiboote.«

Mühsam erhob sich Gar Ek'Hakot aus seinem Sitz. Er verspürte weder Angst noch einen Willen zum Überleben. Seine letzte Mission war erfüllt. Hätte ihn sein Adjutant nicht mit sich gezogen, wäre er vielleicht niemals von Bord des sich auflösenden Kommandoschiffes entkommen. So gelang es dem Großteil der Besatzung, in die Beiboote zu wechseln und das Schiff zu verlassen, bevor es beim erneuten Einschlag eines FTL-Torpedos lautlos im All explodierte. Nur zwei der acht Beiboote gelang die Flucht aus dem System. Insgesamt entkamen nur zwanzig Schiffe.

Die dreihundert neu angekommenen Einheiten der Ek'Thal wurden vom Sperrfeuer der Orbitalplattformen empfangen. Die erste Angriffswelle verlor bereits mehr als die Hälfte der Schiffe. Nur einem Schiff gelang es, ein FTL-Torpedo auf das Ziel abzufeuern, es schlug im Ozean ein und vernichtet ein paar kleine, unbewohnte Inseln. Die inzwischen herbeigeeilten Kampfschiffe der Prakesch machten mit dem Rest der Flotte kurzen Prozess. Kein einziges Schiff kam dem Heimatplaneten nahe genug, um wirklichen Schaden anrichten zu können. Die gesamte

Mission war gescheitert.

Gar Ek´Hakot hatte überlebt und war seinem Ruf als Glückspilz treu geblieben.

31.

»Ich wünsche sofort eine Verbindung mit dem Kriegsminister«, forderte Wisera Konet, kaum dass der Alarm verklungen war. Sie hatte die letzte Stunde im Tiefenbunker unterhalb des Geheimdienst-komplexes auf dem Mond von Prakos zubringen müssen. Es brodelte in ihr. Die törichte Anordnung, ein Drittel der Schutzflotte für die Suche nach einem obskuren Forschungsplaneten der Ek'Thal abzuziehen, hätte beinahe zur Vernichtung des Heimatplaneten geführt. Sie hatte alle gewarnt, den Feind nicht zu unterschätzen. Selbst der Administrator hatte sie ausgelacht. Vielleicht sollte sie ihre Beziehung zu ihm überdenken. Die Ek'Thal hatten mit hohem Einsatz gespielt und diese Partie fast für sich entschieden. Es war nur dem Zufall zu verdanken, dass nicht mehr ihrer Schiffe Prakos unter Beschuss nehmen konnten, nachdem das Phasenfluktuationsfeld zusammengebrochen war. Nur ein FTL-Torpedo hatte geringen Schaden angerichtet. Hätte es eine stark bewohnte Region getroffen, wären viele Führungspersönlichkeiten der Prakesch ausgelöscht worden.

Insgeheim zollte sie dem Gegner Respekt. Der angetäuschte Angriff auf Hokunda hatte auch sie in die Irre geführt. Dass das wahre Ziel auf dem inneren Planeten lag, hatte selbst sie viel zu spät begriffen. Auch die Taktik, hierfür eine massive Flotte zu opfern, um einer kleineren Nachhut nach der Vernichtung der Abwehranlage den direkten überlichtschnellen Anflug auf Prakos zu ermöglichen, nötigte ihr widerwillige Bewunderung ab. Die Ek'Thal hatten einen hohen Preis für diesen Angriff bezahlt, der letztlich jedoch gescheitert war. Sie lehnte sich im Sessel an ihrem Büroterminal zurück. Es wurde Zeit, den Bürokratenköpfen die Augen zu öffnen.

»Die Verbindung steht«, meldete ihr Sekretär. Vor dem Terminal baute sich ein lebensgroßes Hologramm Hankor Beraks auf. Der Kriegsminister schien sichtlich erschüttert.

»Ich hatte sie gewarnt!«, kam Wisera ohne Umschweife zur Sache.

»Ich muss zugeben, dass sie recht behalten haben.« Dem Kriegsminister war der Schock immer noch anzusehen. »Es war leichtsinnig, ein Drittel der Heimatschutzflotte abzuziehen.«

»Wir hatten Glück, dass es nicht schlimmer gekommen ist«, streute sie Salz in die Wunde. »Wenn auch nur ein oder zwei Schiffe der Ek'Thal durchgekommen wären, stünde ganz Prakos in Flammen.«

»Ich habe sofort die Anordnung erteilt, unverzüglich zwei der schweren Zerstörer mit der Gravitonenwaffe an Bord ins Prak-System zu beordern, und die Schutzflotte wird wieder auf die alte Stärke aufgestockt.«

Wisera nickte beifällig, obwohl sie den Bürokraten verachtete. Seine Maßnahme war rein politischer Natur und nur zur Beruhigung der Öffentlichkeit bestimmt. Die Ek'Thal konnten diesen aus der Verzweiflung geborenen Plan kein zweites Mal durchführen. Das Prak-System würde keinen selbstmörderischen Angriff dieser Art mehr erleben. Der Feind konnte es sich nicht erlauben, erneut zehntausend Schiffe und eine riesige Anzahl von Mannschaften zu opfern.

»Ich werde wieder verstärkt Anstrengungen unternehmen, mehr über den ominösen Forschungsplaneten des Gegners in Erfahrung zu bringen. Unsere wichtigsten Systeme zu entblößen, hat sich hingegen als Fehler herausgestellt. Habe ich ihre Rückendeckung für dieses Vorgehen, Minister?«

»Selbstverständlich, Wisera. Ich werde ihre Position beim anstehenden Treffen mit dem Ersten Minister unterstützen.«

Hankor Berak wusste sehr genau, dass man einen Schuldigen für das Disaster suchen würde – und dass er ganz vorn auf der Liste stand. Er konnte jeden Verbündeten brauchen, wenn er sein Amt nicht verlieren wollte, und die Geheimdienstchefin war eine der besten Verbündeten, die man haben konnte. Nicht zuletzt wegen ihrer engen persönlichen Beziehung zum mächtigen Administrator des Prak-Systems.

»Ich freue mich, dass wir uns nun verstehen, Minister Berak«, beendete sie ohne weiteren Gruß das Gespräch.

Sie hatte nach wie vor keine Zweifel, dass es den

besagten Technologieplaneten wirklich gab. Die heutige Erfahrung bewies, dass die Ek´Thal unberechenbar waren. Wer hätte gedacht, dass sie bereit seien, für eine Verzweiflungstat derart viele Opfer zu bringen. Sie standen mit dem Rücken zur Wand und hatten die endgültige Niederlage vor Augen. Es war zu gewagt, davon auszugehen, dass sie bisherigen Verhaltensmustern treu blieben. Sie konnten durchaus entgegen ihrer Gewohnheit die Forschung zentralisiert haben. Einer solchen Annahme musste sie als Geheimdienstchefin nachgehen. Sie musste stets mit dem Undenkbaren rechnen und darauf vorbereitet sein. Keiner ihrer Agenten hatte den leisesten Hinweis auf einen bevorstehenden Angriff auf das Prak-System gegeben. In Wahrheit hatte *sie* heute ebenfalls versagt – und nicht nur der Kriegsminister. Es würde interessant sein, zu beobachten, wer aus der Führungsriege noch auf diesen Gedanken kommen würde. Auch deshalb erschien es ihr dringend geboten, die Suche nach dem geheimnisvollen Forschungsplaneten zu intensivieren. Wenn es ihn gab, wovon sie überzeugt war, ging von ihm die größte Gefahr aus. Niemand durfte auf den Gedanken kommen, sie sei nachlässig geworden. Dazu besaß sie zu viele Feinde in hochrangigen Positionen.

»Schicken sie umgehend Lora Ek`Ranor zu mir«, befahl sie ihrem Sekretär.

Nur kurz darauf betrat eine hochgewachsene, -gut aussehende Frau das Büro der Geheimdienstchefin. Ihre großen Augen, die fein geschwungene zierliche Nase, die ebenmäßige Kopfform und der perfekt gebaute Körper würden das Herz eines jeden männlichen Prakesch höher schlagen lassen – wenn ein Blick in die lilafarbenen Augen nicht sofort offenbaren würde, dass sie eine Ek´Thal war.

»Nehmen sie Platz«, bat Wisera Konet die Besucherin.

Geschmeidig ließ sich die Ek´Thal in einem Besuchersessel gegenüber Wiseras Kommunikationsterminal nieder. Jede ihrer Bewegungen strahlte eine kraftvolle Eleganz aus.

»Ich habe einen Auftrag für sie«, erklärte Wisera, ohne sich lange mit einer Vorrede aufzuhalten. Die geheimnisvolle Besucherin nickte leicht. »Sie haben ihre Ausbildung mit Bravour beendet. Bevor ich sie in den Einsatz schicke, möchte ich mich noch einmal vergewissern, dass sie wissen, worauf sie sich einlassen.«

Wieder war ein leichtes Nicken die einzige Reaktion. Bei genauerem Hinsehen hätte man ein hartes Funkeln in den wunderschönen Augen der Fremden nicht übersehen können.

»Sie stellen sich nicht nur gegen ihr eigenes Volk«, fuhr Wisera fort. »Sie riskieren ihr Leben. Sie riskieren es für die Sache der Prakesch. Ich will noch einmal von ihnen hören, warum sie dazu bereit sind! Hier sind sie nur eine Thalon – eine Sklavin, wie die Ek´Thal sagen würden. Dort wären sie frei und ihre eigene Herrin.«

»Frei?« Die Ek´Thal lachte bitter auf. »Meine Freiheit

wurde mir mit dem Tod meines Gefährten genommen.«

Wisera schwieg nachdenklich. Lora Ek`Ranor war eine gefährliche Psychopathin. Sie hatte ihren Lebensgefährten eigenhändig umgebracht, was sie jedoch vollkommen ausgeblendet hatte. Für sie lag die Schuld an seinem Tod nicht bei ihr.

Bei einem gemeinsamen Kampfeinsatz als Mannschaftsdienstgrade war ihr Schiff in einer Raumschlacht abgeschossen worden. Lora Ek`Ranor hatte ihren bewusstlosen Liebhaber an Bord des einzigen noch verfügbaren Rettungspods geschleift. Auf dem Weg dorthin hatte sie jeden Bordkameraden erschossen, der sich ihnen in den Weg gestellt hatte. Außer ihnen entkam niemand aus dem explodierenden Schiff. Der Pod brachte sie zu einer nahe gelegenen Dschungelwelt, wo sie mehrere Wochen ausharrten, bis ein Team der Prakesch sie auf der Suche nach eigenen Überlebenden zufällig fand. Sie saß völlig verstört neben dem verwesenden Leichnam ihres Gefährten. In seiner Brust steckte ein Messer. Aus den Aufzeichnungen des Pods und ihren wirren Aussagen ließen sich die Geschehnisse rekonstruieren.

Die schon immer psychisch instabile Ek´Thal war durch den Stress der Raumschlacht schlichtweg durchgedreht und von der Idee besessen, die Flottenführung habe sie absichtlich ins Verderben laufen lassen. Als sie ihrem Geliebten dann auf dem Dschungelplaneten berichtete, wie sie ihn gegen jeden

Widerstand aus dem brennenden Schiff gerettet hatte, machte er ihr heftige Vorwürfe ob ihres mörderischen Egoismus, sagte sich entsetzt von ihr los und drohte sogar damit, sie vor ein Kriegsgericht zu bringen. Er speicherte diesbezügliche Logbucheinträge auf dem Computer des Rettungspods. Sie ertappte ihn dabei und es kam zu einem Kampf, den der verletzte und geschwächte Ek´Thal verlor. Nun fühlte sie sich nicht nur von ihren Artgenossen verraten, sondern auch von ihm – ihrer großen Liebe. Dies führte zu ihrem endgültigen geistigen Zusammenbruch. In ihrer Vorstellung hatte die Flottenführung sie vorsätzlich in eine Falle laufen lassen und war schuld am Tod ihres Geliebten, den sie nur als Leiche von Bord mitnehmen konnte. Alles, was auf dem Planeten geschehen war, blendete sie vollkommen aus. Dabei war sie nicht dumm oder unfähig, planvolle Handlungen zu unternehmen – ganz im Gegenteil. Lora Ek`Ranor war hoch-intelligent und durchtrieben, wandlungsfähig und zielstrebig. Nur, wenn es um die Geschehnisse rund um ihren toten Freund ging, lebte sie in einer eigenen Realität. Allerdings war sie auch paranoid, gewalttätig, soziopathisch und eine pathologische Lügnerin – was sie potenziell zu einer exzellenten Agentin machte. Nach dem Training bei der Wisera Konets Organisation unterstehenden Ausbildungseinheit war sie zu einer tödlichen Waffe ohne Skrupel und Schuldbewusstsein geworden.

»Sind sie bereit, einen wichtigen Auftrag anzunehmen,

der sie zurück zu den Ek´Thal führt?«

»Alles, was diesen Verrätern Schaden zufügt, werde ich mit Begeisterung angehen«, antwortete Lora Ek`Ranor, ohne zu zögern. »Sie sind nicht nur zu Verrätern an ihren Erschaffern geworden, sondern auch an den eigenen Leuten – an mir. Sie haben uns alle verraten. Die Prakesch haben mich fair behandelt – die Ek´Thal haben mein Leben zerstört. Ich gehöre nicht mehr zu diesen Verbrechern. Meine Loyalität gehört ihnen, Wisera!«

Die Geheimdienstchefin nickte zufrieden lächelnd. »Dann hören sie jetzt genau zu!«

32.

Eine hell leuchtende gelbe, junge Sonne strahlte inmitten der sie umkreisenden, von innen nach außen dunkler werdenden gelben, orangefarbenen und rötlichen verschieden breiten Ringe. Zwischen den majestätischen Lichtbändern sah man dunklere, teilweise fast schwarze Abschnitte. Der äußere Ring ging allmählich von dunklem Rot in die Schwärze des Alls über.

Taraketian stand fasziniert vor dem großen Holodisplay auf der Kommandobrücke des Schiffes. Aus fast zwei Lichtjahren Entfernung hatten die hochauflösenden Langstreckenscanner ein Bild des in der Entstehung begriffenen Sol-Systems herangezoomt. Es erschien ihm fast wie ein Traum, seiner Heimat bei der Geburt zuschauen zu dürfen. Es konnten erst wenige Millionen Jahre vergangen sein, seit sich aus der Urwolke die Akkretionsscheibe gebildet hatte, in der nun die ersten Planetesimale entstanden, aus denen in den nächsten Millionen Jahren allmählich die bekannten Planeten wachsen würden.

Es war ein glücklicher Zufall, dass er sich genau 4,568 Milliarden Jahre in der Vergangenheit befand und diesen Moment beobachten konnte. Die Planetenentstehung aus dem ursprünglichen Staub- und Molekülnebel über die wunderschöne protoplanetare Scheibe erstreckte sich nur über wenige Dutzend Millionen Jahre. Danach würde von der Farbenpracht nichts mehr übrig bleiben.

Sie hatten sich nicht näher an dieses Naturwunder herangewagt, in der Angst, selbst die kleinste Ablenkung eines winzigen Staubteilchens könnte irreparable Konsequenzen für ihre Zeitlinie haben. Es galt unbedingt, alles zu vermeiden, was die Zukunft theoretisch verändern konnte.

»Wir sollten weiterfliegen«, riss Gre Ek´Noxul ihn aus seinen Gedanken. »Es behagt mir nicht, hier draußen herumzuhängen, ohne die taktische Situation in diesem Sektor zu kennen. Wenn uns ein Prakesch-Schiff zufällig ortet, hätten wir ein zusätzliches Problem.«

»Du hast recht«, stimmte Taraketian zu. »Aber ich musste das einfach sehen. Es ist ein Anblick, den ich nie wieder vergessen werde.«

Ihr Schiff beschleunigte und ging in den Phasenflug über. Das Hologramm verblasste. Taraketian fragte sich, ob er dies eventuell der letzte Blick gewesen sein könnte, den er jemals wieder auf das heimische System werfen würde. Das Sol-System, *sein* Sol-System war weit entfernt – mehr als vier Milliarden Jahre weit, und derzeit sprach wenig dafür, dass sie wieder in ihre Zeit heimkehren konnten.

Drei Stunden später fielen sie erneut in den Normalraum. Vor ihnen lag ein Doppelsystem aus einem braunen Zwerg und einer roten Sonne. Ein einsamer Gasgigant von Jupitergröße umkreiste beide Sonnen auf einer exzentrischen Umlaufbahn. Er besaß zwei Dutzend

Monde, von denen einer den verborgenen Stützpunkt der Ek´Thal beherbergte. Taraketian nahm an, dass sie bereits von den Scannern und Sensoren der Station erfasst worden waren. Gre Ek´Noxul setzte einen Kurs auf den siebten Mond des Planeten. Dort schrillten wahrscheinlich in diesem Moment die Alarmsirenen. Der unangekündigte Besuch eines Raumschiffes, wenn auch eigener Bauart, dürfte für einige Aufregung sorgen. Über Normalfunk rief Gre Ek´Noxul den Stützpunkt an.

»Hier spricht das Schiff 13-455-7. Wir befinden uns auf einer Sondermission und benötigen Hilfe. Geben sie uns bitte einen Anflugvektor und einen Leitstrahl.«

Fast augenblicklich heulten Alarmsignale auf und Anzeigen im taktischen Display begannen zu blinken.

»Wir wurden von aktiven Waffensystemen auf der Mondoberfläche erfasst«, meldete An Ek´Wuquol.

»Wir sind keine Bedrohung und kommen in friedlicher Absicht«, funkte Gre Ek´Noxul. »Wir haben die Schirme heruntergefahren und unsere Waffensysteme sind deaktiviert, wie sie leicht auf ihren Instrumenten sehen können. Ich wiederhole: Wir sind keine Bedrohung!«

»Wir befinden uns weiterhin in der Zielerfassung«, rief An Ek´Wuquol aus.

»Bring´ uns in einen Orbit um den Mond. Solange sie uns keinen Anflugvektor geben, haben wir keine Ahnung, wo wir landen sollen.«

Es war ein unerfreuliches Gefühl für Taraketian,

Waffensysteme auf das Schiff gerichtet zu wissen, die es innerhalb von Sekundenbruchteilen pulverisieren konnten. Ohne Schutzschirme waren sie der Situation hilflos ausgeliefert und konnten nur hoffen, dass dort unten niemand mit einem nervösen Zeigefinger saß. Langsam schwenkten sie in einen niedrigen Orbit ein. Das taktische Display zeigte, dass die Zielerfassung ständig auf sie gerichtet blieb. Glücklicherweise hatte man sich im Stützpunkt bisher dafür entschieden, keinen Feuerbefehl zu erteilen.

Gre Ek´Noxul fuhr inzwischen ununterbrochen damit fort, Friedensbotschaften zu senden und die Besatzung der Ek´Thal-Station davon zu überzeugen, dass sie keine feindlichen Absichten hegten. Dann klang eine Stimme in den permanent auf Empfang geschalteten Lautsprechern auf.

»Unbekanntes Schiff. Halten sie sich bereit, ein Kommando an Bord zu empfangen. Jede feindselige Handlung wird mit der sofortigen Vernichtung ihres Schiffes beantwortet, ungeachtet dessen, ob sich Truppen von uns an Bord befinden. Kommen sie also nicht auf dumme Gedanken.«

Gre Ek´Noxul antwortete sofort.

»Sie haben von uns nichts zu befürchten. Ihre Abgesandten werden als Freunde begrüßt.«

Es erfolgte keine weitere Antwort, aber die Scanner zeigten, dass ein kleines Shuttle von der Oberfläche abhob.

Am Startpunkt war außer einem Felsmassiv nichts zu sehen. Es schien aus einem unterirdischen Hangar ausgeschleust worden zu sein. Innerhalb weniger Minuten erreichte es den Orbit und näherte sich ihrem Schiff.

»Geben sie uns eine Schleuse zum Andocken.«

An Ek´Wuquol aktivierte eine der Außenschleusen, die daraufhin von einem blinkenden Band aus weißem Licht umrahmt wurde. Das Shuttle steuerte auf die markierte Schleuse zu und dockte dort an.

»Es ist sicher besser, wenn ihr beiden erst einmal in eine Kabine geht«, schlug Gre Ek´Noxul vor. »Es könnte zu Missverständnissen führen, wenn das Erste, was das Enterkommando sieht, zwei Prakesch auf der Kommandobrücke sind. Ich werde unsere Besucher auf eure Anwesenheit vorbereiten.«

Elramuk nickte zustimmend und auch Taraketian sah die Notwendigkeit hierfür ein. Beide verließen die Brücke, um in einer Kabine darauf zu warten, zurückgerufen zu werden.

Es verging ungefähr eine halbe Stunde, bevor das Interkom einen Anruf signalisierte. Taraketian nahm den Anruf an. Gre Ek´Noxul erschien auf dem Holoschirm. Hinter ihm stand ein Ek´Thal und richtete einen Strahler auf seinen Kopf.

»Jemand wird euch aus der Kabine abholen. Es wird eine Waffe auf euch gerichtet sein. Macht bitte nichts Unüberlegtes.«

»Verstanden«, antwortete Taraketian knapp und unterbrach die Verbindung. Er und Elramuk blickten sich wortlos an.

Kurz darauf löste sich der Energieschirm der Tür auf und vier Soldaten standen mit gezogener Waffe vor dem Eingang zur Kabine. Taraketian und Elramuk hatten sich mitten in den Raum gestellt, die Arme zur Decke gestreckt.

»Keine schnellen Bewegungen, lasst die Arme oben und kommt mit zur Brücke«, schnarrte einer der Soldaten.

Die beiden gehorchten schweigend. Später würde genug Zeit für erklärende Worte sein, jetzt kam es nur darauf an, jeden Verdacht zu zerstreuen, sie könnten feindliche Kämpfer sein.

Sie mussten vorangehen, die Waffen aller drei Männer und einer Soldatin ständig auf ihren Rücken gerichtet. In der Zentrale fanden sie ihre drei Bordkameraden in ihren Sesseln sitzend vor, jeder von ihnen ebenfalls von einem bewaffneten Soldaten bewacht. In der Mitte des Raumes stand ein Ek´Thal und studierte die Anzeigen des Schiffscomputers. Er musste der hochrangigste Offizier des Enterkommandos sein.

»Warum kann ich keine Daten abrufen, die älter als ein Tag sind?«, wollte er von Gre Ek´Noxul wissen.

»Diese Daten erfordern eine höhere Sicherstufe, als sie sie besitzen«, antwortete Gre Ek´Noxul.

»Ich will wissen, woher das Schiff kommt. Aus welchem Sektor, welchem System, wohin es unterwegs ist, welche Ränge die Besatzung bekleidet und so weiter. Wie soll ich sonst überprüfen können, wer sie sind und ob sie eine Gefahr darstellen. Zudem haben sie zwei Prakesch an Bord, über deren Herkunft sie nichts verraten wollen.«

»Sie besitzen hierfür nicht die notwendige Sicherheitsstufe«, beharrte Gre Ek´Noxul.

»Na schön – ihr Schiff kann nicht im Orbit verbleiben. Jeder, der hier zufällig vorbeikommt, könnte es orten. Sie werden folgende Koordinaten auf dem Mond anfliegen …«

Der Offizier nannte Rok Ek´Malzok, dem Dritten unter Taraketians Ek´Thal-Freunden, eine Reihe von Daten, die dieser der Navigations-KI eingab. Zwei der Soldaten kehrten zum Shuttle zurück, um es abzutrennen und zurück zu seiner Basis zu fliegen. Die anderen behielten Taraketian und seine Mannschaft mit weiterhin angelegten Waffen im Auge. Die Navigations-KI steuerte das Schiff auf die felsige, atmosphärenlose Mondoberfläche hinunter. Sie schienen auf eine massive Felswand zuzuhalten, als sich dort ein Hangartor öffnete, welches zuvor nicht vom Rest des Felsens zu unterscheiden gewesen war. Hinter dem Tor verbarg sich eine Halle, die das Schiff mühelos aufnehmen konnte. Die KI flog hindurch und setzte das Schiff sanft auf. Die Triebwerke fuhren herunter und alle Systeme gingen in den Stand-by-Modus.

»Aussteigen!«, befahl der Anführer ihrer Bewacher knapp. Unter den wachsamen Augen der Soldaten verließen Taraketian, Elramuk und die drei Ek'Thal ihr Schiff. Ohne weitere Anweisungen oder Fragen führte man sie zu einem Abschnitt, der ein Gefängnis beherbergte. Dort wurden sie in Einzelzellen untergebracht.

»Jemand wird kommen und sie alle verhören. Wir gehen hier keine Risiken ein«, erklärte der Offizier Taraketian zum Abschied. »Wenn sie ihre Identität nicht zweifelsfrei und eindeutig belegen können, fackeln wir nicht lange. Dies ist ein geheimer, militärischer Stützpunkt und feindselige Eindringlinge werfen wir einfach hinaus – ohne Schutzanzug!«

33.

Das Waisenhaus war ein übler Ort für den kleinen Valkodur Kaldhar. Zusammen mit sieben anderen Kriegswaisen musste er sich ein Zimmer teilen. Vier doppelstöckige Betten, jeweils zwei hintereinander an den Seitenwänden, ein kleines, vergittertes Fenster zum Hof an der Stirnseite und in der Mitte ein Tisch mit nur vier Stühlen bildeten die kärgliche Einrichtung. Lediglich das veraltete Holodisplay neben der Tür zu ihrem Zimmer brachte hin und wieder etwas Abwechslung in den eintönigen Alltag. Es gab keinen Schrank, und jeder der Jungen verfügte lediglich über eine Kiste unter den Betten, um seine Habseligkeiten aufbewahren zu können. In Valkodurs Kiste befand sich außer seinem kleinen Spielzeug-Kampfroboter so gut wie nichts. Die uniformähnliche Einheitskleidung wurde täglich frisch gewaschen neu ausgegeben. Auf Reinlichkeit legte man in der Anstalt sehr großen Wert. Dazu gehörte auch das zweimalige Duschbad an jedem Tag. Morgens mit eiskaltem Wasser zur Abhärtung, und abends lauwarm, um den Schweiß nach der nachmittäglichen Sportstunde abwaschen zu können.

Das Waisenhaus stand unter der Leitung des Militärs, was die harten Bedingungen erklärte. Nachdem der Tod von Valkodurs Mutter bestätigt worden war, ihre Leiche fand sich unter den Trümmern eines eingestürzten

Hochhauses, galt er offiziell als Waise einer Militärfamilie. Sein Nennonkel Kanrakar war nur kurz nach dem Angriff auf Valkodurs Heimatwelt bei einer Schlacht in einem anderen System ebenfalls ums Leben gekommen. Somit blieb niemand, der sich um ihn hätte kümmern können. Lediglich General Sakoro, der ihn aus der panischen Menge gerettet hatte, fühlte sich verpflichtet, etwas für den Kleinen zu tun. Er brachte ihn in einem Waisenhaus des Militärs unter und versprach, sich um seine Zukunft zu kümmern, wenn die Zeit gekommen war. Zunächst war er durch den Krieg viel zu sehr beschäftigt, als dass er sich selbst um die Erziehung Valkodurs kümmern konnte.

Demnächst würde für Valkodur die Schule beginnen und er erhoffte sich davon etwas Abwechslung in seinem langweiligen Alltag. Die morgendliche Spielstunde gemeinsam mit Dutzenden anderer Kinder, das Mittagsmahl in der riesigen Halle, der obligatorische Mittagschlaf danach und die darauf folgende Sportstunde waren ein monotoner Ablauf, der sich tagtäglich wiederholte. Die beste Zeit des Tages war, wenn die Jungen nach dem Abendessen und vor Beginn der Schlafenszeit eine Stunde beliebte Kindersendungen auf ihrem Zimmer anschauen durften. Das altersschwache Holodisplay ruckte und zuckte zwar manchmal, aber *Die Abenteuer des Raumkadetten Hilgor Seram* oder *Das Kampfschiff der Vergeltung* ließen sie von einer Zukunft an Bord eines der gewaltigen Raumkreuzer der Prakesch träumen. Den

Kindern war nicht bewusst, dass genau dies der Zweck der allabendlichen Zurschaustellung militärischer Heldentaten war – neues, bereitwilliges Kanonenfutter für den bereits Jahrtausende währenden Krieg gegen die Ek'Thal zu rekrutieren. Begriffe wie Indoktrination und Gehirnwäsche spielten in den Gedanken eines Fünfjährigen keine Rolle.

Maronkar, einer von Valkodurs Zimmergenossen, hatte sich in letzter Zeit als unangenehmer Bursche herausgestellt. Er war derjenige, der bereits die längste Zeit von allen im Waisenhaus zugebracht hatte, und bildete sich ein, die anderen schikanieren zu können. Seit den ersten Tagen nach Valkodurs Aufenthalt hatte er den Neuankömmling beobachtet. Nachdem er herausgefunden hatte, dass Valkodur weder über entfernte Verwandte verfügte, die Schwierigkeiten machen konnten, noch besondere Beziehungen zu einer der Pflegerinnen zu haben schien, erkor er ihn zu seinem Hauptopfer aus.

Es begann damit, dass er eines Tages verlangte, Valkodur müsse mit ihm das Bett tauschen. Bis dahin hatte Valkodur eines der oberen Betten am Fenster belegt, welches Maronkar nun für sich beanspruchte. Valkodur wagte es nicht, sich dem größeren und körperlich kräftigeren Jungen zu widersetzen, und räumte seine Schlafstelle. Jetzt schlief er direkt an der Tür in einem der unteren Betten. Da es ihm egal war, in welchem Bett er lag, störte ihn diese Episode nicht sonderlich. Ein paar Tage später verlangte Maronkar von ihm die Nachspeise beim

Mittagstisch. Wieder gab Valkodur ohne Widerstand nach, da er kandierte Grepfelbeeren sowieso nicht besonders mochte. Ihm war nicht bewusst, dass er durch seine Nachgiebigkeit den anderen nur noch mehr herausforderte.

Dass Maronkar wirklich auf Streit aus war, wurde ihm erst klar, als es zu dem Zwischenfall unter der Dusche kam.

»Schrubb´ mir den Rücken«, verlangte der ein Jahr ältere und kräftigere Junge beim abendlichen gemeinsamen Duschen und hielt ihm mit der linken Hand ein Stück Seife entgegen.

Valkodur ekelte sich davor, den schmutzigen und verschwitzten nackten Körper zu berühren. Obwohl er sich vor dem größeren Jungen fürchtete, schüttelte er den Kopf.

»Nein, das mache ich nicht!«, brach es aus ihm heraus.

»Ich sage es kein zweites Mal!«, kam die Antwort postwendend. Die Hand mit der Seife blieb fordernd ausgestreckt. Erneut schüttelte Valkodur den Kopf.

Schweigend vergingen einige Sekunden. Die anderen Jungen im Duschraum hatten inzwischen mitbekommen, dass sich eine Auseinandersetzung anbahnte. Niemand hätte einen Credit auf den jüngeren und vor allem kleineren der beiden gesetzt. Es war allgemein bekannt, dass man sich mit Maronkar besser nicht anlegte. Alle Köpfe wandten sich den beiden zu und instinktiv traten die am nächsten Stehenden einen Schritt zurück. Für einen Moment war nur das Rauschen des Wassers aus den aufgedrehten Brausen zu hören.

Maronkar ließ die Seife fallen. »Heb´ sie auf!«, forderte er.

Valkodur wusste nicht genau, was ihn bewegte, zum dritten Mal tapfer den Kopf zu schütteln. »Heb´ sie selbst auf«, gab er zu seiner eigenen Überraschung zurück.

Maronkar holte aus und landete eine krachende Rechte an Valkodurs Schädel. An der Schläfe öffnete sich eine Platzwunde und Blut floss über die Wange zum Kinn. Valkodur taumelte zurück und konnte sich gerade noch auf den Beinen halten. Er verspürte seltsamerweise keinen Schmerz. Erst jetzt sah er, dass sein Gegenüber etwas in der Hand hielt, das zwischen den zu einer Faust geballten Fingern herausragte. Maronkar hatte vom Übungsplatz einen Stein mitgebracht, dessen keilförmige Spitze zwischen zwei Fingern sichtbar war. Er musste die Konfrontation bereits dort geplant haben. Valkodur spürte eine Wut in sich aufsteigen, die er so noch nie gefühlt hatte, nicht einmal an dem Tag, als die Nachricht vom Tod seines Vaters eingetroffen war. Irgendetwas in seinem Gehirn rastete ein, als würde man einen Schalter umlegen.

Mit einem Aufschrei stürzte er sich nach vorn auf sein Gegenüber. Der größere Junge war von dem unerwarteten Gegenangriff des kleineren und schmächtigeren Valkodur völlig überrascht. Er hatte nie damit gerechnet, dass der bisher willfährige Zimmergenosse sich plötzlich gegen seine Schikanen wehren würde. Für einen Augenblick zögerte er.

Dies genügte Valkodur, die geringe Distanz zu überbrücken. Er warf sich auf Maronkar und schlug ihm mit der Stirn auf das Nasenbein, eine Aktion, die er beim *Raumkadetten Hilgor Seram* schon oft gesehen hatte. Mit viel Glück traf er in genau dem richtigen Winkel. Das Nasenbein seines Kontrahenten zerbrach mit lauten Knacken und ein Blutschwall schoss Maronkar über das Gesicht. Beide gingen zu Boden, Valkodur obenauf. Er ließ nicht nach, packte den stöhnenden Maronkar recht und links am Kopf und schlug den Hinterkopf wieder und wieder auf die harten Bodenfliesen. Nach dem zweiten oder dritten Aufprall war erneut ein Knacken zu vernehmen. Die anderen Jungen standen wie erstarrt um die beiden herum. Außer dem ekelhaften Geräusch des immer wieder auf dem Boden aufprallenden Kopfes und dem Rauschen der immer noch laufenden Duschen war nichts zu hören. Maronkar hatte aufgehört zu stöhnen und hing schlaff unter dem kleinen Körper Valkodurs.

Dann packte diesen eine starke Hand von hinten an den Schultern und riss ihn von Maronkar weg. Eine der Pflegerinnen war in den Duschraum gestürmt, als sie die beginnende Auseinandersetzung auf einer Überwachungskamera beobachtet hatte. Für Maronkar kam ihre Hilfe zu spät. Der Schädelbruch und starke Hirnblutungen führten in der Folge zu motorischen Störungen, die es notwendig machten, ihn in ein Pflegeheim einzuweisen. Valkodur kam in eine Arrestzelle, die für Bestrafungen bei besonders schweren Verstößen gegen die Regeln des Heimes eingerichtet worden war. Nur die Auswertung der Videoaufnahmen, die eindeutig zeigten, dass der Angriff von Maronkar ausgegangen war, sein geringes Alter und die Intervention von General Sakoro, den man über den Vorfall unterrichtete, bewahrten Valkodur vor einer härteren Strafe. Das Ganze wurde als unglücklicher Unfall bei Streitigkeiten zweier Kinder beigelegt.

Danach wagte es keiner der anderen Jungen mehr, Valkodur zu schikanieren.

34.

»Mein Plan ist verheerend gescheitert. Ich bitte darum, mich von allen Positionen und Ämtern zu entbinden. Darüber hinaus werde ich jede weitere Maßnahme akzeptieren, die sie angesichts meines Versagens für angemessen halten.«

Gar Ek´Hakot saß in sich zusammengesunken vor dem Tribunal, dass man nach der vernichtenden Niederlage beim Kampf um das Prak-System einberufen hatte. Der greise Ek´Thal sah noch älter aus, als es seinen Jahren entsprach. Die hellgraue Haut schien noch faltiger, der schmächtige Körper noch gebrechlicher und gebeugter und die ehemals trotz seines hohen Alters funkelnden und wachen Augen hatten jeden Glanz eingebüßt.

»Wir sind nicht hier, um über sie zu richten«, sagte einer der drei vor ihm sitzenden Ek´Thal. »Wir müssen jedoch genau analysieren, welche Schlussfolgerung wir für die Zukunft aus diesem Disaster zu ziehen haben. Hierfür ist ihre Mitarbeit nicht nur erwünscht, sondern absolut notwendig. Niemand erhebt Anschuldigungen gegen sie.«

»Ich erhebe sie selbst«, warf der Alte ein. »Ich habe diesen Plan vorgeschlagen, ich habe ihn ausgearbeitet und ich habe die Durchführung befehligt. Die Verantwortung lastet auf meinen Schultern.«

»Wir haben den Plan alle unterstützt. Es gab keine Einwände. Wir alle tragen unseren Anteil an Schuld.«

Gar Ek'Hakot grunzte nur ablehnend. Er war davon überzeugt, dass er alleine die Verantwortung für den sinnlosen Tod unzähliger Ek'Thal zu tragen hatte. Nie wieder würde er auch nur einem Mitglied seines Volkes befehlen, in den Kampf zu ziehen. Nie wieder würde er mit ansehen müssen, wie sie im gegnerischen Feuer untergingen. Er hätte es begrüßt, wenn er ebenfalls auf dem Schlachtfeld geblieben wäre.

»Eine schonungslose Analyse lässt keinen Zweifel an unserer verzweifelten Lage«, fuhr der Vorsitzende des Tribunals fort. »Wir sind technologisch unterlegen, verlieren Sektor um Sektor, System um System und haben keine Möglichkeit mehr, verlorene Ressourcen schnell genug zu ersetzen. Unsere Hilfsvölker haben uns angesichts der drohenden Niederlage im Stich gelassen und auch die mit größten Anstrengungen vorangetriebenen Forschungen auf Salkona-Vier machen keine Fortschritte. Mir liegen die neuesten Berechnungen unserer KIs vor. Danach werden die Prakesch uns in dreißig Zyklen ausgelöscht haben, wenn sie unsere derzeitige Schwäche mit aller Macht ausnutzen. Selbst wenn sie vorsichtiger vorgehen, bleiben uns bestenfalls noch etwa fünfzig Zyklen.«

»Gar Ek'Hakot«, mischte sich einer der Beisitzer ein. »Auch wenn wir ihnen das Debakel im Prak-System nicht zur Last legen, halten wir es doch für angebracht, dass sie sich aus der aktiven militärischen Laufbahn zurückziehen. Sie haben unserem Volk über fast achtzig Zyklen unschätzbare Dienste erweisen. Aber es gibt tatsächlich Stimmen, die jüngere Persönlichkeiten in der militärischen Führungsebene fordern. Wenn ich sie recht verstehe, stellen sie sich dieser Entscheidung nicht entgegen.«

Gar Ek´Hakot nickte zustimmend. Ihm wurde bewusst, dass man ihn sehr wohl für das Fiasko verantwortlich machte, dies jedoch angesichts seiner Verdienste und seines Alters nicht direkt zum Ausdruck bringen wollte. Er hatte dafür Verständnis, hielt er sich doch auch selbst für verantwortlich. Allerdings war er gespannt, wie es mit ihm weitergehen sollte. Trotz des jüngsten Fehlschlags genoss er nach wie vor ein hohes Ansehen nicht nur bei vielen Mannschaftsdienstgraden, sondern, was noch wichtiger war, im Volk der Ek´Thal.

»Wir wollen auf ihre Fähigkeiten und ihre Dienste jedoch nicht vollständig verzichten,« mischte sich jetzt der zweite Beisitzer ein. Gar Ek´Hakot hatte den Eindruck, einer sorgfältig einstudierten Choreografie zu lauschen. Wahrscheinlich hatten die Drei vor Beginn der Sitzung besprochen, wie man ihm das, was nun folgen würde, am besten schmackhaft machen konnte.

»Es gibt einen Posten, einen letzten Dienst an unserem Volk, wenn sie so wollen, den wir gerne mit ihnen besetzen möchten. Entgegen unseren Gewohnheiten und durch die Situation erzwungen haben wir, wie sie wissen, unsere hervorragendsten Wissenschaftler auf Salkona-Vier zusammengezogen. Trotz aller Bemühungen gelingt es ihnen jedoch nicht, Fortschritte bei einem Abwehrsystem gegen die Gravitonenwaffe der Prakesch zu machen oder sie zu kopieren. Wenn dies nicht gelingt, ist unser aller Schicksal besiegelt. Wir brauchen dort einen Mann, der fähig ist, die Eifersüchteleien, die Intrigen und das Misstrauen, das zwischen den Wissenschaftlern herrscht, zu überwinden und zu beenden. Unsere einzige Chance besteht darin, auf Salkona-Vier endlich Fortschritte zu erzielen. Sie haben mehrfach bewiesen, dass es niemand besser versteht, Ek'Thal für ein gemeinsames Ziel zu motivieren und zu begeistern. Wir glauben, dass sie der richtige Mann für diesen Posten sind!«

Beinahe hätte Gar Ek'Hakot laut aufgelacht. Man verlangte von ihm, ein besseres Kindermädchen zu spielen. Die aufgeblasenen Egos Hunderter von Wissenschaftlern und Fachleuten, die auf dem Forschungsplaneten zusammenarbeiten sollten, standen einem Ergebnis im Weg, so weit stimmte er den Worten des Beisitzers zu. Ob er jedoch der Richtige war, die notorisch einzelgängerischen Ek'Thal dazu zu bringen, eine gemeinsame Aufgabe anzugehen, bezweifelte er stark. Als Militär dachte er vielmehr in hierarchischen Strukturen und verstand recht wenig vom Konzept gleichberechtigter Zusammenarbeit. Ihm war völlig klar, dass es dem vor ihm sitzenden Triumvirat eher darum ging, ihn aus der Schusslinie zu bringen und ihm einen ehrenvollen Teilruhestand zu gewähren, ohne seine immer noch zahlreich vorhandenen Sympathisanten gegen die gesamte Führung aufzubringen. Er verstand die Logik hinter diesem Plan und bewunderte die Drei insgeheim. Alle Seiten waren zufriedengestellt. Denjenigen, die ihm die Schuld an der Katastrophe im Prak-System gaben, würde man die Maßnamhme als Strafversetzung verkaufen, seinen Freunden als ehrenhaften letzten großen Dienst eines alten Mannes an seinem Volk; und für ihn selbst bot sich die Gelegenheit, der militärischen Verantwortung endgültig den Rücken zu kehren. Ein genialer Schachzug.

Lächelnd richtete er sich in seinem bequemen Sessel leicht auf. Es schien, als sei das tatkräftige Funkeln in seinen Augen wenigstens zum Teil zurückgekehrt. Er nahm sich vor, alle noch einmal zu überraschen. Er würde seine ganze ihm noch verbliebene Kraft dafür einsetzen, das Projekt zu einem erfolgreichen Abschluss zu bringen.

»Ich bedanke mich für die aufmunternden Worte und das Vertrauen, dass sie nach wie vor in mich setzen«, antwortete er. »Ich werde mich selbstverständlich dieser Herausforderung stellen und meine ganze Energie darauf verwenden, die kriegswichtigen Forschungen auf Salkona-Vier zu einem erfolgreichen Abschluss zu bringen.«

Es war deutlich spürbar, wie eine große Anspannung von den drei Ek´Thal abfiel. Das politisch heikle Manöver war ihnen geglückt – Gar Ek´Hakot nahm ihr Angebot ohne Murren an. Jeder hatte sein Gesicht gewahrt und man konnte wieder zur Tagesordnung übergehen. Ihnen war nicht bewusst, dass sie soeben über die Zukunft ihres Volkes entschieden hatten.

35.

»Ihre Freunde weigern sich, mir klare Antworten zu geben.«

Der nicht mehr ganz junge Ek´Thal in einer perfekt sitzenden Uniform nahm Taraketian gegenüber auf einem Stuhl Platz. Taraketian selbst saß auf der anderen Seite des Tisches in einem Verhörraum, in den man ihn vor wenigen Minuten gebracht hatte. Arme und Beine waren mit energetischen Fesselfeldern am Stuhl fixiert. Sie waren alleine in dem Raum und der Ek´Thal schien ein ranghoher Offizier auf diesem Stützpunkt zu sein. Seine nächsten Worte zeigten, dass Taraketian sich geirrt hatte – es war der Kommandant des Stützpunktes persönlich, der ihn verhörte.

»Als befehlshabender Offizier in dieser Station war ich besonders auf sie und ihren Freund gespannt. Es geschieht nicht jeden Tag, dass wir zwei Prakesch bei uns begrüßen dürfen.«

Seine Stimme troff vor Ironie. Taraketian beging nicht den Fehler, dieses Geplänkel als positives Zeichen zu werten.

»Ich hoffe, sie zeigen sich etwas gesprächiger«, fuhr der Offizier fort. »Ihre Gefährten behaupten, sie und ihr Freund seien Überläufer, die sich unserer Sache anschließen wollen und an einem abgelegenen Ort auf ihre Zuverlässigkeit überprüft werden sollen, bevor man sie in strategisch wichtigere Systeme bringt. Sie könnten ja schließlich Spione sein, die sich als Überläufer tarnen. Sie sehen, ich bin ganz offen mit ihnen. Was daran liegt, dass ich kein Wort dieser Geschichte glaube. Sie hat nämlich einen Schönheitsfehler: Keiner der drei Ek'Thal ist bereit, seinen Namen oder seinen Dienstgrad zu nennen. Somit können wir sie nicht überprüfen. Ich frage Sie: Warum sollte ein Ek'Thal so etwas tun? Oh … sie behaupten natürlich, auf einer Geheimmission zu sein und ihre Identität nicht preisgeben zu dürfen. Ich bitte sie – auf einem geheimen Stützpunkt ihres Volkes, wo sie unter Freunden sind? Das ergibt für mich absolut keinen Sinn. Aber vielleicht können sie mich aufklären?«

Taraketian hatte im Laufe seines langen Lebens in vielen Verhandlungen gesessen. Als Diplomat war er in allen Taktiken geschult. Eine Regel hatte er stets beachtet: Solange sein Gegenüber bereitwillig redete, gab es auch unfreiwillig Informationen preis, die später wichtig sein konnten. Der Offizier mochte ein guter Soldat sein – als Diplomat wäre er nicht viel wert gewesen. Also schwieg Taraketian beharrlich. Tatsächlich sprach der Stationskommandant unbeirrt weiter.

»Natürlich könnten wir eine Gehirnsondierung bei ihnen allen vornehmen. Leider hätte dies den unerwünschten Nebeneffekt, dass sie hinterher nur noch plappernde Idioten wären. Deshalb halte ich mich hier noch zurück. Aber glauben sie mir, wenn sie weiterhin schweigen, bleibt mir früher oder später nichts anderes übrig, als zu diesem für sie unerfreulichen Mittel zu greifen.«

Taraketian dachte nach. Wenn der Offizier davon überzeugt gewesen wäre, dass es sich bei ihnen um feindliche Kämpfer oder Agenten handelte, würde er nicht zögern, dieses Mittel anzuwenden. Er hatte demnach Zweifel, ob in der Geschichte, die sie ihm aufgetischt hatten, nicht doch ein Körnchen Wahrheit steckte. Den Geist seiner Gefangenen unwiederbringlich zu zerstören, konnte sich für ihn als Bumerang erweisen, falls er vorschnell handelte. Er schien eine Lösung, die es ihm ermöglichte, den Gefangenen zu vertrauen, geradezu herbeizusehnen. Die Alternative konnte seine sowieso schon ins Stocken geratene Karriere endgültig beerdigen. Hier konnte er einhaken.

»Wir sind nicht hier, um ihnen oder den Ek'Thal Schaden zuzufügen«, begann Taraketian. »Wir sind auch keine Agenten der Prakesch, aber wir können ihnen keine weiteren Informationen als diese geben. Jedes Wort zu viel von uns wäre tatsächlich eine Bedrohung für das Volk der Ek'Thal.«

»Das ist nur belangloses Gerede. Sagen sie mir irgendetwas, dass mich zum Nachdenken bringt.« Der Stationskommandant war zumindest bereit, weiter zuzuhören. Taraketian verbuchte dies als ersten Erfolg.

»Was ich sagen kann, ist dies: Die Ek'Thal werden den

Krieg gegen die Prakesch verlieren. Ihrer militärischen Führungsspitze ist das längst bekannt. Meine Leute und ich stellen die einzige Hoffnung für ihr Volk dar, den Untergang zu überleben.«

Das war streng genommen eine Lüge, denn die Ereignisse würden sich auch ohne ihre Einwirkung entfalten, wie die Zukunft, aus der sie kamen, gezeigt hatte. Seine Worte sollten den Offizier jedoch zum Nachdenken bringen. Taraketian war sicher, dass sich die verzweifelte Lage seines Volkes unter hohen Offizieren bereits gerüchteweise herumgesprochen hatte, auch wenn sie offiziell nicht bekannt gegeben wurde. Er setzte darauf, dass auch dieser Offizier unter der Hand schon davon gehört hatte. Die Antwort bestätigte seine Hoffnung.

»Auch wenn unsere Lage tatsächlich so verzweifelt sein sollte, wie sie behaupten, und ich sage nicht, dass dem so ist, haben sie mir damit noch immer keinen Grund gegeben, ihnen zu vertrauen.«

Taraketian hätte beinahe geschmunzelt. Der Offizier hatte seiner Einschätzung der militärischen Lage weder vehement widersprochen noch sich darüber lustig gemacht, auch hatte er gar nicht überrascht gewirkt. Er war völlig sachlich geblieben, als habe er dies nicht zum ersten Mal gehört. Er wusste oder ahnte zumindest, wie ernst die Situation für sein Volk tatsächlich war. Taraketian beschloss, alles auf eine Karte zu setzen.

»Ich bin unter einer Bedingung bereit, ihnen die volle

Wahrheit zu erzählen.«

»Und die wäre?«

»Wenn sie mir glauben, was ich zu sagen habe, werden sie uns helfen. Wenn sie mir nicht glauben, werde ich offiziell gestehen, ein Spion der Prakesch zu sein, und sie werden mich und meine Freunde unverzüglich hinrichten lassen. In beiden Fällen werden sie niemandem gegenüber auch nur ein Wort dessen, was ich Ihnen erzähle, verlauten lassen. Die Konsequenzen, wenn sie nicht schweigen, wären für ihr Volk und für mein Volk unübersehbar. Sobald sie die Wahrheit kennen, tragen sie das Schicksal der gesamten Galaxis mit auf den Schultern.«

Der Mann dachte kurz nach und schüttelte den Kopf.

»Warum sollte mich das Schicksal ihres Volkes kümmern?«

»Weil ich nicht bin, für was sie mich halten.«

»Ich verstehe nicht …«

»Ich mag zwar so aussehen, aber ich bin kein Prakesch!«

Der Offizier lachte verwirrt auf.

»Was sie sagen, ist Unsinn. Ich erkenne einen Prakesch, wenn ich ihn sehe. Oder wollen sie sagen, dass sie ein Ek´Thal in einem Prakesch-Klon sind? Ein Neuroscan hat bereits gezeigt, dass dies nicht der Fall ist. Sie besitzen nicht das typische Gehirnwellenmuster unserer Spezies.«

»Mehr werde ich nicht preisgeben, bis sie meinen

Bedingungen zustimmen«, beharrte Taraketian.

»Sie sind bereit, ihr Leben darauf zu verwetten, dass ich ihnen Glauben schenke?«

»Unter der Bedingung, dass sie – so oder so – niemals ein einziges Wort meiner Geschichte preisgeben werden. Niemandem gegenüber, unter keinen Umständen.«

»Das ist lächerlich«, wehrte der Kommandant ab.

»Wenn sie meine Geschichte gehört haben, werden sie diese Bedingung verstehen.«

Der Mann lehnte sich in seinem Stuhl zurück. Man konnte förmlich sehen, wie es hinter seiner Stirn arbeitete. Er ging kein Risiko ein, wenn er die Bedingung annahm. Glaubte er die Geschichte des geheimnisvollen Prakesch, dann würde er sich natürlich daran halten, glaubte er sie nicht, was er für wahrscheinlich hielt, dann konnte er zumindest melden, zwei Spione gestellt und hingerichtet zu haben. Dies konnte für seine weitere Karriere nicht schädlich sein.

»Na schön, ich akzeptiere!«

»Keine Aufzeichnungen und keine Zeugen«, machte Taraketian nochmals klar.

Sein Gegenüber stand kurz auf und verließ den Raum. Als er zurückkam, nickte er Taraketian zu.

»Ich habe den Befehl gegeben, unsere Unterredung unter keinen Umständen aufzuzeichnen. Alle Mikrofone und Kameras sind abgeschaltet. Ich gebe ihnen mein Wort darauf.«

Taraketian blieb nichts anderes übrig, als sich auf das Wort des Offiziers zu verlassen. Er hatte alles auf eine Karte gesetzt und musste sie nun aufdecken. Nun hoffte er, dass er nicht gerade im Begriff stand, den größten Fehler seines Lebens zu begehen.

»Mein Name ist Taraketian Wasgemur Drogarth. Ich entstamme dem Volk der Solaner und komme aus der Zukunft …«

36.

Der Frachter schwebte auf einem Neutrogravfeld aus dem niedrigen Orbit zum Raumhafen von Kolbar hinunter. Lora Ek`Ranor beobachtete die Landung auf dem Holodisplay in ihrer Kabine.

Seit mehreren Wochen war sie unterwegs, um sich in das Gebiet der Ek´Thal einzuschleichen. Vom Prak-System hatte sie eine Militärfregatte in das Hoheitsgebiet der Gorianer gebracht. Die Reptilienabkömmlinge galten seit ewigen Zeiten als Hilfsvolk der Prakesch und die Landung eines militärischen Prakesch-Schiffe auf einer ihrer Welten war nichts Außergewöhnliches. Lora Ek`Ranor sollte allerdings als Ek´Thal kein Aufsehen erregen, weshalb sie ihre violetten Augen durch rote Kontaktlinsen verdeckte. Dies hatte genügt, um sie auf der unbedeutenden Welt als Prakesch durchgehen zu lassen. Im nächsten Schritt heuerte sie an Bord eines gorianischen Schiffes als Lademeisterin an. Der Kapitän war begeistert, eine Prakesch zu seiner Crew zählen zu können. Dies geschah äußerst selten und erhöhte seinen Status bei seinen Kollegen ganz erheblich. Der primitive Frachter transportierte Güter aller Art quer durch das Reich der Reptiloiden. Nach einigen Wochen erreichte das Schiff eine Randwelt, die an das Imperium der Gulkaner angrenzte. Lora Ek`Ranor ließ sich ihren Sold auszahlen und verbrachte einige Zeit in der heruntergekommenen

Hauptstadt des Planeten. Sie wartete, bis das für ihre Zwecke geeignete Raumschiff auf dem kleinen Raumhafen der Stadt niederging.

Das gulkanische Imperium hatte sich aus dem Konflikt zwischen Prakesch und Ek´Thal so gut es ging herausgehalten. Beide Seiten nutzen ihre Handelsbeziehungen zu den Gulkanern, um dringend benötigte Rohstoffe zu beziehen. Die geschäftstüchtigen Arachnoiden stellten für keine Seite eine Bedrohung dar und waren technologisch zu rückständig, um als kämpfendes Hilfsvolk rekrutiert zu werden. Die Größe ihrer Körper machte es zudem unmöglich, sie auf den jeweiligen Schiffen der Kriegsgegner einzusetzen. Ein erwachsener Gulkaner überragte jeden Prakesch oder Ek´Thal um das Doppelte. Und er war zweimal so breit wie hoch! Ihre riesigen Körper besaßen acht Gliedmaßen. Sie bewegten sich auf sechs Beinen; zwei weitere Vorderbeine waren während des evolutionären Prozesses zu Handlungsarmen mutiert.

Das kleine Imperium der Gulkaner galt aus all diesen Gründen, wenn auch inoffiziell, als neutrale Zone. Es war für Lora Ek`Ranor ideal geeignet, von hier aus den Bereich der Ek´Thal zu infiltrieren. Als ein gulkanisches Schiff auf dem Raumhafen landete, nahm sie über das öffentliche Netz Kontakt zum Kapitän auf.

»Mein Name ist Verkina Strela«, stelle sie sich mit ihrer von Wisera Konet perfekt vorbereiteten Tarnidentität vor.

Sie war mehr als nur perfekt – schließlich war der Identchip unter ihrem Schlüsselbein völlig echt, wenn auch die Daten darauf frei erfunden waren.

»Ich suche eine Möglichkeit, nach Gulkan zu kommen. Ich möchte dort für meinen Auftraggeber neue Geschäftskontakte knüpfen. Wäre es eventuell möglich, dass sie mich an Bord ihres Schiffes mitnehmen?«

Der Gulkaner stieß knarzende Laute aus, die von der Translator-KI automatisch und fehlerfrei übersetzt wurden.

»Wir haben noch eine Kabine für eine Fremdvölklerin frei«, stimmte er zu. »Allerdings machen wir unterwegs noch einen Zwischenstopp. Wir werden also länger unterwegs sein, als ihnen vielleicht recht ist.«

»Ich bin in keiner besonderen Eile.«

»Wir reisen schon morgen wieder ab.«

»Das ist kein Problem.«

Der Kapitän nannte einen Preis, der maßlos überzogen war. Lora Ek`Ranor handelte ihn, um den Schein zu wahren, etwas herunter. Natürlich war er immer noch überteuert, aber sie verfügte über nahezu unbegrenzte Mittel. Ihr Creditchip war aus den schwarzen Kassen des Geheimdienstes voll aufgeladen worden. Geld war ihr geringstes Problem.

»Kommen sie morgen Mittag an Bord«, sagte der Arachnoide. »Natürlich regeln wir zuerst die finanzielle Seite. Überweisen sie jetzt gleich die Hälfte des Betrages auf mein Schiffskonto.« Er schickte einen mehrstelligen

Zahlencode an Lora Ek`Ranors Terminal.

Die Gulkaner waren gnadenlose Geschäftsleute. Wenn es auch nur den geringsten Zweifel an ihrer Zahlungsfähigkeit gäbe, würde sie postwendend wieder von Bord fliegen. Lora Ek`Ranor tippte einen Code in das Terminal und hielt ihren Creditchip vor den Scanner. Die geforderte Summe wurde anstandslos überwiesen.

»Falls sie nicht rechtzeitig an Bord sind, ist diese Summe verfallen«, erinnerte sie der Kapitän.

»Ich werde dort sein«, antwortete Lora Ek`Ranor. »Natürlich bekommen sie dann sofort den restlichen Betrag. Machen sie sich keine Sorgen, Kapitän. Sie können die Kabine schon für mich vorbereiten lassen.«

Ohne Abschiedsgruß beendete sie das Gespräch. Die Gulkaner legten keinen Wert auf Höflichkeit, solange die Kasse stimmte.

Am nächsten Tag verließ Lora Ek`Ranor wie geplant den Planeten. Die Reise nach Gulkan schien ewig zu dauern, doch schließlich landeten sie auf dem Raumhafen der Hauptstadt. Die Millionenmetropole bot vielfältige Möglichkeiten, den nächsten Teil ihres Planes anzugehen. Sie dankte dem Kapitän, überreichte ein großzügiges Trinkgeld und verließ das Schiff. Die Einreiseformalitäten waren dank ihres perfekt gefälschten Identchips und einer größere Summe, die vor eindringlichen Nachfragen und Scans schützte, schnell erledigt. Gulkaner waren gierig und somit bestechlich. Sie tauchte unverzüglich im Gewimmel der Großstadt unter und plante ihre nächsten Schritte.

Einige Tage später kam es zu einem bedauerlichen Unglück. Ein Taxigleiter stürzte aufgrund eines Versagens der Bord-KI ab und explodierte. Die einzige Insassin war eine Prakesch, deren völlig verkohlte, in kleine Stücke zerfetzten Überreste eine DNA-Identifizierung nicht erlaubten. Allerdings stellte niemand die Identität infrage, da der kaum beschädigte Identchip problemlos ausgelesen werden konnte. Es handelte sich um eine gewisse Verkina Strela. Die Vertretung der Prakesch auf Gulkan bestätigte nach Rückfrage bei dem Behörden im Heimatsystem, dass sich eine Prakesch dieses Namens tatsächlich auf dem Planeten aufgehalten hatte. Die Gulkaner entschuldigten sich bei der Vertretung für den Tod eines Gastes ihrer Hauptstadt durch das Versagen gulkanischer Technik. Die Entschuldigung wurde natürlich akzeptiert.

In ihrem Büro auf dem Mond von Prakos lehnte sich Wisera Konet lächelnd im Sessel zurück. Ihre Behörde hatte die Rückfrage der Vertretung abgefangen und entsprechend beantwortet. Alles lief nach Plan.

Zur gleichen Zeit kehrte die Ek'Thal Gera Ek'Borna an Bord eines Passagierschiffs von ihrem Aufenthalt auf Gulkan in den Raumbereich ihres Volkes zurück. Gera Ek'Borna war eine alleinstehende, selbstständige Maklerin, die Frachtaufträge vermittelte. Ihre kleine Firma war erst vor Kurzem auf einem unwichtigen Planeten gegründet worden und sie kämpfte um jeden Auftrag.

Lora Ek`Ranor hatte sie in einem Vergnügungslokal kennengelernt und sich mit ihr angefreundet. Natürlich hatte sie vorher ihre Prakesch-Identität abgelegt und trat wieder als Ek´Thal auf. Gera Ek´Borna hatte keine Familie und nur wenige Freunde. Sie war das perfekte Opfer.

Lora Ek`Ranor flog zu einem Planeten, der möglichst weit von Gera Ek`Bornas Heimatwelt entfernt lag. Dort angekommen informierte sie in Geras Namen deren wenige Bekannte, dass sie sich entschieden habe, ihre kleine Firma aufzugeben und für ein großes Handelsunternehmen zu arbeiten. Niemand stellte weitere Fragen.

Gera Ek´Borna mietete eine kleine Unterkunft und machte sich unverzüglich daran, Stück für Stück weiter ins Herz des Ek´Thal-Reiches vorzudringen.

37.

Der Kommandant unterbrach ihn nur ein einziges Mal, ganz zu Beginn von Taraketians Bericht, um sich förmlich vorzustellen. Taraketian wertete dies als gutes Zeichen. Er hielt fast nichts zurück und erzählte die ganze Geschichte ihrer Mission. Lediglich das *große Erlöschen* ließ er unerwähnt, da er nicht sicher sein konnte, welchen Effekt die Erwähnung dieses galaxisweiten Massakers auf Kor Ek`Rogal haben würde. Er sprach lediglich davon, dass ein Zeitschiff der Ek´Thal durch das Schwarze Loch der totalen Vernichtung der Spezies entkommen war, und die Prakesch in ihrem unbedingten Vernichtungswillen gefolgt waren.

Der Offizier lauschte seiner Erzählung mit abwechselnd fassungslosem oder ungläubigem Blick. Besonderen Wert legte Taraketian darauf, die Konsequenzen einer Veränderung der Zeitlinie deutlich zu machen. Alles hing davon ab, dass der Offizier ihm seine Geschichte nicht nur glaubte, sondern sich darüber bewusst war, in welchem Maße die Zukunft und damit die weitere Existenz der Ek´Thal gefährdet war, falls ihre Mission bekannt werden sollte.

»Sie nehmen tatsächlich an, ich würde ihnen diese abstruse Geschichte glauben«, fragte der Kommandant, nachdem Taraketian geendet hatte.

»Es ist die Wahrheit und die einzige Geschichte, die

ich zu erzählen habe«, antwortete Taraketian ernsthaft.

»Haben sie einen Beweis, dass sie die Wahrheit sagen? Irgendeinen Beweis – egal, was es ist.«

»Wir haben vor der Abreise peinlich genau darauf geachtet, dass sich nichts an Bord unseres Schiffes befindet, was es nicht auch in dieser Zeit geben würde. Ebenso wurden jegliche Bezüge auf historische Ereignisse, die nach diesem Zeitpunkt geschahen, aus allen Datenbanken gelöscht. Falls jemand das Schiff untersucht, darf er nichts finden, was auf unser Wissen über die Zukunft hindeutet.«

Dann fiel ihm etwas ein. »Warten sie! Die Navigations-KI hat einige Hundert in unserer Zeit bekannten Sternenpositionen gespeichert. Dies benötigten wir unbedingt, um den exakten Zeitpunkt unserer Ankunft zu bestimmen. Nur auf diese Art konnten wir feststellen, dass wir mehr als fünfzig Jahre zu früh angekommen sind.«

Taraketian wusste inzwischen, dass sich ein solares Jahr und der bei den Ek'Thal gebräuchliche *'Zyklus'* nur unwesentlich unterschieden. Der ursprüngliche Planet Prakos, auf dessen Umlaufzeit um seine Sonne ein Zyklus beruhte, musste fast die gleiche Zeit benötigt haben, sein Zentralgestirn zu umkreisen, wie die Erde.

»Was soll das beweisen. Sie könnten, um ihre Geschichte zu stützen, einfach die Positionen von heute in die Zukunft hochgerechnet haben.«

»Nicht, wenn dieser Stern heute noch gar nicht existiert. Einige der in unserer Zeit gebräuchlichen

Navigationspunkte sind sehr junge Sterne, die in dieser Zeit noch nicht einmal als Urwolke existieren. Sie werden in unseren Navigationsunterlagen Sonnen finden, von denen jetzt noch keine Spur vorhanden ist.«

Kor Ek`Rogal sah ihn eindringlich an. Natürlich war es denkbar, dass auch diese Daten gefälscht sein konnten. Aber wer würde eine solch unglaubwürdige Geschichte erfinden, um sich in einen relativ unwichtigen Stützpunkt einzuschleichen? Mit so gut wie keinen plausiblen Beweisen für deren Richtigkeit. Er stellte die entscheidende Frage.

»Was genau ist es, dass sie von mir erwarten?«

Von der Beantwortung dieser Frage hing ab, ob er Taraketian Glauben schenken konnte.

»Ich erhoffe mir von ihnen zwei Dinge. Erstens, dass sie ihr Wort halten und niemals mit irgendjemandem darüber reden. Die Folgen habe ich ihnen geschildert. Zweitens hoffe ich, dass sie hier über Stasiskammern verfügen.«

Kor Ek`Rogal blickte Taraketian ungläubig an.

»Sie wollen doch nicht etwa die fünfzig Jahre hier bei uns in Stasis überbrücken?«

»Es müssten exakt neunundvierzig Jahre sein, und ja, dieser Gedanke ist mir gekommen. Es wäre die ideale Lösung – wenn ich sie überzeugen konnte.«

Wieder dachte der Offizier lange nach. Die fünf Unbekannten verlangten nichts, was die Sicherheit der

Ek'Thal gefährden konnte. Im Gegenteil. Nach einer solch langen, in Stasis verbrachten Zeit, würde jede heute von ihnen gegen sein Volk geplante Aktion längst irrelevant geworden sein. Sie wollten auch nicht, dass er ihnen Zugang in die inneren, stark gesicherten Raumbezirke der Ek'Thal verschaffte. Was sie wollten, war im Prinzip nichts anderes als eine selbst verordnete lange Haft in Stasis. Kein vernünftiger Mensch und schon gar kein feindlicher Agent begab sich in die Hände des Feindes und bat darum, für neunundvierzig Zyklen eingesperrt zu werden. Diese Überlegung gab den Ausschlag. Er war überzeugt, Taraketian vertrauen zu können. Alles, was dieser erzählt hatte, passte zusammen. Sein Wunsch folgte logisch aus seiner Geschichte.

»Sie haben es tatsächlich geschafft, mich zu überzeugen, Taraketian«, sagte er. »Ich habe nur noch zwei Fragen, um mir diese verworrene Geschichte deutlich zu machen. Warum zerstören sie das Schiff, welches sie den Leviathan nennen, nicht bereits während der Bauphase. Das sollte um ein Vielfaches leichter sein als nach seiner kompletten Fertigstellung, und es erschiene erst gar nicht in ihrer Zeit.«

»Weil es meine Zeitlinie und meine Zukunft zerstören würde! In meiner Zeit *ist* das Schiff erschienen – das ist unabänderlich und eine geschichtliche Tatsache. Wenn wir es hier und jetzt zerstören, erschaffen wir lediglich eine alternative Zeitlinie. In *dieser* Zeitlinie würde es tatsächlich in der Zukunft nicht erscheinen. Allerdings wären wir von unserer ursprünglichen Zeitlinie unabänderlich abgeschnitten und könnten niemals wieder in sie zurückkehren. Und dort würde der Leviathan auftauchen und alles Leben, einschließlich der dort existierenden Ek´Thal, vernichten. Unsere Mission wäre gescheitert!«

»Zeitreisen und Zeitparadoxa sind für mich schwer begreiflich«, gab Kor Ek`Rogal zu. »Ich gehe jedoch davon aus, dass sie wissen, wovon sie reden und nicht all dies auf sich nehmen würden, wenn es einen leichteren Weg gäbe.«

»Was ist ihre zweite Frage?«, wollte Taraketian wissen.

»Jeder Stationskommandant wird für fünf Jahre hierher abkommandiert. Danach wird er ausgetauscht. Ich habe noch vier Jahre vor mir. Wie soll ich meinem Nachfolger bei der Übergabe erklären, warum drei Ek´Thal und zwei Prakesch in unseren Stasiskammern liegen? Und selbst wenn ich ihm eine plausible Geschichte auftischen kann, so hat er dasselbe Problem weitere fünf Jahre später. Insgesamt werden während der fast fünfzig Jahre hier zehn verschiedene Kommandanten ihren Dienst verrichten. Und es ist nicht sichergestellt, dass dieser Stützpunkt überhaupt noch so lange existiert.«

»Für ihren Nachfolger müssen sie sich etwas ausdenken. Schließlich haben sie dafür vier Jahre Zeit. Ich halte sie für einen fähigen Offizier und einen klugen Mann. Ihnen wird etwas einfallen. Sorgen sie nur dafür, dass diese Geschichte die lange Zeit erklärt, und jeder zukünftige Kommandant kann sie exakt so an seinen jeweiligen Nachfolger weitergeben. Es muss in jedem Fall sichergestellt sein, dass wir rechtzeitig aus der Stasis erwachen. Andernfalls war alles umsonst!«

»Und falls die Station geschlossen oder vernichtet wird?«

»Nun«, seufzte Taraketian, »da müssen wir uns einfach auf unser Glück verlassen.«

Sechs Stunden später hatte der Kommandant der Besatzung seiner Station eine sorgsam ausgedachte Geschichte erzählt. Angeblich waren die beiden Prakesch lebendige Träger einer für ihre Spezies tödlichen Viruswaffe, die hier, auf diesem abgelegenen Stützpunkt, versteckt werden sollte, um sie notfalls gegen die Prakesch zum Einsatz zu bringen. Die beiden Prakesch mussten in das Stasisfeld, da sie ansonsten bald an dem Virus sterben würden, und die drei Ek′Thal waren geschulte Gentechniker, die den Virus entwickelt hatten. Sie mussten ebenfalls in Stasis, da nur sie alles über den Virus wussten und ihn notfalls extrahieren und einsetzen konnten. Er machte seiner Mannschaft weiß, es handele sich um eine Geheimwaffe, die nur in allergrößter Not aktiviert werden sollte. Da auch die Besatzung des Stützpunktes bereits Gerüchte von der sich stetig verschlechternden Kriegslage und der drohenden Niederlage vernommen hatte, kamen an der Erklärung keine Zweifel auf. Die anfängliche Schweigsamkeit wurde mit der hohen

Geheimhaltungsstufe begründet.

Am nächsten Tag legten sich Taraketian und seine Freunde in fünf bereitgestellte Stasiskammern. Elramuk und er warfen sich noch einen letzten Blick zu, dann senkte sich die transparente Haube über das sargähnliche Gebilde. Taraketian hoffte, dass es für sie alle ein Erwachen geben würde – vor allem ein pünktliches. Es war vereinbart worden, sie nach exakt neunundvierzig Jahren aus der Stasis zu holen. Dies würde ihnen noch ein knappes Jahr geben, ihre Mission zu erfüllen. Kor Ek`Rogal war zuversichtlich, den nächsten Kommandanten ebenfalls von dieser Geschichte überzeugen zu können. Er stand neben Taraketians Stasiskammer, als das Feld aktiviert wurde. Taraketian verspürte einen kurzen Schwindel und dann begann für ihn ein langer Schlaf.

Ende des ersten Bandes

Die Geschichte wird fortgesetzt in

Bewahrer der Zeit

Ek´Thal Zyklus – Band 2

Danksagung

Zu allererst muss ich diesmal meiner Lektorin, Dr. Anne Diefenbach danken. Sie hat dieses Buch sehr viel besser gemacht, als ich es alleine hätte zustande bringen können. Wen dem Leser dieses Buch Vergnügen bereitet, hat sie einen großen Anteil daran!

Natürlich muss ich an dieser Stelle Eva erwähnen, meine Partnerin, Lebensgefährtin, Freundin und so vieles mehr. Diesmal waren einige schwierige Entscheidungen während des Schreibens zu treffen, die ich ohne ihre Hilfe nur sehr viel schwerer hätte bewältigen können.

Dank geht selbstverständlich auch an die Testleser. Ihr Feedback war außerordentlich wertvoll.

Ich bitte an dieser Stelle nochmals um Verständnis, dass ich mich nach langer Überlegung entschieden habe, den Roman in zwei Bände aufzuteilen. Als Gesamtwerk wäre das Taschenbuch sehr teuer geworden, da im Selbstverlag nur Einzelexemplare bei jeder Bestellung gedruckt werden. So hat jeder Leser die Möglichkeit, für relativ wenig Geld den ersten Band zu lesen, und dann zu entscheiden, ob mein Roman ihm gut genug gefällt, auch noch den zweiten Band zu erwerben.

Cliff Allister
Dahab, Ägypten, September 2015

Leseprobe „BEWAHRER DER ZEIT"

Ek'Thal Zyklus – Band 2

1.

+ 1 Jahr

Das elegant gekleidete Paar erregte im ganzen Raum Aufsehen. Die junge Ek'Thal und ihr Begleiter waren beide nach der neuesten Mode gekleidet und allein ihr Schmuck musste den Gegenwert einer kleinen Raumjacht haben. Allerdings wunderte sich hierüber keiner der Anwesenden, war doch Tro Ek`Elak einer der reichsten Männer auf dem Planeten.

Er war mindestens doppelt so alt wie seine strahlend schöne Begleitung und präsentierte sie wie ein weiteres Schmuckstück. Tro Ek`Elak besaß mehrere Waffenfabriken im Reich der Ek'Thal und rüstete große Teile der Raumflotte mit seinen todbringenden Produkten aus. Seit dem Tod seiner langjährigen Lebensgefährtin vor einigen Jahren war dies das erste Mal, dass man ihn an der Seite einer anderen Frau sah. Dass sie um einiges jünger als er war und zudem niemand in der besseren Gesellschaft je zuvor von ihr gehört hatte, machte das Paar zum Gespräch des Abends.

Lora Ek`Ranor war, nachdem sie die Identität von

Gera Ek`Borna angenommen hatte, nicht lange untätig geblieben. Nach einem kurzen Aufenthalt auf der abgelegenen Randwelt hatte sie noch zweimal ihren Namen gewechselt. Zunächst fand sie ein weiteres Opfer, in dessen Haut sie schlüpfen konnte. Diesmal handelte es sich eine heruntergekommene Prostituierte, die niemand vermissen würde. Dann wurde es jedoch Zeit, sich eine Identität zu verschaffen, die auch einer genaueren Überprüfung standhalten würde. Alles zuvor hatte nur dem Ziel gedient, ihre Spuren zu verwischen. Jetzt musste sie sich eine Existenz aufbauen, die weitere Schritte zuließ – auch Schritte in der Öffentlichkeit.

Sie verschaffte sich Zugang zu einer ausgedehnten kriminellen Organisation, die in der Lage war, falsche Papiere zu besorgen. Da sie über enorme finanzielle Mittel verfügte, fiel es ihr nicht schwer, das Benötigte zu bekommen. Sie war bereit, ein Vielfaches des üblichen Preises für die beste Identität zu zahlen, die es für Geld gab. Nun besaß sie einen Identchip, dessen Daten jede Überprüfung bestehen konnten. Sie *war* Lora Ek´Tran, wie alle Datenbanken bestätigen würden. Ihren richtigen Vornamen hatte sie diesmal beibehalten. Er war weit verbreitet und würde keine Aufmerksamkeit erregen. Angeblich eine arme Waise, die sich mit Gelegenheitsjobs durchschlug. Dann legte sie ihr Augenmerk darauf, in der Gesellschaft aufzusteigen und Zugang zu Kreisen zu erlangen, die sie ihrem Ziel näher bringen konnten – der

Suche nach dem geheimen Forschungsplaneten.

Tro Ek`Elak war ihr ins Auge gefallen, als im Holovid über ihn berichtet wurde. Vermögend, gut aussehend und seit Kurzem alleinstehend waren vielversprechende Eigenschaften. Was jedoch den Ausschlag gab, war seine Stellung als wichtiger Waffenproduzent. Wenn jemand in der Lage sein sollte, ihr Türen zu öffnen, hinter denen irgendwann Hinweise auf den geheimen Forschungsplaneten versteckt liegen konnten, dann war er es.

Sie verdingte sich als Hilfskraft im Servicebereich. Wie sie wusste, sollte demnächst ein großer Empfang stattfinden, bei dem Tro Ek`Elak anwesend sein würde. Gut aussehende Hilfskräfte wurden üblicherweise bevorzugt bei solchen Anlässen angefordert. Als der Tag kam, war Lora dabei.

Es gelang ihr mit geschickt vorgetäuschtem Ungeschick, ihrer Zielperson ein Glas des teuersten Getränks über die Kleidung zu schütten. Unter vielen Entschuldigungen, mit einem bezaubernden Augenaufschlag und einer für ihre Stellung fast unverschämt offenherzigen Kleidung – ihr Vorgesetzter hätte sie deswegen vor Beginn der Veranstaltung beinahe wieder weggeschickt – gelang es ihr, den Industriellen in ein kurzes Gespräch zu verwickeln. Sie sah unglaublich gut aus, war sehr intelligent und überaus charmant. Es endete damit, dass er nach ihrer Vidnummer fragte. Dann dauerte es keine zwei Tage mehr und er rief sie an. Innerhalb kurzer Zeit waren sie ein Paar. Ihre während der Ausbildung verfeinerten Sextechniken waren bei dem älteren Mann sicherlich hilfreich - wenngleich sie auch schon vorher auf diesem Gebiet nur wenige Tabus gekannt hatte. Tro Ek`Elak war ihr längst hörig geworden. Heute führte er sie zum ersten Mal öffentlich aus. Es war ihre Einführung in die bessere Gesellschaft. Eine Zwischenetappe auf dem Weg zu ihrem eigentlichen Ziel.

»Tro Ek`Elak!« Aufgeregt stürmte eine ältere Ek´Thal auf das Paar zu. »Welch eine Freude, sie begrüßen zu dürfen. Wollen sie mir ihre bezaubernde Begleitung nicht vorstellen?«

Mera Ek`Dorel, ihre Gastgeberin des heutigen Abends, war die Besitzerin mehrere Holosender und sehr gut mit der Führungsriege der Ek´Thal bekannt. Es ging das Gerücht um, dass sie mit mehr als nur einem der zehn Mitglieder des *Oberen Gremiums* das Bett geteilt hatte. Allerdings musste dies schon ein paar Zyklen her sein, da sie inzwischen auch optisch stark gealtert war, was selbst die besten Kosmetikerinnen, Gentherapien, Nanopartikel und Rejuventionskuren nicht länger kaschieren konnten. Sie versuchte dies durch eine betont jugendliche Kleidung auszugleichen, was in Loras Augen nur lächerlich wirkte. Trotzdem schenkte sie der alten Dame ein hinreißendes Lächeln.

»Dies ist Lora«, antwortete Tro Ek`Elak mit

sichtlichem Stolz in der Stimme. »Sie hat nach langen Jahren der Trauer wieder Licht in das Dunkel meiner späten Jahre gebracht.«

»Sie sind ein Poet, Tro«. Die Begeisterung in Meras Stimme klang falsch und aufgesetzt. Lora gehörte nicht zum inneren Zirkel, und jeder Eindringling in diesen erlauchten Kreis wurde zunächst misstrauisch beäugt. Besonders, wenn es eine unbekannte Schöne war, der man als Erstes finanzielle Motive für ihre Beziehung unterstellen konnte.

»Lora Ek´Tran, hohe Frau«, sagte Lora und verneigte sich vor der älteren Dame. Sie wählte bewusst die bei gesellschaftlich höher stehenden Personen übliche Anrede. Bei dieser Gelegenheit wunderte sie sich erneut, wie es sein konnte, dass eine Spezies, die aus ehemaligen Sklaven entstanden war, nicht Eiligeres zu tun hatte, als neue Standesdünkel aufzubauen. Wieder einmal sah sie sich in ihrer Entscheidung bestätigt, die Partei der Prakesch ergriffen zu haben. Dort war ein Thalon ein Thalon – egal, wie er aussah, wo er lebte oder welche Dienste er verrichtete. Natürlich standen die Prakesch als Erschaffer über allen Thalon, aber untereinander gab es keine Klassenunterschiede.

»Mein Liebes!« Mera Ek`Dorel war von Loras Unterwürfigkeit sichtlich angetan – und erwartete sie natürlich auch. »Eine Freundin meines alten Freundes Tro Ek`Elak ist natürlich auch meine Freundin. Ich bin sicher, dass wir gut miteinander auskommen werden.«

'Wenn Du weißt, wo Dein Platz ist', schwang unausgesprochen in diesem Satz mit. Zu ihrer Überraschung ergriff Tro ihre Hand und streichelte sie zärtlich. Mera wirkte ob dieser intimen Geste sichtlich irritiert.

»Lora ist mehr als nur eine Freundin, liebste Mera«, stellte er klar. »Ich gedenke, sie für die Jahre, die mir noch bleiben, zu der einzigen Frau an meiner Seite zu machen.«

Beide Frauen waren von dieser Aussage überrascht. Mera, weil sie nicht damit gerechnet hatte, ein in ihren Augen hübsches *'Spielzeug'* ohne gesellschaftlichen Rang in dieser Position zu sehen, und Lora, weil sie nicht damit gerechnet hatte, dieses Ziel so schnell zu erreichen. Natürlich hatte sie es von Anfang an darauf angelegt, eine langfristige Beziehung zu etablieren, da Tro Ek`Elak ihre Eintrittskarte in militärische Kreise und ihr Ticket zu dem geheimen Planeten sein sollte; sie hatte jedoch nicht gedacht, dass dieser Plan so schnell aufgehen würde. Ihr Lächeln fiel deshalb sogar echt aus.

»Nun, wenn das so ist – herzlich willkommen in meinem Haus, Lora!« Mera Ek`Dorel war eine gewiefte Diplomatin auf dem gesellschaftlichen Parkett. Tro Ek`Elak stand nochmals einige Stufen über ihr, und wenn er diese junge Schlampe unbedingt zu seiner festen Beziehung machen wollte, würde sie sich natürlich damit abfinden und das Beste daraus machen müssen. Er war zu wichtig, als dass sie ihn verärgern durfte.

»Lora, ich freue mich sehr für Tro und sie«, antwortete sie schnell. »Bitte nennen sie mich Mera und betrachten sie mich als Freundin. Wann immer sie etwas benötigen, was immer ich für sie tun kann, zögern sie keinesfalls, mich um Hilfe zu bitten. Nochmals – willkommen in meinem Heim!«

Dann entschuldigte sie sich, um andere Gäste zu begrüßen. Lora schenkte Tro ein strahlendes Lächeln, was dieser mit liebevollem Blick erwiderte. Insgeheim strich sie einen weiteren Punkt auf ihrer langen Liste auf dem Weg nach ganz oben ab.

2.

+ 1 Jahr

An den Flug durch die Dunkelwolke erinnerte sich Gar Ek'Hakot immer noch mit Grausen. Sie lag in einem strategisch unwichtigen Raumsektor, weit weg von den Hauptgefechtszonen des Krieges. Und sie war die dichteste und gefährlichste Dunkelwolke in der Galaxis für jedes Raumschiff, das in sie einzufliegen beabsichtigte. Enorme magnetische Felder und unberechenbare Gravitationswirbel, die mit starken, nicht voraussehbaren hyperphysikalischen Energieausbrüchen verbunden waren, würden jedes Schiff in Stücke reißen, wenn man auch nur einige Lichtsekunden vom einzigen Kurs abkam, der ins Innere der Wolke führte. Die chaotischen Stringkopplungen bewirkten zudem, dass der Phasenantrieb unzuverlässig funktionierte, und nur wer sowohl den exakten Einflugspunkt und Einflugvektor als auch die Position aller noch dichteren Globulen innerhalb der Wolke kannte, hatte eine Chance, sich in die ungefähr in der Mitte befindliche Zone der Ruhe voranzukämpfen. Es gab lediglich eine handvoll Navigatoren, die in der Lage waren, ein Schiff zu dem in dieser Ruhezone liegenden Sonnensystem zu bringen. Trotzdem kam es während eines Einflugs immer wieder zu kritischen Situationen, und mehr als ein Schiff war bereits verloren gegangen.

Eine gelbe Sonne mit nur fünf Planeten zog ihre Bahn in diesem ruhigen Bereich innerhalb der Wolke. In wenigen Jahrtausenden würde sie aus der Ruhezone hinaus wandern und der lebensfreundliche vierte Planet wäre nicht länger als Stützpunkt für die Ek´Thal nutzbar. Dies spielte jedoch keine Rolle, da der Krieg in wenigen Zyklen verloren sein würde, wenn es nicht gelang, auf eben diesem Planeten einen Weg zu finden, den Untergang des gesamten Volkes zu verhindern. Über viele Jahre waren die klügsten Köpfe der Ek´Thal insgeheim hierher geschafft worden, um gemeinsam das Überleben der Spezies zu sichern. Alle galten für die Außenwelt als tot. Unfälle, Morde, natürliche Tode und sogar Selbstmorde hatten das Verschwinden begründen müssen. Sie waren sämtlich vom militärischen Geheimdienst der Ek´Thal inszeniert worden, und alle angeblich Verstorbenen erfreuten sich bester Gesundheit.

Für die notorisch einzelgängerischen Ek´Thal war die Vorstellung, über lange Zeit gemeinsam an einem Projekt zu arbeiten, äußerst unangenehm und hatte immer wieder zu Spannungen geführt. In der Folge waren die erhofften Fortschritte ausgeblieben. Es war Gar Ek´Hakots Aufgabe, diesem für den Fortbestand der Ek´Thal gefährlichen Umstand ein Ende zu bereiten.

Inzwischen hatte er fast ein Jahr auf Salkona-Vier verbracht. Die knapp dreitausend Bewohner der Forschungseinrichtung akzeptierten ihn mittlerweile als

Leiter der Station, nachdem er in den ersten Monaten noch argwöhnisch beäugt worden war. Die Bestellung eines ehemaligen Militärs war anfänglich auf Widerstände gestoßen, die sich jedoch zum größten Teil gelegt hatten. Nur vereinzelt vernahm man noch Stimmen, die sich darüber entrüsteten, dass nicht einer der führenden Wissenschaftler diesen Posten einnahm.

Heute sollte ein neuer Testlauf eines Prototypen stattfinden. Erneut würde man versuchen, durch Stringmanipulationen den Effekt der Gravitonenwaffe zu kopieren. Die hierfür benötigte Energie lieferte ein Sonnenzapfer, der sich in einer Umlaufbahn dicht am Zentralgestirn befand. Natürlich fand dieser Test nicht auf der Oberfläche von Salkona-Vier statt, sondern weit entfernt im freien Raum nahe der Zapfanlage. Gar Ek'Hakot würde ihn aus sicherer Entfernung von Bord eines Systemshuttles beobachten. Mit ihm befanden sich noch sechs Wissenschaftler und die dreiköpfige Flugbesatzung auf dem Schiff.

»Der wievielte Versuch ist das jetzt?«, wollte er vom Chefwissenschaftler des Teams wissen.

»Der siebte Test in dieser Konfiguration und unter realen Bedingungen.«

»Woran sind die vorherigen Tests gescheitert?«

»Es gelang uns bisher nicht, die Stringmanipulation ausreichend eng zu fokussieren. Der Gravitoneneffekt erstreckte sich über ein zu großes Gebiet, sodass sich keine

Singularität bilden konnte.«

»War es als Waffe damit völlig ungeeignet?«

»Leider ja. Die Wirkung führte lediglich zu einer kurzfristigen Gravitationssenke, welche jedoch von einem feindlichen Schiff mithilfe der Neutrogravkompensatoren neutralisiert werden könnte.«

Gar Ek'Hakot verstand inzwischen genug von der Materie, um zu wissen, dass eine Gravitationssenke nicht etwa weniger Masseanziehung bedeutete, sondern im Raum-Zeit-Kontinuum eine Stelle *höherer* Gravitation beschrieb. Darüber hinaus klangen die Fachbegriffe für ihn meist wie eine unverständliche Fremdsprache.

Einige Lichtsekunden entfernt lag ein abgewrackter, unbemannter Frachter im Raum. Er war vollgepackt mit hochsensiblen Messinstrumenten und sein Neutrograv lief auf Volllast. Das Schiff mit der Versuchsanlage stand unweit des Shuttles. Es war ebenfalls unbemannt. Der gesamte Versuch wurde von hier aus ferngesteuert. Derzeit lud die Sonnenzapfanlage die Energiekonverter des Versuchsschiffes auf.

»Konverter aufgeladen, alle Messinstrumente im Frachter aktiv, Neutrograv auf Maximalbetrieb«, meldete schließlich einer der Wissenschaftler.

»Bereitmachen für Datentransfer und Aufzeichnung«, ordnete der Chefwissenschaftler an.

»Versuchsbeginn – jetzt!«, sagte er unmittelbar danach und aktivierte den Prototypen.

Zunächst geschah nichts, obwohl man den Effekt der Waffe sofort hätte sehen müssen. Dann spielten die Anzeigen der Instrumente verrückt – jedoch nicht die Instrumente an Bord des Wracks, sondern diejenigen im Shuttle. Alarmtöne heulten auf und Warnlichter begannen, in verschiedenen Displays zu blinken.

»Was ist da los, verdammt noch mal!«, rief Gar Ek´Hakot.

»Wir … wir … äh … müssen erst sehen …«, stammelte der Chefwissenschaftler.

Dann brach um das kleine Schiff herum die Hölle los. Nicht das Ziel explodierte, sondern das Forschungsschiff mit dem Versuchsaufbau an Bord zerbarst in einer gewaltigen Explosion. Die bis zum Rand mit Energie aufgeladenen Speicher setzten diese schlagartig frei. Auf einem Holoschirm war zu sehen, wie der Frachter in die Länge gezogen wurde und sich verdrehte, wie die Skulptur eines verrückt gewordenen Künstlers. Gar Ek´Hakot schaltete am schnellsten.

»Bring uns sofort hier weg«, schrie er dem Piloten des Shuttles zu.

Glücklicherweise zögerte dieser nicht und fuhr die im Leerlauf wummernden Triebwerke auf Vollschub hoch. Aus dem Stand machte das Schiff einen Satz nach vorn, sodass einige G-Kräfte durchschlugen. Einer der Wissenschaftler hatte seinen Sitz verlassen, um eine Anzeige nachzujustieren. Er flog quer durch die Kabine, durchschlug mit dem Kopf voran eine dünne Trennwand und landete mit gebrochenem Genick im Lagerraum dahinter. Gar Ek'Hakot stöhnte schmerzerfüllt auf, als die Beschleunigungskräfte seinen alten Körper malträtierten. Nach wenigen Sekunden kompensierte der überlastete Neutrograv die Kräfte des Alarmstarts und die normale Bordgravitation kehrte zurück. Das Schiff raste weiter vom Ort des Experiments weg.

Dort schien das Raum-Zeit-Gefüge vollends außer Kontrolle geraten zu sein. Der Raum wölbte sich und verzerrte den Blick auf die dahinter liegende Dunkelwolke. Energetische Ausbrüche aus höheren Dimensionen schufen glühende Strukturrisse in der Substanz des Universums selbst. Energieschleier waberten dort, wo noch kurz vorher das Forschungsschiff gewesen war, dehnten sich immer weiter aus und drohten, nach dem davoneilenden Shuttle zu greifen. Instinktiv wusste Gar Ek'Hakot, dass ihr Schicksal besiegelt wäre, sollte einer dieser Energiefinger sie einholen. Das Glück war auf ihrer Seite.

Allmählich lösten sich die Energieschleier auf wie verdunstender Nebel in der Sonne und die Raumverzerrung verschwand. Das Raum-Zeit-Gefüge kehrte in den von allen Naturgesetzen vorgegebenen Normalzustand zurück. Gar Ek'Hakot war sich bewusst, dass sie großes Glück gehabt hatten. Es hatte sich nur um einen ersten Versuch mit minimalem Energieeinsatz gehandelt. Hätten sie versucht, die Energie zu entfesseln, die eine Gravitonenwaffe der Prakesch erzeugte, wäre das gesamte System in Gefahr gewesen. Sie waren noch sehr weit vom angestrebten Ziel entfernt, und er hegte inzwischen ernste Zweifel, ob sie es je erreichen konnten.

Sie deckten den toten Wissenschaftler mit einer Plane ab und versorgten einen weiteren, der sich bei der plötzlichen Beschleunigung einen Arm gebrochen hatte. Gar Ek´Hakot sorgte sich, man könne den Energieausbruch außerhalb der Dunkelwolke angemessen haben. Er war sich sicher, dass die Prakesch nach Hinweisen auf den Standort des Versuchsplaneten suchten. Die Dunkelwolke blockte aufgrund ihrer eigenen energetischen Struktur normalerweise alle Energieausbrüche im Innern ab, aber ein Ereignis dieser Größenordnung konnte sehr wohl nach draußen durchdringen. Er hoffte, dass dies nicht der Fall war. Auch wenn es für eine Feindflotte fast unmöglich sein sollte, ohne Navigationskenntnisse in die Wolke einzudringen, würde eine Blockade nach kurzer Zeit das Ende für die hier lebenden Ek´Thal bedeuten. Sie waren auf Nachschub von außerhalb angewiesen und man konnte sie buchstäblich aushungern.

Nach dem spektakulären Fehlschlag mit der Kopie einer Gravitonenwaffe setzte er verstärkt Hoffnung auf den jungen Hyperphysiker Hal Ek´Loran. Dessen Ansatz zur Manipulation der Naturkonstanten in einem eng umschriebenen Bereich konnte eine mögliche Alternative als Defensivsystem darstellen. Er würde nach seiner Rückkehr nach Salkona-Vier mit ihm reden müssen.

Der Gedanke, in die Gesetze des Universums selbst einzugreifen und die Grundlagen allen Seins zu beeinflussen, flößte ihm Unbehagen ein – auch, wenn es die letzte Hoffnung für sein Volk darstellte.

Der zweite und abschließende Band des
Ek'Thal Zyklus
ist im Dezember 2015
bei Amazon.de erhältlich!

15617044R00186

Printed in Poland
by Amazon Fulfillment
Poland Sp. z o.o., Wrocław